WILDES IRISCHES HERZ

GEHEIMNISVOLLE BUCHT: BUCH 1

TRICIA O'MALLEY

LOVEWRITE PUBLISHING

- Wildes Irisches Herz-

Geheimnisvolle Bucht: Buch 1

Buchumschlag: Victoria Cooper
Übersetzung: Ulrike Bartz
Lektorat: Annette Glahn

Lovewrite Publishing: 382 NE 191st, st#24553, Miami, FL, USA, 33179-3899

„Maireann lá go ruaig ach maireann an grá go huaigh."

Ein Tag währt, bis er vertrieben wird, aber Liebe währt bis zum Grab.

KAPITEL EINS

Das Läuten der Türglocke riss Keelin O'Brien aus ihrem Tagtraum, ein Boot zu mieten und durch das Great Barrier Reef zu fahren. Blinzelnd stieß sie sich von ihrem chaotischen Schreibtisch ab und tapste in ihren irischen Hüttensocken zur Tür. Durch das Guckloch sah sie ihren Postboten Frank, der immer etwas zu freundlich war.

„Hi, Frank", sagte Keelin, als sie die Tür öffnete und versuchte, ihre Unordnung vor ihm zu verbergen.

„Hi, Keelin. Ich habe ein ganz besonderes Päckchen für Dich heute", sagte Frank. „International!"

„Wirklich? Ich habe gar nichts bestellt. Wie interessant." Keelin unterschrieb für das Päckchen und Frank hob seine Augenbrauen und sah sie an. Keelin war klar, dass er erwartete, dass sie das Päckchen vor ihm öffnete.

„Danke, Frank. Ich muss los!" Keelin schloss die Tür mit dem Fuß und untersuchte das kleine Päckchen auf dem Weg zurück in ihre Küche. Das fröhliche Blau ihrer Küchenwände stand in Kontrast zu den Bergen von

dreckigem Geschirr in der Spüle. Durch ein kleines
Fenster mit hellgelben Vorhängen kam ein Sonnenstrahl,
der auf die Lage Staub auf ihrem Regal schien. Mit einem
Seufzer nahm Keelin sich fest vor, bald zu putzen.

Keelin schob einen Stapel Papiere beiseite und setzte
sich an den Tisch, um sich das Päckchen anzusehen.
Rechteckig und in braunes Papier eingewickelt, war es
nicht der typische internationale Umschlag, den man im
Postamt fand. Das Päckchen war mit Schnur umwickelt
und hatte doch tatsächlich ein richtiges Wachssiegel, das
die Schnur verschloss. Keelins Name und Adresse waren
mit dunkelbrauner Tinte in einer wunderschönen alten
Schönschrift geschrieben. Keelin schielte auf die Adresse
des Absenders und erinnerte sich an die Lesebrille in ihrer
Bluse.

Interessant, dachte Keelin, als sie die Adresse genauer
betrachtete. Sie war verwischt. Es sah fast aus, als wäre
das mit Absicht so. Keelin fragte sich, warum sie diesen
Verdacht hatte. Nur ein Wort war zu lesen: Irland.

Keelin hob das Päckchen hoch und brach vorsichtig
das Siegel. Ein Bild schoss in ihren Kopf. Aufschießende
Flammen in der Nacht. Singende Stimmen. Eine mitter-
nachtsblaue Bucht, die von innen heraus glühte. Und
Augen. Ein Paar scharfe kristallblaue Augen starrten sie
durch die Flammen an.

Keelin schnappte nach Luft und ließ das Päckchen
fallen. Ihr Herz schlug schneller und sie versuchte, einige
der Atemtechniken anzuwenden, die sie beim Yoga gelernt
hatte. Obwohl ihre Hände zitterten, schüttelte Keelin ihren
Kopf und lachte über sich selbst. Ihre Mutter seufzte
immer über das, was sie ‚Keelins kleine Fantasien' nannte

und brummelte, dass Keelin nie einen Mann finden würde, wenn sie ständig vor sich hinträumte. Keelin wünschte sich, diese Bilder wären Tagträume oder Auswürfe einer zu regen Fantasie. Keelins Talente lagen eher auf der wissenschaftlichen Seite, obwohl sie sich oft in den kreativen Wanderungen ihres Hirns verirrte. Trotzdem wusste Keelin nie, wie sie die Bilder beschreiben sollte, die sie beim Anfassen bestimmter Dinge sah.

Dinge? Wem wollte sie da was vormachen? dachte Keelin. Es passierte nicht nur mit Objekten. Es passierte mit Menschen, Tieren, und sogar Orten. Vor kurzem hatte sie angefangen, darüber nachzudenken, ob sie nicht doch den nicht gerade feinfühligen Rat ihrer Mutter annehmen und einen Therapeuten aufsuchen sollte. Keelins Bauchgefühl sagte ihr, dass ein Therapeut nicht viel dazu beitragen würde, Licht in ihre Probleme zu bringen. Sie hatte vor langem gelernt, sich selbst zu schützen, indem sie diese Bilder, die ihr Hirn überfluteten, für sich behielt. Das Leben in Massachusetts hatte ihr eine gesunde Angst davor eingeflößt, anders zu sein, woran die Geschichte der Hexentribunale von Salem erinnerte.

Sie hielt das Päckchen und atmete tief ein, bevor sie wieder in das Bild eintauchte. Dieses Mal richtete sie ihre Aufmerksamkeit auf die Gefühle, die es hervorrief.

Dunkle Bilder erschienen. Ein Fischerdorf in der Nacht. Ein einsamer Hund wanderte auf einem Hügel. Ein Mann knotete eine Angelschnur. Keelin bewegte sich durch die Bilder und stellte fest, dass sie eine ungute Vorahnung spürte, aber auch ein Gefühl von Heimat, das sich durch die Szenen zog. Es war nicht negativ, aber es war, als würde sie über eine Schwelle treten.

Es war fast, als würde sie gleichzeitig abgestoßen und näher herangezogen werden. Ihre Finger zitterten, als sie das Papier entfernte. In mancher Hinsicht kam es ihr vor, als hätte sie auf diesen Moment gewartet. In ihrem Leben hatte es immer etwas gegeben, das unausgesprochen war – sogar unentdeckt. Keelin fragte sich, ob dies jetzt endlich ihre Antwort war.

Ein kleines Buch lag eingebettet im Papier. Die vergilbten Seiten waren in einem kräftigen braunen Leder eingebunden, brüchig vom Alter und von Hand genäht. Keelin bewunderte die Schönheit der schlichten Handwerkskunst. Auf dem weichen Leder waren keine störenden Symbole oder Worte, aber durch jahrelangen Gebrauch hatte der Einband eine perfekte Patina bekommen.

Das Buch schien Unmengen auszusagen, ohne dass ein einziges Wort auf dem Umschlag stand.

Dieses Buch war alt. Richtig alt. Keelin fragte sich, ob sie Handschuhe brauchte, um es anzufassen. So ein Buch gehört ins Museum, dachte sie. Sie öffnete vorsichtig den Deckel und schnappte beim Anblick der Seiten nach Luft. Diese waren aus Pergament. Ihre Hände zitterten, als ihr die Tragweite der Zartheit und Stärke dieses Buch bewusst wurde. Keelin war sich über das Alter des Buchs klar gewesen, aber die Schrift auf dem Pergament ging zurück zur Zeit des Buchs von Kells. Dieses Buch musste man ernst nehmen. Wer hatte ihr solch ein Geschenk geschickt?

Keelin hatte eine Ahnung, was die Quelle des Geschenks war. Die eigentliche Frage war: warum jetzt?

Ein gefaltetes Stück Papier, das mit der gleichen

Schnur und dem gleichen Siegel versehen war, lag vorn im Buch. Keelin zog es vorsichtig heraus und entfaltete es.

Die Worte trafen sie wie ein Schlag in die Magengrube.

Es ist Zeit.

KEELIN STARRTE SCHOCKIERT mit einer klaren Erkenntnis auf den Brief. Sie steckte ihre rotblonden Haare hinters Ohr. Ihre Mutter war als Dame der feinen Gesellschaft stets darauf bedacht, das Rot in ihrem Haar zu übertönen, und begründete es mit gerümpfter Nase: „Das ist zu irisch." Aber Keelin liebte insgeheim ihre Haarfarbe und weigerte sich, sie färben zu lassen, wenn der zweitliebste Haarkünstler ihrer Mutter jeden Monat diskret einen Vorschlag dahingehend machte.

Es ist Zeit.

DIE WORTE BOHRTEN sich in ihr Hirn. Hatte sie geahnt, dass dies kommt? Sie hielt den Brief nah ans Gesicht. Er roch leicht nach Lavendel und nach etwas anderem. Es war fast rauchig. Visionen einer mondbeschienenen Bucht, einem Boot, und dem Versprechen auf Lust und Liebe schossen durch ihren Kopf.

. . .

Es ist Zeit.

Keelin hielt das Buch und bewunderte die Schönheit der Details. Sie schloss ihre Augen und atmete den Geruch des abgenutzten Leders ein. Das Buch fühlte sich beim Anfassen warm an und ein Gefühl von Liebe breitete sich aus an ihren Armen entlang bis in ihr Inneres. Ganz flüchtig sah sie eine alte Frau, die an einem Hügel nah am Wasser Kräuter sammelte. Diese plötzliche Erkenntnis bestätigte ihren Verdacht. Dies war das Buch ihrer Großmutter mütterlicherseits. Ihre Großmutter lebte in den Hügeln Irlands, nördlich eines kleinen Fischerdorfs auf der südlichsten Halbinsel Irlands. Sie war als verrückt und unnahbar verschrien, und Keelin hatte wenig Kontakt mit ihr gehabt. Keelins Mutter wollte unbedingt in die Staaten ziehen, bevor Keelin geboren wurde, und war stolz darauf, ihre Tochter im angesehen Stadtteil Beacon Hill in Boston großgezogen zu haben. Sie waren nie wieder nach Irland zurückgekehrt.

Sie hatte sich oft gefragt, warum ihre Mutter sich immer geweigert hatte, mit Keelin über ihre eigene Kindheit zu sprechen. Früher hatte sie es mit der Besessenheit ihrer Mutter für richtige Abstammung und gesellschaftliche Anlässe erklärt. Bei den wohlhabenden Freunden ihrer Mutter war eine arme irische Herkunft fehl am Platz. Nun fragte sich Keelin, welche wichtigen Einzelheiten ihr über das Leben ihrer Mutter vor Boston entgangen waren.

Das Buch schien sie zu rufen. Keelin strich mit ihren Fingern über das weiche Leder. Sie nahm es hoch und das Bild der blauen Augen schoss ihr wieder durch den Kopf.

Diesmal spürte sie eine aufkommende Hitze in ihrem Körper.

„Hoppla, das ist aber jetzt ein bisschen lächerlich." Keelin lachte und stand auf. Sie musste sich bewegen und ging auf und ab. Zwei Gedanken rasten durch ihren Kopf. Der erste war, dass ihre Großmutter tot war. Der zweite war, dass dieses Buch Energie besaß.

Keelin brauchte Antworten, und da gab es nur eine blonde Gesellschaftsdame, die sie ihr geben konnte.

Sie zog kniehohe braune Stiefel über Leggings, die sich über großzügige Hüften schmiegten, warf eine lange Fair-Isle-Strickjacke über, und nahm das Buch. Keelin wühlte in ihrem Schrank nach einem Wollschal und umwickelte das Buch vorsichtig, bevor sie es in ihren Lederbeutel steckte. Es war Zeit, ihre Mutter ausfindig zu machen. Dann würde sie mit den Auswirkungen des Buchs umgehen.

KAPITEL ZWEI

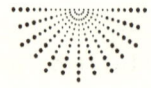

Margaret Grainne O'Brien lebte in einem zweistöckigen eleganten Stadthaus im begehrten Stadtteil Beacon Hill in der Bostoner Innenstadt. Keelin mochte die kopfsteingepflasterten Straßen und die blühenden Kirschbäume im Frühling. Sie hasste den extremen Mangel an Parkplätzen und die winzigen Lebensräume, die zu hohen Mieten in dieser Nachbarschaft angeboten wurden. Sie fragte sich erneut, warum jemand bereit war, eine derartig obszöne Menge Geld für eine Wohnung mit 65 qm Wohnfläche und einem einzigen Parkplatz auszugeben, und klingelte bei ihrer Mutter an der Tür.

„Keelin, Liebling! Was machst Du denn hier?", fragte Margaret. Sie war eine kühle, gutaussehende Blondine Ende Vierzig und trug passend zur Teezeit ein graues Kostüm mit einer dunkelrosa Bluse. Perlen blinkten an ihren Ohren und eine Uhr mit Lederarmband lugte diskret aus ihrem Ärmel.

Margaret führte Keelin herein und fing an, verstörte Geräusche von sich zu geben.

„Keelin Grainne. Trägst Du schon wieder Leggings außerhalb des Hauses?", fragte Margaret.

„Mama. Hör auf. Alle tragen Leggings. Und mein Pullover ist lang. Sie sind wie eine Strumpfhose, aber bedecken noch viel mehr." Keelin rollte ihre Augen und stapfte ins Wohnzimmer ihrer Mutter. Elegante Bogenfenster boten Ausblick auf modische Geschäfte. Keelin setzte sich auf das Sofa und war sich bewusst, wie sehr sie den Raum hasste. Alles war weiß und gold. Viel zu opulent, dachte sie.

„Mama. Wir müssen reden." Keelin griff in ihre Tasche, um das Buch herauszuholen.

„Du bist schwanger! Ich habe es gewusst. Ich wusste, dass Todd kein guter Einfluss ist. Was hast Du Dir nur dabei gedacht?"

„Moment mal. Was? Nein! Mama, um Gotteswillen. Das ist ja ekelhaft. Erstens habe ich nie mit Todd geschlafen. Da Du uns verkuppelt hast, hätte Dir gleich klar sein sollen, dass er nicht zu mir passt. Würdest Du bitte damit aufhören, mich mit jemandem zusammenzubringen?", sagte Keelin. Es war ein ständiges Ärgernis für sie. Margaret genoss es, mit den Söhnen der Elite der Stadt blinde Verabredungen zu arrangieren. Keelin liebte sie zu sehr, um sie zu beschämen und die Verabredungen einfach nicht einzuhalten. Unweigerlich aber empfand sie rein gar nichts für jeden Todd, Chad, und Spence, den sie kennenlernte. Beiläufig überlegte sie, ob sie überhaupt noch irgendwelche Regungen in sich hatte. Es war so lange her, seit sie wirkliche Leidenschaft gespürt hatte, außer bei ihrer Arbeit.

„Gottseidank. Ich würde Shirley ungern mitteilen müssen, dass ihr Sohn ein Idiot war. Also, warum bist Du mitten am Tag hier? Solltest Du nicht an Deiner Bewerbung arbeiten?", sagte Margaret. Sie meinte damit Keelins Bewerbungen für ein Praktikum. Keelin arbeitete seit ein paar Jahren für das Aquarium in Boston und wollte für eine Weile etwas anderes ausprobieren. Ihr geheimer Wunsch war, den Masters in Meeresbiologie zu machen und dann in einem Forschungsteam mit Tauchern zu arbeiten. Sie hoffte, als Praktikantin im Sommer auf ein Forschungsschiff zu gelangen.

Keelin entschied sich für den direkten Vorstoß. Sie griff in ihren Beutel und zog ihr vom Schal umwickeltes Bündel heraus.

„Keelin, wann wirst Du Dich endlich von diesem hässlichen Schal trennen? Er ist so irisch", sagte Margaret mit offensichtlicher Verachtung.

Stumm wickelte Keelin das Bündel aus und legte das Buch auf den Tisch, während sie ihre Mutter genau beobachtete. Margarets Augen weiteten sich leicht und dann kehrten sie zu ihrer normalen Größe zurück.

„Oh, was ist denn das für ein altes Buch? Ist das für die Schule?", fragte Margaret. Keelin merkte, dass die normalerweise blassen Wangen ihrer Mutter gerötet waren, und ihre Hand klopfte rhythmisch auf den antiken Beistelltisch.

„Mama. Du weißt, was das ist. Ich brauche Antworten", sagte Keelin.

„Ich habe keine Ahnung, was Du meinst. Es ist ein

altes Buch. Sehr schön, übrigens. Ich sehe Bücher wie das hier in Antikläden. Du solltest es ausstellen", sagte Margaret. Sie wich Keelins Augen aus und blickte kurz auf ihre Uhr.

„Schatz, es tut mir furchtbar leid, aber ich muss Mrs Thatcher zum Tee treffen. Wir wollen die Pläne für die Wohltätigkeitsveranstaltung des Buchclubs durchgehen. Ich darf nicht zu spät kommen", sagte Margaret und stand auf.

„Ich glaube nicht. Setz Dich hin", sagte Keelin.

„Keelin. Was fällt Dir denn ein? So kannst Du nicht mit mir sprechen." Margaret blieb standfest.

Du kannst die Iren aus Irland nehmen, grübelte Keelin.

„Das Buch gehört Deiner Mutter, also meiner Groß-mutter. Ich kann es fühlen. Ich weiß es. Es ist heute ange-kommen. Bedeutet das, dass sie tot ist? Redest Du überhaupt noch mit ihr?" Die Fragen purzelten nur so heraus. Keelin wollte nicht anschuldigend klingen, aber die alte Bitterkeit stieg ihr in die Kehle. Sie hatte es immer gehasst, wie Margaret sie von ihren irischen Wurzeln isoliert hatte.

Seufzend ging Margaret zur Bar und goss sich einen Whiskey ein, pur. Schockiert beobachtete Keelin, wie ihre wohlgesittete Mutter ihn in einem Zug herunterschluckte.

„Ich wusste, dass dieser Tag kommen würde", sagte Margaret. Ihre Schultern waren angespannt und sie konzentrierte sich auf die Bar.

„Em, ja. Ohne Witz. Wem sagst Du das. Im Brief steht ‚Es ist Zeit'", sagte Keelin. „Würdest Du mir das erklären?"

„Das ist der Grund, warum ich Deinen Vater und die Stadt verlassen habe und nie wieder nach Irland zurückgekehrt bin." Margaret wandte ihr immer noch den Rücken zu. „Ich hatte gehofft, dieser Tag würde nie kommen."

KAPITEL DREI

„Jetzt mach mal halblang mit dem Drama", sagte Keelin. „Und komm mal wieder auf den Teppich. Das ist alles ein bisschen viel für mich."

Ein kleines Lächeln huschte über Margarets Gesicht, als sie sich umdrehte, um Keelin anzusehen. „Du warst schon immer so respektlos. Ein Teil von mir hat sich immer gewünscht, dass ich auch so sein könnte."

Keelin war schockiert. Ihre Mutter bewunderte, was sie immer so verurteilte? Interessant, dachte sie.

„Wenn Du mich entschuldigst, ich brauche einen Moment, um meine Verabredung abzusagen. Dann können wir das...das Buch diskutieren", sagte Margaret, als sie zielstrebig aus dem Zimmer schritt. Ihr Rücken war kerzengerade und strahlte wie immer Entschlossenheit und innere Stärke aus.

Keelin richtete automatisch ihre Schultern gerade. Sie musste ihre Mutter nur ansehen und fühlte sich lotterig.

Flüchtig ließ sie ihre Hände über das Buch streichen. Das weiche Leder fühlte sich beim Anfassen warm an.

„Lass uns gehen", sagte Margaret. Keelin zuckte zusammen und schnappte nach Luft.

„Mutter! Ich habe gar nicht gewusst, dass Du Jeans besitzt!"

„Na ja, sollte ich jemals im Wald spazieren gehen wollen, würde ich ein Paar brauchen, oder?" Margarets ordentliche blaue Jeans steckten in Allwetterstiefeln und ihre dicke Strickjacke war perfekt zugeknöpft. Ein karierter Schal ergänzte das Ensemble und schrie „Ralph Lauren Chic".

„Wald? In welchem Wald geht Du spazieren, Mama?", fragte Keelin.

„Ja, auf dem Common, natürlich. Da gibt es schöne Bäume."

Keelin musste lachen. Nur ihre Mutter würde die manikürten Rasen des Boston Commons als „Wald" bezeichnen.

„Ok, Mama. Lass uns spazieren gehen." Keelin steckte das Buch in ihren Beutel und wickelte ihre Strickjacke um sich. Sie sah zu, wie ihre Mutter ihre Schlüssel aus der goldenen Schüssel von Hermes bei der Wohnungstür nahm und sicherstellte, dass die Fußmatte genau richtig lag.

Wie konnte es sein, dass sie von so einer Frau abstammte? Dieser Gedanke war Keelin nicht neu. Unordentlich, ungehorsam und eigensinnig, hatte Keelin immer das Gefühl gehabt, eine ständige Enttäuschung für ihre höfliche und reservierte Mutter zu sein. Sie fühlte oft, dass sie eine Rolle spielte, wenn ihre Mutter sie zu den gefragtesten Veranstaltungen der Gesellschaft einlud. Keelin legte keinen Wert auf Seidenkleider und darauf, gesehen zu werden. Ihr war es lieber, in ein Buch einzutauchen oder in kleinen Lokalen Livemusik zu hören. Ihre Mutter wusste, welchen Löffel und welche Gabel man für welche Speisen benutzte, während Keelin lieber Cider trank und einen fettigen Burger aus der Eckkneipe bevorzugte. Trotz all dieser Unterschiede existierte eine pure, starke Liebe zwischen ihnen. Es hatte lange Zeit nur sie beide gegeben. Sie konnte es ihrer Mutter nicht übelnehmen, dass sie das Beste für sie wollte.

Wie an jedem typischen Freitagnachmittag war auf dem Common viel los. Der Puls der Stadt schien hier zu schlagen. Menschen aus allen sozialen Schichten kamen von den Treppen der U-Bahn, verteilten sich auf den Grünflächen des Common und wanderten zwischen den Teichen und Bäumen. Sie fand es immer wieder interessant, was für Leute sie hier sah. Keelin verbrachte viele Nachmittage damit, über die Leben derer nachzudenken, die an ihrer Picknickdecke vorbeigingen. Sie spielte oft ein Spiel, ohne wirklich zu wissen warum. Keelin versuchte zu raten, welche Krankheiten die Fremden hatten. Sie konnte nicht erklären, wie oder warum sie es wusste, aber sie wusste es, ohne darüber nachzudenken. Krebs, Fieberblasen, Husten, Diabetes, verstauchte Handgelenke... Bilder zogen durch ihren Kopf, gepaart mit Gefühlen. Es war wie eine Quizshow, bei der sie keine Ahnung hatte, ob sie gewonnen hatte.

Keelin ging still neben ihrer Mutter her und hörte zu, wie sie die Preise der Wohnungen listete, die am Common entlang lagen. Sie kannte das alles schon, aber ließ ihre Mutter reden. Margaret neigte dazu, über Immobilien zu reden, wenn sie nervös war. Schließlich fanden sie den Weg zu einer Steinbank, die einen kleinen Teich überblickte. Keelin beobachtete eine Mutter, wie sie ihrem Kleinkind beim Entenfüttern half.

„Was weißt Du über Grace's Cove?", fragte Margaret.

„Na ja, ich weiß, dass es eine kleine Stadt am Wasser in Südirland ist. Ich weiß, dass Du dort aufgewachsen bist und das Dorfleben nicht mochtest. Ich habe es gegoogelt, und die Bilder sind atemberaubend. Es sieht wirklich aus, als wäre es ein wunderschöner Platz zum Leben. Und ich würde gern auf das Wasser dort gehen. Diese Kliffe sind unglaublich! Ich könnte mir vorstellen, dass es da jede Menge zu studieren gibt", sagte Keelin.

„Natürlich, ich bin nicht überrascht, dass Du das Wasser so magst, Dein Vater war schließlich ein Fischer", sagte Margaret.

„Ja, das hast Du erzählt", sagte Keelin. Sie war überrascht, dass ihre Mutter ihn erwähnte. Er war die Ursache der Bitterkeit zwischen ihnen, daher wusste Keelin wenig über ihren Vater und Margaret sprach selten über ihn.

„Ich weiß, es war meine Entscheidung, ihn aus Deinem Leben zu entfernen, Keelin, aber es war in Deinem besten Interesse. Und schau Dir das Leben an, das ich Dir ermöglicht habe. Ich hatte meine Gründe", sagte Margaret.

Keelin blieb stumm. Sie hatte diesen Refrain schon früher gehört. Warum sollte man über die Vergangenheit streiten?

Margaret seufzte. „Ich nehme an, es ist Zeit für Dich, mehr über Deine Herkunft zu erfahren."

„Ja, das wäre nett", sagte Keelin trocken, während sie ein paar Fusseln von ihrem Pullover klaubte.

„Ich habe Deinen Vater geliebt, sehr sogar", sagte Margaret.

Keelin schnappte nach Luft. Sie war immer davon ausgegangen, dass sie ein Unfall und ihr Vater nur für eine flüchtige, leidenschaftliche Nacht anwesend gewesen war.

„Oh, Keelin, wir waren so jung und so verliebt. Er hat darauf hingearbeitet, ein gewerblicher Fischer zu werden und hatte Pläne, nach Dublin zu gehen, um ein Fischereigeschäft aufzumachen. Das, oder eine Firma für Bootstouren. So oder so, Du hättest ihn für nichts in der Welt vom Wasser wegbringen können. Sean hatte ziemlich große Träume. Er...er wusste nichts von Dir, bevor ich ging. Ich habe es ihm nie gesagt. Irland zu verlassen war eines der schwersten Dinge, die ich je getan habe."

Keelin starrte ihre Mutter schockiert an. Margarets Wangen waren gerötet, aber ihr Kinn schob sich störrisch nach vorn. Ihre vergangenen Entscheidungen würden nicht in Frage gestellt werden.

„Aber wie konntest Du ihm nichts sagen?"

„Er rannte von mir weg. Er hat mich verlassen, Keelin. Als ich von Dir erfuhr, wusste ich, dass nichts zählte, außer Dir eine Chance auf ein normales Leben zu geben."

„Aber, Mama, hast Du ihn nicht vermisst? Was war so schlimm, dass Du gehen musstest?", fragte Keelin.

„Ich habe ihn furchtbar vermisst. Das tue ich immer noch. Ich sehe Seiten von ihm in Dir. Wir sind aber nicht mehr dieselben Menschen, und die Zeit ist vorbei. Ich erzähle Dir jetzt mal über die Geschichte von Grace's Cove."

Keelin nickte und blieb stumm. Soviel hatte sie noch nie aus ihrer Mutter herausholen können, und sie würde Margaret nicht durch ihr großes Mundwerk davon abhalten, ihr endlich die ersehnten Informationen zu geben.

„Hast Du schon mal von der berühmten Piratenkönigin Grace O'Malley gehört?"

„Natürlich; sie ist eine Legende in ganz Irland. Sie war berüchtigt für ihre Wildheit im Kampf. Ich weiß, sie war zweimal verheiratet und hatte mehrere Kinder. Sie war bekannt für ihre Unbarmherzigkeit, aber gleichzeitig wird ihr zugeschrieben, dass sie viel von der gälischen Geschichte bewahrt hat."

„Genau, und sie war eine Frau, die wusste, was sie wollte. Hast Du gewusst, dass Grainne der keltische Name für Grace ist?", fragte Margaret. Keelin und Margaret hatten beide den zweiten Vornamen Grainne.

„Nein, das wusste ich nicht", sagte Keelin.

„Fast alle Frauen aus diesem besonderen Stammbaum in Grace's Cove tragen diesen Namen. Das hat nichts mit dem Ortsnamen zu tun. Es ist, weil wir aus der Blutlinie Grace O'Malleys kommen."

„Meine Fresse!" Keelin war begeistert. Sie war mit einer berühmten Piratenkönigin verwandt? Wie cool war das denn?

„Keelin, sag nicht meine Fresse."

„Entschuldige, Mama."

„Ja, Du bist eine Nachfahrin von Grace O'Malley, nach der Grace's Cove benannt ist. Deine Großmutter kommt direkt aus der Linie und erlebt die volle Wirkung davon."

„Von was? Das verstehe ich nicht. Ist meine Oma eine Piratin oder so was?", fragte Keelin.

Margaret lächelte. „Nein, nicht ganz. Gerüchten zufolge hatte Grace noch andere Kräfte als die beeindruckenden einer Piratenkönigin. Einige sagen Zauberin. Andere sagen Heilerin. Einige erwähnen eine fast übersinnliche Fähigkeit, mögliche Gefahren vorherzusagen. Nicht alles über Grace ist bekannt, aber fast alle sind sich darüber einig, dass sie mystische Kräfte besessen hat."

Keelin fing an, nervös an ihren Fingernägeln zu zupfen. Sie zog an einem Nietnagel und zuckte, als Blut hervorkam. Ohne darüber nachzudenken, bedeckte sie ihn mit ihrer Hand, und die Wunde verschwand langsam.

„Die Bucht selber soll den Gerüchten nach verwunschen sein. Fast niemand geht dort hin. Na ja, außer Deiner Großmutter. Und ein paar anderen. Ich bin einmal da gewesen. Nie wieder."

„Wart mal. Was. Du nimmst mich auf den Arm, oder?", sagte Keelin. Sie sah die umwerfenden Bilder der Bucht vor sich, die sie auf Google gesehen hatte. Es war undenkbar, dass niemand dort Zeit verbringen wollte.

„Die Iren sind sehr abergläubische Menschen, Keelin. Niemand würde dort hingehen. Wer es trotzdem tut, wird aufs offene Meer getragen oder verletzt sich auf den Felsen. Man sagt, dass sich der Mond dort nicht im Wasser widerspiegelt—aber gelegentlich glüht leuchtet das Meer von innen."

„Ok, Mama, hör auf. Für diese Dinge gibt es ganz einleuchtende Erklärungen. Buchten haben oft Strudel oder Strömungen, die die Menschen aufs Meer hinausziehen. Was das innere Leuchten anbelangt, es gibt bestimmte Arten von Phosphorplankton, die eine leuchtende Illusion im Wasser kreieren. Ich bin sicher, das ist alles nur Aberglaube", sagte Keelin.

Margaret lächelte und schüttelte ihren Kopf. „Du bist so klug. Und normalerweise würde ich Dir recht geben, wenn ich es nicht selber gesehen hätte. Ich gehe nicht mehr dorthin. Meine Mutter ging regelmäßig in die Bucht und hatte nie Probleme, aber sie hatte ihre eigene Art und Weise, damit umzugehen."

„Mama, warum ist die Bucht nach Grace benannt? Wo ist die Verbindung?"

„Na ja, es gibt das Gerücht, dass Grace O'Malley den Kelch von Ardagh dort versteckt hat, und dass der im Nationalmuseum das Gegenstück zum wirklichen Kelch ist."

„Was! Mutter. Nein. Das ist verrückt. Der Kelch von Ardagh ist Teil des irischen Nationalstolzes. Wenn das stimmte, hätte es Expeditionen gegeben. Taucher hätten ihn gefunden. Die Bucht ist doch gar nicht so groß."

„Oh, es gab Expeditionen. Viele. Sie sind alle gescheitert. Die Regierung hatte die Nase voll davon, Geld dafür auszugeben, und schreibt es inzwischen als dummen Aberglauben ab. Sie warnt Leute davor, in das gefährliche Wasser der Bucht zu gehen. Die offizielle Begründung ist, dass es eine mächtige Strömung gibt, die jeden zur offenen See herauszieht. Die inoffizielle Aussage ist, dass sie verhext ist."

Keelin starrte auf den Teich. Die Enten schwammen faul herum und pickten am angebotenen Brot. Die linke, analytische Seite ihres Gehirns stimmte dem offiziellen Grund für die Probleme der Bucht vollkommen zu. Die „andere" Seite von ihr, die nachts mit Visionen wach lag, summte. Die Worte ihrer Mutter waren wie ein Balsam der Wahrheit für ihre Seele. Hin- und hergerissen rieb sich Keelin ihre Hände und bemerkte nicht, dass die Wunde an ihrem Nagel völlig verheilt war.

„Wie kommt es, dass Großmutter dorthin gehen kann?

Was hat das alles mit dem Buch zu tun? Ist das der Grund, warum Du fortgegangen bist?" Keelin hatte so viele Fragen.

„Deine Großmutter und ich hatten eine komplizierte Beziehung. Das war einer der Gründe, warum ich mit Dir weggegangen bin. Ihre Pläne für Dich stimmten nicht mit meinen Plänen überein. Ich wollte Dir die Chance auf ein normales Leben geben", sagte Margaret noch einmal, während sie nervös den goldenen Reifen an ihrer rechten Hand drehte.

„Em, was? Wie soll ich darauf jetzt reagieren? Kannst Du es mir vielleicht direkt sagen?" Keelin arbeitete gern mit Fakten.

Margaret seufzte. Ihre drehenden Bewegungen wurden schneller. Keelin streckte ihre Hand aus und legte sie auf die ihrer Mutter.

„Mama, sag es einfach."

„Das Buch gehört Deiner Großmutter. Sie war eng damit verbunden. Sie hatte es immer und überall dabei und hat fast ständig darin geschrieben. Deine Großmutter ist in ganz Irland als weise Frau bekannt – als Heilerin. Es gibt Leute, die behaupten, sie wäre eine Hexe. Das glaube ich nicht. Aber ich habe gesehen, wie sie Leute geheilt hat, bei denen die moderne Medizin versagt hat. Sie hat mir das Buch nie gezeigt. Sie hat mir erklärt, es wäre für meine Tochter, und dass ich andere Gaben hätte. Ich hatte nicht geplant, schwanger zu werden, daher hatte ich nie darüber nachgedacht, Grace's Cove zu verlassen, bis ich von Dir überrascht wurde. Ich konnte Dich nicht mit solchem Unsinn aufwachsen lassen. Was für ein Leben wäre das für Dich gewesen? Menschen kommen nur zu Heilern, wenn sie ihre Dienste benötigen, ansonsten geht man ihnen aus dem Weg und meidet sie. Heiler sind ständig die Zielscheibe von bösem Geschwätz. Mit Fiona als meiner Mutter war es egal, ob wir in den Pub oder ein Geschäft gegangen sind, irgendjemand redete immer. Die religiöseren Einwohner der Stadt wechselten die Seite und bekreuzigten sich, wenn wir vorbeigingen. Ich wollte einfach, dass Du normal aufwachsen konntest, nicht so wie ich. Ich wollte das Beste für Dich. Du musst das verstehen. Ich habe alles aufgegeben. Meine Liebe, meine Familie, mein Leben, damit Du ein normales Kind sein konntest. Und doch habe ich immer noch die Angst, dass ich Dir nie geben konnte, was Du brauchst. Sie hatte vielleicht doch recht."

„Mama. Meine Kindheit war wunderbar. Es ist alles gut", sagte Keelin schnell. Zu schnell.

„Keelin. Nein, war sie nicht." Margaret seufzte tief und umklammerte Keelins Hand. „Du hattest andauernd Visionen, Tagträume und Albträume. Du hast Deine Freunde in Angst und Schrecken versetzt, wenn Du ihnen erzählt hast, dass sie krank sind oder was mit jemandem in ihrer Familie passieren würde. Und der Tag, an dem Du unsere Katze geheilt hast, nachdem sie von einem Auto überfahren wurde? Da warst Du fünf. Fünf! Du bist nicht normal und es gibt nichts, was ich dagegen tun kann. Du hast etwas ganz Besonders an Dir. Vielleicht ist es an der Zeit, dass ich all das akzeptiere und tue, was ich kann, um Dir zu helfen. Du wirst nie glücklich werden, wenn Du es nicht konfrontierst."

Keelin war überrascht zu spüren, dass ihre Wangen tränennass waren. Sie hatte nicht gemerkt, dass sie angefangen hatte zu weinen, aber es war, als wäre ein Teil ihres Herzens aufgebrochen. Ihre Mauern waren so lange hochgezogen gewesen, dass sie selten an ihre Kindheit dachte oder wie schwer ihr Leben manchmal sein konnte. Ihre Mutter wusste das. Sie sah alles. All ihre Anstrengungen als Kind, dagegen anzukämpfen. Ihre Schwierigkeiten mit Beziehungen, weil Keelin immer zu viel wusste. Sie neigte dazu, Menschen ohne Absicht zu verängstigen. Dadurch hatte sie gelernt, ihre Freundschaften sorgfältig auszuwählen, und ihre zwischenmenschlichen Verbindungen waren spärlich.

„Oh, Schatz, das tut mir so leid. Weine nicht. Ich habe immer gewusst, dass dieser Tag kommen würde. Ich wünschte nur, Deine Großmutter hätte sich eine weniger dramatische Art und Weise ausgesucht, als Dir das Buch zu senden. Ich liebe Dich, egal was passiert. Selbst wenn Du vielleicht einen Hauch von Grace O'Malleys ‚Zauber' in Dir hast. Ich meine, wärst Du wirklich irisch, wenn Du nicht ein kleines bisschen vom gewissem Etwas in Dir hättest?" Margaret entwich ein kleines Lächeln.

„Mama, kannst Du Menschen heilen? Bist Du wie ich?" Keelin brauchte mehr Antworten.

„Nein, Keelin, das kann ich nicht. Meine Stärken kommen in anderer Form. Ich kann anderer Leute Gefühle aus der Entfernung lesen. Warum, glaubst Du, kann ich einen Verkauf in Sekundenschnelle abschließen?" Margaret zeigte ihr grimmiges Maklerlächeln. Keelin nickte. Das war einleuchtend. Eine alleinstehende Mutter, die direkt von einem Boot aus Irland kam, hatte schon „das gewisse Etwas" gebraucht, um an die Spitze des Bostoner Immobilienemporiums zu schießen.

„So, und was heißt das für mich? Ich weiß nicht, was ich machen soll." Keelin starrte auf das Buch.

„Ich möchte nicht, dass Du gehst. Wirklich nicht. Um ehrlich zu sein, habe ich eine Riesenangst, dass ich Dich verliere. Aber wenn Du mehr über Dich selbst erfahren willst, musst Du vielleicht doch nach Irland gehen. Wenn Du es ignorieren und hier weitermachen willst wie bisher – das unterstütze ich voll", sagte Margaret eifrig.

Keelin lachte. Sie wusste, ihre Mutter wollte sie beschützen, und zwar unter ihrer Aufsicht. Das Buch summte in ihrem Schoß.

„Ich glaube, ich muss gehen."

KAPITEL VIER

K eelin ging zu Fuß nach Hause, das Buch warm an ihrer Seite. Ihre Mutter hatte sie gedrückt, als sie sich verabschiedeten und ihr zugeflüstert, wie leid es ihr tat. Keelin grübelte über alles nach, was sie erfahren hatte, während sie sich durch den geschäftigen Feierabendverkehr bewegte. Sie hatte das Gefühl, als würde sich in ihrem Magen Druck aufbauen und war sich nicht sicher, ob es durch Angst oder Aufregung verursacht wurde. Viele Möglichkeiten gingen ihr durch den Kopf.

Zu Hause angekommen, machte Keelin eine Kanne schwarzen Tee, eins der wenigen Dinge, die sie gut machen konnte, und machte es sich auf ihrem Sofa mit dem Buch gemütlich. Sie blies sacht auf den Tee, der in ihrem geblümten Lieblingsbecher dampfte. Der Druck wuchs in ihrem Magen und sie bekam das merkwürdige Gefühl, dass sie auf ihr Schicksal starrte.

„Jetzt oder nie", murmelte Keelin. Sie stellte den Tee vorsichtig weit genug weg vom Buch, lehnte sich hinüber und nahm es hoch. Sie öffnete es behutsam und fasste die

Seiten vorsichtig nur an den Rändern an. Ein kleiner Umschlag rutschte in ihren Schoß. Anders als der erste Umschlag mit dem mysteriösen „es ist Zeit", war dieser Umschlag ohne Aufschrift. Er war wattiert und hatte das gleiche Wachssiegel, das sie vorher schon gesehen hatte.

Keelin untersuchte das Siegel näher und meinte, etwas entziffern zu können, das aussah wie ein altmodischer Anker. Sie lachte leise, als sie darüber nachdachte, dass sie die Nachfahrin einer berühmten Piratenkönigin war. Mit einem kleinen Lächeln löste sie das Siegel und fand ein Bündel Euros zusammen mit einer Adresse für Grace's Cove.

„Also da redet jemand Klartext." Keelin war amüsiert über die Direktheit. Sie nahm ihren iPad, googelte die Adresse und wählte die Bilder Funktion auf der Landkarte. Ihre Augen trafen auf ein strohgedecktes Häuschen hoch oben auf einem Hügel. Als sie das Bild herumdrehte, verschlug es ihr den Atem. Der Blick vom Haus aus ging über atemberaubende Kliffe und die Kurve einer Bucht. In jeder anderen Stadt wäre dies die beste Immobilienlage.

Keelin legte ihren iPad weg und wandte sich wieder dem Buch zu. Sie nahm das Bündel Euros und zählte. Es war mehr als genug für Reisekosten und andere kleine Ausgaben.

„Ok, jetzt schauen wir doch mal, was es mit diesem Buch auf sich hat. Ich werde mich bestimmt nicht in irgendwelche dunkle Magie hineinziehen lassen." Sie war sich über eins ganz sicher, ihr Leben benötigte kein zusätzliches Drama.

Keelin blätterte vorsichtig durch das Buch. Hunderte von handgeschriebenen Zaubersprüchen oder Gedichten bedeckten die Seiten. Leider war vieles in Gälisch geschrieben und daher für Keelin völlig unverständlich. Während sie weiterblätterte, bemerkte sie kleine Zettel hinter jeder Seite. Sie entfaltete sie und fand englische Übersetzungen der gälischen Worte. Es war offensichtlich, dass sich jemand viel Mühe mit diesem Buch gemacht hatte. Es war mehr als ein Geschenk. Es war eine Gabe.

Keelin begann, die alte Schrift zu untersuchen, die die Seiten bedeckte. Es war fast, als wären es Rezepte. Aber doch nicht ganz. Während sie durch die Zutaten las, merkte Keelin, dass man das meiste davon nicht essen würde. Es waren äußerlich anzuwendende Salben und Tinkturen für verschiedene Leiden. Es gab sogar Anweisungen für die Kultivierung bestimmter Pflanzen unter dem Licht des Monds. Gespenstisch, dachte Keelin. Trotzdem, aus irgendeinem Grund hatte sie keine Angst. Keelin ging durch das ganz Buch und konnte nichts finden, was mit dem Teufel oder dunkler Magie zu tun hatte, abgesehen von etwas wie einem Schutzritual. Nach allem, was sie sehen konnte, war dies das Buch eines Heilers.

Ihre Neugier war geweckt und Keelin nahm ihren iPad wieder her. Sie recherchierte „keltische Heilkunst". Während Keelin die Seiten mit Informationen durchging, konzentrierte sie sich auf die wichtigsten Punkte.

Die keltische Tradition des Heilens ist einer der ältesten Pfade und kann die Verbindung zur göttlichen Energie, Vorfahren und der endlosen Erneuerung der natürlichen Welt vertiefen. Heilen stärkt den Körper der Person, die

die Energie empfängt und kann körperliche Schmerzen oder Verletzungen lindern.

Die Kelten waren ein ländliches Volk, sie bevorzugten ein naturnahes Leben mit Liebe zum Land und sahen sich selbst als Wärter von Mutter Erde. Die Druiden waren die spirituellen Wächter der Kelten und stellten sicher, dass jeder Kelte einen gesunden holistischen Lebensstil hatte.

Nach irischer Tradition ist es geläufig, dass Familien von Heilern von jemandem abstammen, der Zugang zu Heilungswissen erhalten hatte. Irische Heilerfamilien haben ihr Wissen oft aus uralten Büchern erworben. Große Legenden und tiefer Aberglauben umgeben diese berüchtigten Heilungsbücher.

Mit der Heilkunst geht eine Warnung einher. Das Suchen von Weisheit, auch der Weisheit des Heilens, ist ein gefährliches Geschäft; es kann den Tod verursachen, wenn es falsch angewandt wird.

KEELIN FRÖSTELTE und rieb sich die Arme. Anscheinend gab es eine lange und reiche Geschichte der Heiler in Irland. Sie fragte sich, wieso manche Menschen mit der Gabe gesegnet waren und andere nicht. Da musste mehr dahinterstecken als nur Grace O'Malleys Blutlinie. War sie wirklich eine Heilerin? War dies ihr Weg? Ihr Magen machte einen kleinen Sturzflug, während ihr Herz gleichzeitig zu hüpfen und zu singen schien. Sie schüttelte ihren Kopf. Bevor sie übereilte Entscheidungen traf, musste sie weiter forschen. Sie tappte in die Küche und holte ein Päckchen Hühnersuppe heraus. Sie schüttete den Inhalt in eine Tasse. Keelin schüttelte den Kopf, als sie die Suppe in die Mikrowelle stellte. Was für eine Heilerin sie war. Sie konnte noch nicht mal Suppe auf dem Herd kochen. Wie sollte sie komplexe Salben mischen und jemanden heilen?

Keelin blies auf die Suppe, tappte zurück ins Wohnzimmer und kuschelte sich mit einer Decke auf das Sofa. In ihrem Kopf drehten sich die Gedanken, aber ihre linke Gehirnhälfte spottete über dieses „heilen mit Energie" Konzept. Sie musste mehr herausfinden über Grace O'Malley und über den Kelch von Ardagh.

Sie verlor sich schnell in der reichen Geschichte Irlands. Stunden später blinzelte Keelin, als die Batterie ihres iPads leer war. Sie schüttelte den Kopf und streckte ihre Arme und Beine aus. Manchmal passierte es ihr, dass sie so in ihren Recherchen vertieft war, dass unbemerkt Stunden vergingen. Sie dachte über das nach, was sie herausgefunden hatte. Anscheinend war Grace O'Malley der Originalgangster. Diese Frau hatte nicht nur zweimal geheiratet, ein Kind auf See zur Welt gebracht und hunderte von Eindringlingen umgebracht, die ihr Land in Besitz nehmen wollten, sondern sie hatte auch politische Änderungen für ihr Land erzwungen. Ihre Heilungskräfte wurden eher wenig erwähnt, aber es war bekannt, dass sie die verblüffende Fähigkeit hatte, potentielle Bedrohungen vorherzusehen und sie zu verhindern. Man sagte, als das Ende ihres Lebens nahte, verschwand sie und wurde nie wiedergesehen. Keelin fragte sich, was wohl mit ihr geschehen war.

Der Kelch von Ardagh hatte auch eine interessante Geschichte. Obwohl sie über die Verzierungen und das Design dieses filigranen Kelchs viele Details finden konnte, gab es so gut wie keine Informationen über den wahren Ursprung. Keelin stellte fest, dass viele der Dekorationen am Kelch Tiere darstellten. Das schien in die keltische Geschichte von Animismus gut hineinzupassen. Keelin fragte sich, ob ein Gegenstück zum Kelch tief in Grace's Cove vergraben lag. Je länger sie darüber nachdachte, desto mehr juckte es sie, ihre Tauchausrüstung zu packen und den Sommer mit einer Schatzsuche zu verbringen.

Keelin starrte in die Luft, während ihr diese Gedanken durch den Kopf schossen. War sie eine Heilerin? Was waren diese Visionen, die sie hatte? Sollte sie nach Irland gehen?

Erschöpft fielen ihr die Augen zu und sie fiel auf dem Sofa in einen tiefen Schlaf. Ein Mann trat in ihre Träume. Mit dunklem widerspenstigem Haar und strahlend blauen Augen starrte er sie durch die Flammen eines Lagerfeuers an, das um sie herum loderte. Seine Augen schienen im Dunkeln zu glühen. Dunkles Wasser stieg hoch und bedeckte sie, als sie auf ein goldenes Glitzern zu schwamm. Sie konnte es nicht erreichen und wurde hilflos weggespült, nur um schweißgebadet aufzuwachen. Ihr Herz hämmerte in ihrer Brust und sie wischte ihr schweißnasses Haar aus dem Gesicht.

Keelin zwang sich dazu, tief durchzuatmen, um das Hämmern ihres Herzens zu beruhigen. Es war nur ein Traum. Es war ein merkwürdiger Tag gewesen, ermahnte sie sich selbst. Ihre Augen fielen auf das Buch. Es war aufgeschlagen, obwohl es vorher geschlossen gewesen war. Sie lehnte sich hinüber, um zu sehen, auf welcher Seite es aufgeschlagen war, und sah ein Rezept für eine Kräutermischung, die wahre Liebe fördern sollte.

„Niedlich. Wirklich niedlich", sagte sie.

Mit einem Seufzer griff sie nach ihrem Telefon. Es war Zeit, ihren Professor davon zu überzeugen, dass das Material für das Thema ihrer Masterarbeit auf der grünen Insel gefunden werden konnte.

KAPITEL FÜNF

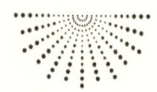

Das Flugzeug setzte mit einem kleinen Hüpfer auf, der die Kabine schüttelte. Keelin umklammerte ihre Armlehne und wiederholte ein Stoßgebet. Sie liebte reisen, aber sie hasste die Landungen beim Fliegen ganz besonders. Nicht das Abheben und nicht den Flug – aber immer das Landen. Während das kleine Flugzeug, das sie von Dublin nach Shannon genommen hatte, zum Stillstand kam, ließ Keelin einen langen Atemzug heraus, bevor sie ihre Handtasche und ihren Rucksack zusammenpackte. Sie dachte über alles nach, was in den letzten Wochen passiert war. Sie war sich nicht sicher, ob sie dabei war, ihr Schicksal zu finden oder ob sie einem dummen Aberglauben hinterherlief. Es hatte einiges an Überzeugungskraft gebraucht, aber dank der Kombination von Recherchen und der Tatsache, dass ihr Professor halb irisch war, hatte ihre Schule zu einem Sommer in Irland und der Änderung des Themas ihrer Arbeit zugestimmt. Sie konnte nur hoffen, dass die dunklen Wasser der Bucht genug Informationen für eine Masterarbeit

hergeben würden. Ihre Mutter war schwieriger zu überzeugen gewesen. Obwohl sie Keelin anfangs unterstützt
hatte, war sie dann doch ausgerastet, als sie entschied zu
gehen.

Keelin spielte die schwierige Szene noch einmal in
ihrem Kopf nach. Margaret hatte ihr stur angeboten, den
Rest der Schulgebühren und Keelins Miete für die
nächsten fünf Jahre zu zahlen, wenn sie nicht nach Irland
gehen würde. Nur mit dem Versprechen, zweimal
wöchentlich anzurufen und viele Emails zu schicken, hatte
ihre Mutter schließlich ihrer Entscheidung zugestimmt.
Keelin schüttelte sich ein bisschen, als sie an Margarets
Tränen dachte. Sie hatte ihre Mutter selten weinen gesehen. Keelin dachte, ein Teil dieser Gefühle käme durch den
Tod von Margarets Mutter. Andererseits, fiel Keelin jetzt
auf, war Margaret nicht zur Beerdigung geflogen oder
hatte irgendetwas in der Art erwähnt. Sie fragte sich, wie
viele von Margarets Emotionen aus der Angst rührten,
allein in Boston zu sein, oder eher daher, welche ihrer
Geheimnisse Keelin finden würde, wenn sie in Irland
ankam.

„Ist alles ok mit Dir?" Eine Stimme mit irischem
Tonfall riss Keelin aus ihren Gedanken. Eine junge Frau
wartete vor ihr im Gang. Kleinwüchsig, mit dunklen
Locken und grüngelben Augen, lächelte sie Keelin freundlich an.

„Oh, ja, Entschuldigung." Keelin stand auf und fühlte
sich sofort gigantisch. Sie überragte diese zarte Person.
Keelin trat sich geistig selber. Mit ihren 1,80 Metern und
ihren großzügigen Hüften war ihr natürlich bewusst, dass
sie groß gewachsen war, aber sie musste immer hart daran

arbeiten, sich nicht wie ein Riese zu fühlen, wenn sie mit kleinen Frauen zusammen war.

„Kein Problem. Es sah aus, als würdest Du gerade ein bisschen vor Dich hinträumen." Die junge Frau nahm eine riesige Tasche mit einer Hand aus dem Gepäckfach und schwang sie sich über ihre Schulter.

„Amerikanerin, wie ich sehe. Hier im Urlaub?"

„Nein, ich fahre für den Sommer nach Grace's Cove, um meine Masterarbeit zu schreiben."

„Echt? Ich hab schon gedacht, dass Du mir bekannt vorkommst. Du bist bestimmt eine O'Brien. Ich sehe es an den Augen." Sie starrte in Keelins markante cognacfarbene Augen. „Dann wären wir so eine Art Kusinen. Ich bin Caitriona."

Auf Keelins leeren Gesichtsausdruck hin lachte sie. „Das ist irisch für Katherine. Nenn mich Cait."

„Hi, Cait. Ich bin Keelin O'Brien. Und wie genau sind wir Kusinen? Lebst Du in Grace's Cove?" fragte Keelin, während sie zusammen zum Gepäckband gingen.

„Ja, Ma'am, das tue ich. Mir gehört Gallaghers Pub. Das ist der beste Platz am Ort für ein Pint und Livemusik. Oder jedenfalls sage ich das." Cait lachte Keelin mit ihren tanzenden Augen an. „Ich kenne allen Klatsch in der Stadt. Also wenn Du irgendwelche Fragen zu etwas hast, komm und besuch mich. Du solltest sowieso vorbeikommen und Dich an das Dorfleben gewöhnen. Es wäre gut für Dich, ein paar Freunde auf Deiner Seite zu haben." Mit diesen rätselhaften Worten schritt Cait davon, um ihre Tasche zu holen.

„Wart mal. Warum sollte ich keine Freunde haben?"

Keelin beeilte sich, um mit ihr mitzuhalten. Cait bewegte sich schnell.

Cait hielt an und drehte sich um. Auf ihrem Gesicht war eindeutig Schock zu lesen. „Na, weil es dem Ruf nach in Deiner Familie Hexen gibt. Hast Du von Deiner Großmutter gehört? Eine nette Dame, aber ich war immer darauf bedacht, sie nicht zu verärgern."

„Oh, hör auf. Gibt es überhaupt Hexen? Ich habe gehört, dass meine Großmutter etwas anders ist und eine gute Heilerin – aber eine Hexe? Nein."

„Hey, hör zu. Fiona hat mich halb großgezogen. Ich habe nie etwas gesehen, was darauf hindeuten würde, dass sie eine Hexe ist. Davon abgesehen sind ihre Heilungsfähigkeiten berühmt. Vielleicht ist es ein Hauch von Feen. Ich habe einfach immer auf ihrer guten Seite gestanden und hatte keine Probleme. Lass Dich nicht verunsichern, die meisten Leute in der Stadt sind nett und Du solltest nicht zu viele Probleme haben. Ich muss los. Komm bei mir auf ein Bier vorbei. Ich meine es ernst. Ich könnte ein bisschen Zeit unter Frauen gebrauchen und würde gern etwas über Amerika hören."

Damit ging sie los und trug ihre zwei riesigen Reisetaschen, als wäre es nichts.

„Hexen. Wunderbar." Keelin verwarf die irische Mystik und holte ihr Gepäck. Sie hatte vergessen, Cait zu fragen, wo ihre Großmutter begraben war. Sie fragte sich, ob das Dorf zur Beerdigung erschienen war oder nicht.

Keelin zog ein zusammengefaltetes Stück Papier mit gedruckten Anweisungen heraus und machte sich auf den Weg zu einem abgelegenen Parkplatz. Keelin betete, dass man sie nicht übers Ohr gehauen hatte und das Auto, das sie vor ihrer Abreise gekauft hatte, am verabredeten Platz stand. Beim Näherkommen an das, was man locker als Pickup bezeichnen würde, stöhnte sie. Diese Rostlaube sah aus, als würde sie beim ersten Schalten in den dritten Gang auseinanderfallen. Der stumpfe rote Lack blätterte ab, der Rahmen rostete und das Auto sah aus, als würde es nur mit viel Glück und Spucke laufen. Keelin tastete unter der vorderen Stoßstange nach dem Schlüssel in der Magnetbox und kletterte auf den Vordersitz.

Sie starrte auf das leere Armaturenbrett und schaute nach rechts auf das Lenkrad.

„Dummkopf." Keelin rutschte auf der Vorderbank hinüber und hoffte, dass niemand ihren Fehler bemerkte hatte.

„Steuer rechts, fahren links", murmelte sie sich selbst zu, drehte den Schlüssel und betete, als der Wagen stotternd ins Leben kam.

„Na bitte, Mädchen. Du schaffst das. Komm schon, Baby."

Keelin schmeichelte dem Auto, fädelte sich vorsichtig in den Verkehr ein und begann die Fahrt nach Grace's Cove.

Nachdem Keelin mehrere Male knapp einem Unfall entkommen war und den anderen Fahrern freundlich zugewunken hatte, hatte sie das Gefühl, sich an das Fahren auf der linken Seite der Straße gewöhnt zu haben. Irische Straßen waren berüchtigt für enge Stellen, gewundene Kurven und gefährliche tote Winkel. Die Strecke nach Grace's Cove brüstete sich mit allem. Keelin beschloss, langsam zu fahren und alles in sich aufzunehmen. Na ja, eigentlich traf ihr Auto die Entscheidung für sie, da bei jeder Erhöhung der Geschwindigkeit auf über 45 Meilen pro Stunde (*Kilometer!* dachte sie für sich) ein gefährliches Klappern zu hören war. Keelin hoffte, dass es lange genug durchhalten würde, bis sie es zum Dorf schaffte.

Nachdem sie ein paar weitere Zusammenstöße knapp vermieden hatte, stotterte Keelin mit dem Wagen über einen großen Hügel und hielt den Atem an. Vor ihr erstreckte sich das Dorf, idyllisch gelegen am Fuß des Kliffs, mit einem Blick über den Ozean. Wenn sie eine Postkarte von Irland schicken würde, wäre dieses Bild drauf. Rollende grüne Hügel trafen auf scharfe Kanten und liefen um die farbigen Häuschen aus, die sich um den gewundenen Hafen drängten. Ein Gefühl von Heimat stieg in ihr hoch und sie lächelte. Dies sah aus wie ein Ort, an dem man glücklich sein könnte.

Sie freute sich auf ihre erste Kanne Tee und Scones mit richtiger Sahne dazu. Keelin fuhr weiter zu den Parkplätzen, die den Hafen umringten. Sie schaltete den Motor aus und atmete erleichtert auf. Die Rostlaube hatte sich erstaunlich gut gehalten.

Lächelnd hob Keelin ihren Rucksack auf die Schulter und sah sich nach einem Lebensmittelladen um. Sie hatte keine Ahnung, was nach dem Tod ihrer Großmutter noch so im Haus war und wollte nicht oben auf den Hügeln ohne Essen und ein zuverlässiges Transportmittel festsitzen. Keelin stand still und atmete tief durch. Die Meeresluft hatte etwas an sich, das ihr Blut singen ließ. Sie spürte immer, wenn sie nah am Wasser war. Keelin beobachtete mehrere Fischer, die ihre Boote hereinzogen und den Tagesfang abluden. Sie würden vor Sonnenuntergang nochmal hinausfahren. Winzige bunte Boote tanzten weiter draußen auf dem Wasser und Möwen flogen im Sturzflug um die Fischerboote herum. Die Sonne schien, ein kleiner Windhauch kitzelte ihren Nacken und Keelin hatte Mühe, nicht permanent zu grinsen. Dies würde der beste Sommer überhaupt werden. Abgesehen von dem Ding mit den Hexen, das Cait erwähnt hatte. Darüber müsste sie nochmal mehr herausfinden.

Keelin ging in Richtung Dorfmitte und suchte nach einem Lebensmittelgeschäft. Die Läden standen dicht gedrängt an der engen Straße, die den Hügel entlang ins Dorf führte. Keelin bestaunte die leuchtenden Farben an den Fassaden und wünschte, dass die Amerikaner ihre Geschäfte nicht immer so stählern und grau gestalten würden. Der Mischmasch aus Farben und Baumaterialien dieser kleinen Läden hatte etwas für sich. Keelin hielt an, um eine Spitzenarbeit in der Auslage eines Geschäfts zu bewundern. Zwei Frauen kamen heraus und die ältere blieb stehen und starrte sie schweratmend direkt an. Sie nahm den Arm ihrer Begleiterin und eilte über die Straße.

Was war denn das? dachte Keelin. Das Dorf hatte doch eine große Anzahl Gästehäuser; man sollte einem Touristen gegenüber nicht so reagieren. Keelin ging weiter den Hügel hoch und kam an einem Mann mit wetterge-gerbtem Gesicht vorbei. Er starrte auf ihre Augen und spuckte sie an – und bekreuzigte sich.

Was war hier los? Das idyllische Bild ihres perfekten Sommerurlaubs fing an, sich aufzulösen durch die Art, wie sich die Leute im Dorf verhielten.

Keelin fand den Lebensmittelladen um die Ecke versteckt und wanderte durch die Gänge. Wie sollte sie kochen? Sie wusste noch nicht mal, ob diese Hütte eine

Mikrowelle hatte. Vielleicht wäre es am besten, wenn sie einfach ein bisschen Grundverpflegung mitnahm, da sie keine Ahnung hatte, was sie erwartete. In der Tat, was war, wenn es keinen Kühlschrank gab? Sie lachte über sich selbst. Natürlich gab es einen. Sie hoffte es jedenfalls. Keelin legte den Aufschnitt wieder zurück und steuerte auf die nicht gekühlten Lebensmittel zu. Sie deckte sich mit Brot, Äpfeln, Erdnussbutter, Marmelade und Mandeln ein. Das würde eine kleine Weile reichen, und sie würde mit Sicherheit in die Stadt zurückkommen, wenn sie sich erstmal etwas orientiert hatte.

Keelin ging auf eine Frau mittleren Alters mit Haarnetz zu, die an der Kasse stand. Die Frau sah sie abschätzend an und sagte: „Du musst Fiona O'Briens Enkelin sein. Ich sehe es an Deinen Augen. Wir haben uns immer gefragt, wann Margaret Dich zurückkehren lassen würde."

„Oh, Sie kennen meine Mutter?", fragte Keelin. Endlich war da mal ein freundliches Gesicht.

„Aye, das tue ich. Wir haben zusammengearbeitet. Sie hätte hierbleiben sollen, um zu sehen, ob es mit Sean funktioniert. Aber ich glaube, ich verstehe, warum sie gehen musste. Ich vermute, Du bist auf dem Weg hoch zum Häuschen? Du solltest Dich auf den Weg machen, bevor es dunkel wird, sonst findest Du es nie."

„Em, ok. Wie heißen Sie? Können Sie mir erklären, warum die Leute so komisch zu mir sind?", fragte Keelin in einem Atemzug. Sie musste wissen, was sie erwartete.

„Mein Name ist Sarah Gallagher. Wir sind auf eine verwickelte Art verwandt. Wie Du sicher weißt, hat Deine Familie nicht den besten Ruf in der Stadt. Und doch habt Ihr zur selben Zeit den besten Ruf, den man haben kann.

Das musst Du für Dich selbst herausfinden." Sarah packte ihre Einkäufe schnell ein und verabschiedete sich von Keelin, um dem nächsten Kunden zu helfen.

Keelin fühlte sich irgendwie nicht recht wohl und ziemlich nervös. Was hatte sie nur bewogen, sich in so eine Situation zu begeben? Und niemand wollte ihr Antworten geben. Sie stapfte den Hügel hinunter zu ihrem Auto und ignorierte die neugierigen Blicke, die ihr zugeworfen wurden. Sie würde das schon für sich selber ergründen. Keelin warf ihre Taschen hinten auf die Ladefläche des Pickups und stieg auf der Beifahrerseite ein, knallte ihre Hand verärgert auf das Armaturenbrett und rutschte rüber auf die Fahrerseite. Sie würde das schon noch in den Griff bekommen, schwor sie sich.

Sie drehte den Schlüssel in der Zündung und betete. „Komm schon, Baby, wir müssen noch ein bisschen weiter. Auf ein Neues. Komm." Das Auto klapperte und schepperte, aber der Motor sprang nicht an.

„Verdammt. Das meinst Du doch jetzt nicht ernst." Frustriert öffnete Keelin die Tür und ging nach vorn zur Motorhaube. Sie konnte den Riegel nicht finden, um die Haube zu öffnen und schlug sie mit der Faust, während sie ein paar ihrer derberen Schimpfworte losließ.

Ihr Ausbruch wurde durch Lachen unterbrochen. „Brauchen Sie Hilfe?" Ein singender irischer Akzent in einem tiefen Tenor unterbrach ihren Wortschwall. Keelin drehte sich um, um den Besitzer der Stimme zu sehen, dankbar, dass jemand nett zu ihr war.

Die Sonne blendete sie völlig und alles, was Keelin sehen konnte, waren stechend blaue Augen. Sie hatten das tiefe Blau des Ozeans und waren die Augen aus ihren

Träumen. Ein Schaudern durchzog sie und ihr wurde leicht schwindlig. Keelin stolperte und griff nach dem rostigen Rand der Haube, um Halt zu suchen. Während sich der Mann ihr näherte, konnte sie den Rest von ihm sehen und holte tief Luft. Sie war in ziemlicher Gefahr, wenn alle Männer in Irland so aussahen wie er. Dunkle Locken umrahmten ein fein geschnittenes Gesicht, und Armani würde Millionen dafür zahlen, um mit ihm in seinem Katalog zu werben. Breite Schultern führten zu schmalen Hüften, und er hatte die selbstsichere Leichtigkeit eines Mannes, der sich zu Land genauso wohl fühlt wie auf dem Meer. Sein gebräuntes Gesicht war unrasiert und seine vollen Lippen zogen sich zu einem schmalen Streifen zusammen, als er ihr Gesicht sah. Sein Lächeln verschwand und er hielt inne, seine Selbstsicherheit war weg. Ärger überflog sein Gesicht und er fluchte. Keelin hatte das eindeutige Gefühl, dass er wieder gegangen wäre, wenn er sie nicht schon angesprochen hätte. Aus Pflichtgefühl ging er auf sie zu.

„Ja, danke. Mein Auto springt nicht an und ich weiß nicht, wie ich die Haube aufmachen soll. Oder was überhaupt unter der Haube ist." Keelin lächelte und hoffte, die Verärgerung aus seinem Gesicht wegzuwischen.

Er stellte sich direkt neben sie. Mit einem langen Blick musterte er sie von Kopf bis Fuß und ignorierte sie, während er sich zum Wagen drehte und die Haube öffnete.

„Entschuldigung, wie heißen Sie?" Keelin war angefressen. Sie hatte für heute genug von unhöflichen Fremden.

„Flynn." Er fummelte mit ein paar Kabeln herum und ging zur Fahrerseite. Das Auto röhrte auf.

„Na, ist das nicht wieder typisch?" Aus unerfindlichem Grund war Keelin noch verärgerter als vorher und atmete heftig aus.

„Wunderbar, Mr Flynn, ich danke Ihnen vielmals, dass Sie so viel Zeit in Ihrem Tag übrighatten, um jemandem wie mir zu helfen. Hätten Sie vielleicht noch einen Moment, um mir zu erklären, was überhaupt mit meinem Auto los war? Wenn es Ihnen nicht zu viel Mühe macht, Sir?" Keelin konnte auch sarkastisch sein.

„Ein loser Erdungsleiter führte zu einer unterbrochenen Verbindung, als Sie versucht haben zu starten. Ich habe es wieder angezogen. Das kostet nichts." Flynn starrte sie nochmal an und drehte sich um.

„Warten Sie! Wollen Sie meinen Namen nicht wissen?" Keelin überraschte sich selber und ergriff seine Hand. Ein Stromschlag fuhr durch ihre Hände, erhitzte sie und ihre Haut kribbelte. Verschiedene Empfindungen katapultierten durch ihren Körper und landeten in ihrem Bauch. Schockiert starrte Keelin in Flynns verärgertes Gesicht.

„Ich weiß genau, wer Du bist, Keelin O'Brien." Flynn stapfte davon und pfiff scharf. Ein Hund, den Keelin vorher nicht gesehen hatte, sprang von seinem Platz auf der Promenade an seine Seite, drehte sich um und starrte sie an.

„Super, danke! Vielen Dank! Ich werde zu Hause über die fantastische irische Gastfreundschaft berichten!", rief Keelin ihm nach. Flynn hob seine Hand in einer „geh weg" Geste.

KAPITEL SECHS

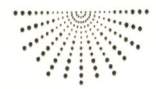

Flynns Herz schlug heftig in seiner Brust, als er Teagan zu sich pfiff und von Keelin wegging. Natürlich wusste er, wer sie war. Ihr Bild hatte im letzten Jahr seine Träume heimgesucht.

Er gab einen kleinen Seufzer von sich, als er den Pier entlang zu seinem Fischerboot ging, das da lag. Er machte die Leinen vom Pier los und wartete, bis Teagan ins Boot gesprungen war, bevor er vom Dock ablegte. Flynn fuhr langsam aus dem Hafen heraus und versuchte, seinen Puls wieder unter Kontrolle zu bringen.

Großzügige Kurven, schmelzende braune Augen und Haare, die er zu gern auf seinem Kissen ausgebreitet sehen würde, blitzten durch seinen Kopf. Keelin war sein Fantasiemädchen. Sie tauchte vor etwas über einem Jahr in seinen Träumen auf und Flynn hatte seitdem Schwierigkeiten, nicht jede Frau, die er kennenlernte, mit ihr zu vergleichen.

Mit ihr. Mit einem Produkt seiner Fantasie. Bis er einen Blick erhascht hatte auf das Foto in Fionas Häuschen und feststellte, dass diese Fantasiegestalt niemand anderes war als Fionas entfremdete Enkelin Keelin. Verwirrung überkam ihn, als er auf das Bild starrte. Keelin, voller Leben und Jugend, saß im Gras und lachte die Kamera an. Sie war da bestimmt nicht älter als vierzehn und ihre Schönheit ließ nur erahnen, in was für eine Frau sie sich entwickeln würde. Es war wie ein Schlag in die Magengrube, als Flynn klar wurde, dass sein Traummädchen Wirklichkeit war.

Als er sie heute sah, so wütend auf ihr Auto, hatte Flynn regelrecht gefühlt, wie sich die Erde unter ihm bewegte. Wie hatte er von ihr träumen können? Wie hatte er es gewusst?

Seine Reaktion auf ihre leibhaftige Person war genauso instinktiv wie in seinen Träumen. Er stöhnte, als sich Lust tief in seinem Magen ansammelte und er sehnte sich danach, Keelin in seine Arme zu nehmen. Aber die Tatsache, dass sie in seinen Träumen erschienen war, machte ihn misstrauisch. Wie war es möglich, dass er von ihr gewusst hatte…ihren Geruch, ihr Lächeln, ihr ganzes Wesen…bevor er sie je getroffen hatte?

Wenn er etwas nicht verstand, machte ihn das normalerweise wütend. Flynn mochte ein gewisses Maß an Kontrolle über sein Leben. Aber irgendetwas an Keelin reizte ihn, alle Vorsicht in den Wind zu schießen und sich einen Vorgeschmack zu holen.

Flynn hatte Angst, dass er schon viel zu sehr verloren war, ließ den Motor aufheulen und preschte raus aufs Meer. Weg von dem, was Keelin ihm zu versprechen schien.

KAPITEL SIEBEN

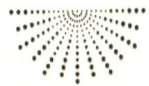

„Was zum Teufel war das?", dachte Keelin. Sie war wütend. Ein mürrischer Ire hatte ihr Blut schneller erhitzt als die letzten fünf Männer aus der Bostoner Elite, mit denen ihre Mutter sie verkuppelt hatte. Sie schrieb es der langen Dürreperiode ihres Liebeslebens zu und studierte die Wegbeschreibung auf ihrem Papier. Röte kroch in ihre Wangen. Dieser verfluchte Kerl hatte sie gleichzeitig wütend und heiß gemacht. Sie war schon eine ganze Weile nicht mehr so verstört gewesen.

Sie murmelte vor sich hin, als sie auf die Straße und fast in ein Auto auf der rechten Spur fuhr.

„Verdammt!" Keelin schlug das Lenkrad nach links und fuhr an die Seite. Sie ermahnte sich, sich zu beruhigen, bevor sie weiterfuhr. Sonst würde sie sich noch verletzen. Ihr Auto tuckerte bergauf und auf eine enge Straße, die immer tiefer in die Hügel führte. Kurven waren hinter Büschen und Felsen verborgen, und die meisten Abzweigungen waren unübersichtlich. Keelin atmetet tief durch und fuhr langsam. Nichtsdestotrotz übersah sie fast das verwitterte Schild. Der Name „O'Brien's Road" war auf einem kleinen Stück Holz aufgemalt und die rote Farbe fast abgerieben.

„Auf geht's." Kies bedeckte die Straße und das Auto stotterte, während es sich über die Unebenheiten und Furchen bewegte, die sich über den Weg den Hügel hinaufzogen. Keelin bewegte den Wagen weiter den Hügel hoch und fuhr an verwitterten Zäunen und Weiden vorbei, die gesprenkelt waren mit Schafen, die mit Farbe besprüht waren. Warum um alles in der Welt waren die Schafe rosa? Keelin nahm sich vor, jemanden danach zu fragen.

Punkrockschafe, lachte sie innerlich. Ihre Freunde zu Hause in der Bostoner Musikszene würden das witzig finden. Sie fuhr um eine blinde Kurve und ließ einen Schrei los. Eine Herde Schafe blockierte ihren Weg und sie sahen nicht so aus, als wollten sie sich bewegen.

Keelin lehnte sich auf die Hupe. Nichts passierte. Sie starrten sie schräg an und blieben stur stehen.

Sie rollte ihr Fenster herunter. „Hey. Ihr da. Weg! Macht Euch aus dem Weg." Frustriert und der Meinung, sie wäre heute schon genug getestet worden, bewegte sie den Wagen vorwärts. Die Schafe sprangen schnell aus dem Weg und Keelin lachte. Jetzt fühlte sie sich schon ein bisschen mehr wie eine Irin.

Keelin kam um die nächste Kurve und vor ihr öffnete sich die Welt.

„Oh. Oh Gott. Oh, das gibt es doch gar nicht." Ihre Stimme blieb ihr im Hals stecken und unerwartete Tränen stiegen ihr in die Augen. Die unglaubliche Schönheit der

Landschaft vor ihr war atemberaubend in ihrer Pracht. Die Steinhütte schmiegte sich zwischen zwei Felszungen, die sie vom Wind abschirmten. Unter der Hütte dehnten sich die Hügel weit aus, bevor sie die See küssten. Die satt-grünen Hügel rollten hinunter zu steilen Kliffen, die in einem fast perfekten Halbkreis um eine Bucht herausrag-ten. Grace's Cove. Ein kleiner Sandstrand lag genau in der Mitte der Bucht und ein enger Pfad wand sich durch die Kliffe zum Strand. Die Sonne war blendend in ihrer Bril-lanz. Diamantenlichter funkelten auf der Oberfläche des Wassers und das Grün des Grases stand in perfektem Kontrast zu dem Blau des Wassers, das den Farbton des Himmels widerspiegelte. Keelin fühlte sich wie auf dem Dach der Welt.

Ich würde nie hier weggehen, wenn ich nicht müsste, dachte sie. Während sie sich drehte, um sich umzusehen, fing sie an, Einzelheiten der Landschaft zu erkennen. Etliche Pfade wanderten in verschiedenen Richtungen über die Hügel und steinerne Marker waren an verschiedenen Punkten im Land eingesetzt.

War das ein Steinkreis? Sie strengte ihre Augen an, um etwas auszumachen, das so aussah wie eine Reihe von Steinen in einem Kreis. Das Pflanzenleben war üppig und an einigen Büschen und Blumen waren verschiedene Bänder festgemacht. Eine hohe Ziegelsteinmauer trennte einen Bereich hinter der Felsnase ab und war von Ranken überwachsen. Keelin fragte sich, was hinter der Mauer lag.

Also dies ist mein Zuhause für eine Weile? Damit kann ich leben. Keelin freute sich auf ein Abenteuer diesen Sommer, und wo würde sie sonst eins finden, wenn nicht

hier in diesem Stück Himmel? Keelin setzte ihren Rucksack auf und hievte ihre Einkaufstaschen hinten von der
Ladefläche herunter. Sie drehte sich um und schaute auf
die Berge. Sie stiegen hinter ihr auf und schützten das
Haus, das Land und die Bucht. Keelin blinzelte. Für eine
Sekunde dachte sie, sie sah einen Mann und einen Hund
hoch oben auf dem Kamm, der über dem Haus lag. Sie
schüttelte ihren Kopf, schaute wieder hin und der Kamm
war leer.

Keelin ging zur Hütte. Es war eigentlich ein ganzes
Stück größer als eine Hütte, aber Keelin mochte den
romantischen Gedanken, dass sie den ganzen Sommer in
einer Hütte am Rand des Wassers wohnen würde. So
würde sie es jedenfalls nennen, wenn sie ihren Freunden
zu Hause davon erzählen würde. Es war mehr ein breites,
quadratisches Haus mit zwei größeren Räumen, die an der
Rückseite hervorragten. Gebaut aus runden grauen Steinen
und dunklen Holzbalken sah das Haus aus, als wäre es Teil
der Landschaft. Es war, als wäre es für dieses Land und
nur für dieses Land gebaut.

Keelin war sich nicht sicher, ob sie anklopfen sollte
oder nicht. Es war ja schließlich nur sie hier, oder? Sie zog
am Riegel und ging hinein. Licht filterte durch die einfach
verglasten Fenster und durch den Staub schien das Licht
wie Strahlen über den abgenutzten Bauerntisch, der mitten
im Zimmer stand. Die Tür öffnete sich direkt in das Haupt-
zimmer im Zentrum des Hauses. Auf einer Seite war eine
kleine Küche mit einem Holzofen und einer Speisekam-
mer. Zwei Türen führten nach hinten aus dem Zimmer, sie
vermutete, da waren die Schafzimmer. Der Raum war

beherrscht von einem großen Tisch in der Mitte, der übersät war mit Gläsern, Blumen, Schnur und Schüsseln. Keelin ging zum Tisch und sah, dass die Wände mit Regalen bedeckt waren. Flaschen über Flaschen waren ordentlich aufgereiht auf den Regalen und an allen hingen kleine Etiketten. Keelin ging hinüber zu einem der Regale und sah alle möglichen Arten und Farben von Puder. Sie sahen aus wie Gewürze, aber so schnell würde Keelin keins davon probieren.

„Na endlich bist Du angekommen."

Keelin entfuhr ein Schrei und sie ließ ihre Taschen auf den Boden fallen.

Aus der dunklen Ecke rechts von Keelin kam ein leises Lachen. Diese Nische hatte sie übersehen, als sie herein-kam. Eine Frau saß dort in einem Holzschaukelstuhl dessen Lehnen und Rücken aussahen, als wären sie aus einem einzigen Stück geschnitzt. Keelin wollte in diesem Stuhl sitzen. Er schmiegte sich um die Frau, die in ihm saß, und sie schaukelten, als wären sie eins. Unter einem beeindruckend langen, grauen Lockenkopf hervor blickten Keelins eigene Augen sie an. Die Haare sprangen und schlangen sich um ihren Kopf, waren an einigen Stellen mit Schnur zusammengebunden, hinter den Ohren steckten kleine Blumen.

Obwohl Fiona bestimmt achtzig war, wenn sie lächelte, verschwanden die Jahre aus ihrem Gesicht. Sie erinnerte Keelin an die Hippies, die oft auf dem Boston Common Proteste veranstalteten. Eine Urtümlichkeit umgab die alte Frau, aber gleichzeitig strahlte sie Stille und Sänfte aus. Ihre Hände ragten aus einem alten blauen Wollumhang heraus und banden geschickt Schnur um getrocknete Kräuterbündel. Neben den Bündeln waren Papierschilder ordentlich aufgereiht. Der Geruch von Lavendel kitzelte Keelins Nase und beruhigte sie zur gleichen Zeit.

„Oma?" Es war eher eine Feststellung als eine Frage. Diese Frau könnte niemand anders sein.

„Ja, aber natürlich, Keelin. Was hast Du denn sonst gedacht, wer ich bin?" Fiona lachte Keelin an und stand auf, um sie zu umarmen. Ebenfalls eine zierliche Frau, beugte sich Keelin über sie, um sie unbeholfen zu drücken. Sie konnte durch den Umhang die dünnen Knochen spüren und machte sich sofort Sorgen um ihre Gesundheit.

„Mir geht es gut, Keelin. Und nenn mich Fiona", sagte Fiona mit einem Lächeln. „Komm, komm. Lass mich Dir etwas zu essen richten." Fiona eilte zu dem kleinen Herd, auf dem es in einem Topf köchelte. „Ich habe extra mehr gemacht heute für Dich." Sie holte braunes Brot von der Fensterbank, wo es zum Abkühlen an der frischen Luft gelegen hatte, eingewickelt in ein kariertes Küchentuch.

„Es tut mir leid, aber ich dachte, Du wärst, äh, na ja, tot", stotterte Keelin.

„Ich weiß. Dummes Mädchen, Du hast auf Deine Mutter gehört. Margaret hätte doch wirklich wissen müssen, dass ich die einzige Person bin, die Dir dieses Buch schicken würde. Na ja, sie hat schon immer gern alles komplizierter gemacht", sagte Fiona, als sie vorsichtig die cremige Suppe in braune Keramikschalen schöpfte. Sie ging zum Tisch, stellte die Schüsseln auf bunte Matten, und brachte das Brot und eine Schale mit Butter.

„Setz Dich, setz Dich. Es ist so schön, Gesellschaft zu

haben." Fiona plapperte fröhlich weiter und frage Keelin nach ihrem Flug. „Du bist genauso gutaussehend, wie ich erwartet habe. Du hast die Farbe und Figur von den O'Briens – das rotblonde Haar, die cognacfarbenen Augen, und dieser Körper. Du wirst irgendwann einen Mann sehr glücklich machen."

Keelin starrte Fiona mit offenem Mund an. So hatte sie noch nie jemand beschrieben. Sie bekam schon öfter Komplimente für ihre Haare und Augen. Aber im Land der WASPs (weißen Anglo-sächsischen Protestanten) und spindeldürren Blondinen, die Boston bevölkerten, wurden ihre großzügige Figur in Größe 40, ihre ausladenden Hüften und ihr Busen nicht oft bewundert.

„Em, danke. Es tut mir wirklich leid. Danke, und ich möchte nicht unhöflich sein, aber meinst Du nicht, das war eine etwas dramatische Art, mich dazu zu bringen, hierher zu kommen?" Keelin mochte Überraschungen nicht und war von dem langen Reisetag etwas gereizt. Ihre Groß-mutter als Mitbewohnerin für den Sommer war nicht Teil ihrer Pläne gewesen.

Fiona seufzte. „Na ja, Du weißt, die Iren neigen zu etwas Drama, meine Liebe. Aber ja, ich habe wirklich gedacht, dies war der beste Weg, Dich hierherzubringen. Es ist schließlich Zeit."

„Ok, genug mit diesem ‚es ist Zeit'. Zeit für was?" Keelin weigerte sich, sich hinzusetzen. Sie hatte das Gefühl, als wäre sie Teil irgendeiner Verschwörung, in die alle eingeweiht waren, nur sie nicht.

„Na, Zeit für Dich, Dein Geburtsrecht anzunehmen, meine Liebe. Aber jetzt iss. Wir haben noch genug Zeit zu reden. Du brauchst Deinen Schlaf und Deine Erholung,

bevor wir morgen früh mit Deinem Unterricht beginnen",
sagte Fiona und blies auf ihren Suppenlöffel.

„Unterricht? Ich muss meine Masterarbeit schreiben,
weißt Du", sagte Keelin und setzte sich.

„Ja, Liebes. Du hast für all das Zeit. Erzähl mir erstmal
von Deiner Mutter." Fiona sah unschuldig aus, aber sie
war definitiv geschickt darin, Fragen auszuweichen. Also
da hatte ihre Mutter das her, dachte Keelin.

„Na, ich bin froh, dass Du nicht tot bist", sagte
Keelin und setzte sich hin. Die Schale Suppe rief nach
ihr und ihr Magen grummelte als Antwort. Der erste
Bissen vom dicken braunen Brot ließ ihre Geschmacks-
nerven summen. Niemand machte solch ein Brot in den
Staaten.

Fiona lachte. „Ja, ich auch. Nun erzähl mir von
Boston."

Keelin erzählte Fiona von ihrem Leben in Boston,
während sie zwei Teller Suppe verschlang. Sie hatte einen
Riesenhunger. Nach dem Essen machte Fiona ein kleines
Feuer im Holzofen und brachte sie zu einem kleinen Raum
im hinteren Teil des Hauses.

„Es ist nicht viel, aber sollte für Dich gerade richtig
sein", sagte Fiona, während sie die bunte Flickendecke
über den blütenweißen irischen Leinenlaken glattstrich.
Das kleine Bett war in einer Nische mit einem großen
Fenster, das Aussicht über die Bucht bot. Ein Fenster auf
der anderen Seite des Raums bot einen Blick auf den Berg-
kamm. Ein fadenscheiniger Häkelteppich bedeckte die
abgenutzten Holzdielen und ein kleiner Tisch mit einem
Keramikwasserkrug stand in der Ecke. Die Einfachheit des
Raums stand in Kontrast zu dem umwerfenden Ausblick

und machte es das, was es sein sollte – ein Raum mit dem Augenmerk auf die Außenwelt.

„Es ist total schön, danke." Keelin war überwältigt von einer Erkenntnis, die sie spürte. Dies war ihr Zimmer.

„Ja, es ist Deins." Fiona sah sie an. Sie wusste es. Sie ging zur Tür. „Schlaf, mein Liebes. Schlaf. Es gibt so viel zu lernen."

Keelin stellte ihre Taschen auf den Boden und beobachtete, wie die letzten Spuren von Licht auf dem Wasser spielten, bevor die Sonne hinter dem Horizont verschwand. Sie zog sich schnell aus, benutzte das kleine Badezimmer und zog ein kurzes Hemd und Männershorts zum Schlafen an. Die Leinenlaken waren kühl und glatt. Sie hüllten sie ein, und dann holten die Anstrengungen des Tages sie ein. Keelin versank schnell in einen traumlosen Schlaf.

Sie wachte auf zu Totenstille und Verwirrung. Wo war sie? Orientierungslos schoss Keelin hoch und suchte nach ihrem Telefon. Sie schaltete es ein, während sich ihre Augen dem schummrigen Licht anpassten. Drei Uhr morgens. Ihre innere Uhr war total durcheinander. Ihre Augen gewöhnten sich an das Zimmer und sie sah das helle Mondlicht durchs Fenster scheinen. Fasziniert kniete sie sich hin und lehnte sich heraus, um über Grace's Cove zu sehen. Die kargen Klippen hoben den perfekten Halbkreis der Bucht hervor. Der Ozean leuchtete am Horizont und reflektierte das weiche weiße Licht des Mondes. Keelin liebte Nächte wie diese. Sie hatte immer davon geträumt, dem Weg des Mondes über die Meere segelnd zu folgen und sie erschrak, als sie realisierte, dass das Licht dort aufhörte, wo es die Bucht traf. Sie streckte sich hoch

und lehnte sich weiter nach vorn. Das konnte nicht stimmen. Es musste ein Trick des Lichts sein oder des Winkels
des Hauses. Das Wasser der Bucht war dunkel. Da war
keine Reflexion. Wie konnte das sein? Keelin schob das
Glasfenster leise hoch und lehnte sich soweit heraus wie
sie konnte, ihr langes Haar wild über ihren Schultern. Die
Bucht blieb dunkel. Sie nahm aus dem Augenwinkel eine
Bewegung wahr. Ein dunkles Tier rannte über das Feld
von der Bucht weg. War das ein Wolf? Gab es in Irland
überhaupt Wölfe? Keelin versuchte, sich rasch wieder
hereinzuziehen, aber ihre Haare blieben am Fensterbrett
hängen.

Verdammt. Sie machte immer so ungeschickte Sachen.
Sie versuchte, ihre Haare zu entwirren, während ihre
Augen das Tier verfolgten, das auf sie zukam. Etwas
beklommen arbeitete sie schneller an dem Knoten in den
Haaren. Keuchend blickte sie auf, als der Wolf näherkam,
und sie sah einen Mann hinter ihm gehen. Den Gang hatte
sie vorher schon mal gesehen. Flynn ging so, mit der
Leichtigkeit eines Mannes, der selbstsicher war...und zu
diesem Land gehörte. Sie könnte schwören, dass sie das
Blaue in seinen Augen blitzen sah. Keelin sah an sich
herunter und merkte, was für ein Bild sie darbot: ihre
Brüste fielen fast aus ihrem dünnen Trägerhemd heraus
und sie trug keinen BH. Sie blickte hoch und seine Augen
schienen sich in ihre zu bohren. Ein kleines Summen
sammelte sich tief in ihrem Magen. Ihre Brustwarzen
wurden steif.

Wütend riss sie ihr Haar von der Fensterbank und
knallte das Fenster zu. Sie könnte schwören, sie hörte sein
Lachen. Was machte Flynn auf ihrem Land morgens um

drei? Und warum war die Bucht dunkel? Keelins wissen-schaftlich ausgerichteter Geist konnte keine Erklärung finden, außer, dass das Haus in einem merkwürdigen Winkel stand. Frustriert und sexuell angeregt schlief Keelin wieder ein, während Gedanken von Männern mit strahlenden Augen und komischen Hunden durch ihren Kopf schwirrten.

KAPITEL ACHT

Der Geruch von Speck und das Grummeln in ihrem Magen weckten sie auf. Gab es eine bessere Art aufzuwachen? Blinzelnd sah sie das zarte Licht des jungen Morgens. Sie zog ein altes Sweatshirt und ihre Hüttensocken an und tappte in die Küche.

„Guten Morgen, Dornröschen. Hast Du gut geschlafen?", fragte Fiona vom Herd.

„Ja, Keelin, wie hast Du geschlafen?" Eine dunkle Männerstimme ließ Keelin zusammenfahren. Sie schob ihre Haare aus ihrem Gesicht. Flynn saß gemütlich am Küchentisch, beendete gerade sein irisches Frühstück und trank eine Kanne Tee. Seine blauen Augen funkelten sie an. Mit Unbehagen kreuzte Keelin ihre Arme vor der Brust und wünschte, sie hätte eine Schlafanzughose angezogen. Ihre Männershorts bedeckten sie gerade so. Sie versuchte verstohlen, ihr Sweatshirt herunterziehen, während sie die Arme über der Brust gekreuzt hielt.

Flynn beobachtete sie amüsiert. Sie schürzte ihre obere

Lippe. Was war mit diesem Mann, dass sie ihm am liebsten eine klatschen wollte?

„Frühstück, mein Liebes?" Fiona lachte sie an. Eine stille Freude strahlte von ihr aus. Sie hatte eine volle Küche und war daher glücklich.

„Nur Tee, bitte." Keelin war sich nicht sicher, ob sie sich dazu bringen könnte, mit Flynn gemeinsam zu frühstücken. Als ob er ihre Gedanken lesen könnte, lächelte er, stand auf und trug sein Geschirr zum Spülbecken.

„Wunderbar wie immer, Fiona. Danke fürs Frühstück. Sag mir Bescheid, wenn Du mehr Lecks hast, die geflickt werden müssen." Flynn küsste ihre Großmutter sanft und nickte Keelin zu, bevor er ging.

„Ach, dieser Mann", schnaubte Keelin und schnappte sich ein Stück Speck.

„Umwerfend, oder?" Fiona lächelte und summte, als sie aufräumte.

„Na ja, schon, aber er ist irgendwie auch ein Idiot."

„Die besten sind das immer, Schatz."

„Was ist seine Geschichte?", fragte Keelin und versuchte, uninteressiert zu wirken.

„Flynn? Ahh, das ist wirklich eine lange Geschichte, und ich vermute, er wird sie Dir erzählen, wenn er soweit ist. Er ist ein einheimischer Fischer, ihm gehört das Land neben unserem, und er spielt den Handwerker für mich mit allem, was ich nicht selber machen kann. Er ist definitiv ein Segen für mich. Aber ruppig. Eine gute Frau könnte das ändern." Fiona lächelte Keelin mit ihren Grübchen an.

„Das glaube ich nicht. Dieser Mann sieht nach Ärger aus. Wer wandert schon nachts um drei auf dem Land herum? Ich trau ihm nicht."

„Na ja, dies ist sein Land genauso wie unseres. Es war eine wunderbare Nacht für einen Spaziergang bei diesem Vollmond", sagte Fiona.

„Trotzdem. Es ist komisch", Keelin schaute in ihren Becher Tee.

„Warum ziehst Du Dir nicht was an? Ich habe Pläne für uns heute Morgen", sagte Fiona geheimnisvoll.

Keelin nahm ihren Tee mit in die Dusche. Während sie ihr langes Haar kämmte, konnte sie nicht anders, als an die Träume zurück zu denken, die sie plagten, seit sie Flynn letzte Nacht gesehen hatte. Verschwitzte Haut, verschlungene Arme und die Flammen eines Feuers. Es war alles so heidnisch – so urtümlich. Es reichte, um sie beim Duschen erröten zu lassen, und sie versuchte, die Bilder aus ihrem Kopf zu verbannen. Sie weigerte sich, Flynn mehr Raum in ihrem Kopf zu geben. Es war wichtiger, ihre Großmutter endlich über das Buch und die geheimnisvolle dunkle Bucht zu befragen.

Im Hinblick auf den sonnigen Tag zog Keelin Shorts und ein einfaches Trägerhemd an und nahm ihre Gummistiefel heraus. Sie wollte sich das Land genauer ansehen.

„Geht's Dir besser, Liebes?" Fiona hatte sich umgezogen, sie trug Wanderstiefel und hatte einen verblichenen Lederbeutel quer über dem Körper. Weiche buttergelbe Handschuhe und eine Schere schauten aus ihrer Tasche heraus.

„Ja, danke. Ich wollte Dich nach dem Buch fragen, das Du mir geschickt hast. Und ich habe auch Fragen über die Bucht."

„Ja, ja, natürlich. Dein Unterricht muss beginnen. Komm mit." Fiona gab Keelin eine ähnliche Tasche, die ebenfalls mit Handschuhen und Schere ausgestattet war. Keelin öffnete die Tasche und fand einen Stapel Baumwollbeutel und Schnur. Ein kleiner Notizblock und Stift waren in einer Seitentasche. Sie überlegte kurz, ob sie Telefon und Fotoapparat mitbringen sollte, aber dachte, dass sie sie vermutlich nicht brauchen würde.

„Hast Du Geschichten über Heiler gehört? Weise Frauen?" Fiona unterbrach ihre Gedanken, als sie das Häuschen verließen.

„Ja, ich habe ein bisschen darüber nachgelesen, nachdem ich mit meiner Mutter über das Buch gesprochen hatte. Ich kann nicht entscheiden, ob es Hexerei ist oder etwas anderes. Es scheint sich alles zu vermischen."

„Perfekt! Das ist eine wunderbare Beschreibung. Es *ist* alles miteinander verflochten. Die alles umfassende Kraft. Da ist Magie, weißt Du." Fiona beäugte Keelin.

„Ja, ich glaube schon." Keelin hielt ihr Urteil darüber zurück.

„Na ja, Du wirst Gerüchte hören über Hexerei, und es gibt Leute in der Stadt, die tratschen. Aber sie reden von Dingen, von denen sie nichts verstehen. Ich wäre zu gern eine Hexe. Es klingt, als würde es viel Spaß machen. Leider bin ich es nicht. Ich kann nicht zaubern. Das bedeutet nicht, dass ich keine Macht habe. Oder Du. Wenn Du wirklich Dein Geburtsrecht antreten möchtest, kann ich Dich unterrichten."

Keelin starrte Fiona an, während sie sich einer Felsformation näherten. Haufen von ungleichmäßigen Steinen standen in einem Kreis um einen Flecken Erde. Die grünen Hügel rollten unterhalb von ihnen und das Wasser der Bucht war sanft.

„Ich denke, dass ich nicht wirklich weiß, was Du meinst", sagte Keelin zögerlich.

„Wirklich?" Fiona sah sie an. Ihre kleine Figur schien größer zu werden, als sie in Keelins Augen starrte.

„Ich, eh, na ja. Ich hatte so Momente. Einfach Dinge, die passierten. Ich habe eigentlich keine richtige Erklärung dafür. Also ignorier ich es. Ist es das, wovon Du redest?" Keelin war nervös. Ihre Haut kribbelte. Sie konnte den Schweiß spüren, der sich an ihrem unteren Rücken unter dem Hemd sammelte. Sie hatte noch nie darüber geredet. Keelin hatte ihre Schutzwälle in jungen Jahren errichtet und jetzt fühlte sie sich, als würden sie bloßgelegt.

Fiona streckte ihren Arm aus. Sie griff in ihre Tasche, nahm ihre Schere und ritzte die Haut an ihrem Arm auf. Keelin erschrak. „Oma! Mach so was nicht. Warum?" Ohne darüber nachzudenken, bedeckte Keelin die Wunde mit ihrer Hand und übte Druck aus. Sie fühlte einen kurzen Stich an ihrem eigenen Arm und wusste, dass alles gut war. Sie nahm ihre Hand weg, Fiona lächelte sie an und schaute auf ihren Arm, der keinerlei Spur aufwies. Ein schwacher blauer Fleck war auf Keelins Arm erschienen, genau an derselben Stelle, an der Fiona sich geschnitten hatte.

Keelins Kopf hämmerte. So passierte das immer. Sie bewegte sich zu schnell. Sie dachte nicht nach. Was würde ihre Großmutter von ihr denken? Die Leute flippten immer aus, wenn es geschah. Das war einer der Gründe, warum sie selten langfristige Beziehungen hatte. Die meisten Männer konnten es weder verstehen noch damit umgehen, was sie war. Sie wusste ja selber nicht, was sie war.

Fiona lachte sie an und legte ihre Hand sanft auf

Keelins blauen Fleck. Der Schmerz ließ nach und ihre Kopfschmerzen verschwanden. Keelin sah, dass der blaue Fleck verblasst war.

„Du bist eine Heilerin, meine Liebe. Ein Naturtalent. Und es ist Zeit, dass Du lernst, wie Du Deine Fähigkeiten zügelst und kontrollierst, oder Du wirst Dir selber großen Schaden zufügen."

„Eine Heilerin? Wirklich? Ich dachte, das wären alles Ammenmärchen." Keelin kam sich dumm vor, als sie das sagte. Wie konnte es ein Ammenmärchen sein, wenn sie es gerade mit ihren eigenen Augen gesehen hatte? Wie lange konnte sie noch verleugnen, was sie war?

Fiona scheuchte sie in den Kreis. „Wie Du weißt, zieht Macht Verantwortung mit sich. Es gibt Regeln zu lernen und Unterricht zu beginnen. Medizin und natürliche Heilmittel der Erde können Deine Heilungskräfte verstärken. Das Universum hat eine große und einfallsreiche Kraft, die Du nutzen musst. Die keltische Geschichte der Heiler ist reich und mächtig. Wir respektieren die Natur, Tiere und die allumfassende Energie. Keltische Heiler glauben schon lange an die Kraft der natürlichen Heilmittel in Kombination mit der nutzbaren Universalenergie, die uns allen zur Verfügung steht. Einige von uns haben mehr von dieser Kraft als andere." Fiona nickte ihr zu und zog mehrere kleine Beutel mit Kräutern heraus.

„Aber es gibt dunkle Energien, die Dir schaden können. Deswegen musst Du einfache Wege lernen, Dich zu schützen. Wenn Du lernst, bitte ich Dich, dass Du innerhalb eines Schutzkreises arbeitest. Wir sagen hier unsere Gebete und wir erklären unsere Absicht, unsere Kräfte für den höchsten Zweck zu nutzen, nämlich anderen zu helfen.

Wir sind Heiler. Wir haben Verantwortung gegenüber anderen und uns. Manchmal bringt diese Gabe die Fähigkeit, bestimmte Dinge zu sehen. Es wird Zeiten geben, in denen Du kurze Augenblicke siehst von dem, was kommen wird. Oder Du kannst Gedanken von jemandem anders erhaschen. Dies sind natürliche intuitive Fähigkeiten, die wir alle haben, aber bei uns sind sie etwas anders. Das ist unser Vermächtnis von Grace O'Malley."

Keelin konnte noch nicht mal leugnen, was ihre Großmutter sagte. Wenn eine Seele seine eigene Wahrheit das erste Mal trifft, gibt es keine Mauern, die aufgebaut werden können. Keine Schutzschilder. Dies räsonierte in ihr so klar und tief wie die Luft, die sie atmete.

„Was ist mit meiner Mutter?", fragte Keelin.

„Deine Mutter, Gott schütze sie, hat ihre eigenen Kräfte. Sie ist keine Heilerin und hat sich oft geschämt oder war verängstigt über das, was sie sich weigerte zu lernen. Deine Mutter ist empathisch und hat die herausragende Fähigkeit, die Gefühle und Entscheidungen anderer Leute zu lesen. Deswegen ist sie eine exzellente Immobilienmaklerin, aber keine gute Heilerin. Wenn sie all die Emotionen derer, die krank sind, aufnehmen würde, würde sie wortwörtlich in sich selbst zusammenfallen. Sie hat in jungen Jahren gelernt, ihre Gefühle abzuschirmen, aber diese Welt machte ihr Angst und sie floh, um Dich zu beschützen. Bis Du alt genug warst, hat sie sich geweigert zu sehen, dass Du nicht vor dem fliehen kannst, was Du bist. Ich könnte Dich genauso wenig dazu bringen, mit dem Heilen aufzuhören, als dass Du sie davon abbringen könntest, ihre Haare blond zu färben."

Keelin lächelte. Es stimmte. Ihre Mutter ging jeden

Monat nach New York City, um den perfekten Fifth-Avenue-Blondton zu bekommen. Sie behauptete, die Haarstylisten in Boston würden es nicht richtig machen.

„Ich, ich habe das immer gemacht. Ich weiß nicht, warum. Es hat mir Todesangst eingejagt. Ich erinnere mich, als ich jung war und ein Auto unseren Kater überfuhr. Ich war so verzweifelt, dass ich ihn hochnahm und mit ihm zu unserem Haus rannte. Ich konnte seinen Schmerz fühlen; seine beiden Hinterbeine waren gebrochen und ich war sicher, der Tierarzt würde ihn einschläfern. Ich hielt ihn und wünschte mit allem, was ich hatte, dass es ihm wieder gut ging. Ich weinte und weinte und betete. Ich bedeckte ihn mit meinem Körper und hielt ihn und alles wurde schwarz. Ich kam wieder zu mir, als meine Mutter mich wachrüttelte. Unser Kater rannte im Kreis um mich herum. Ich lag auf dem Boden und fing an, mich zu übergeben. Ich war zwei Wochen lang krank." Keelin hatte lange nicht darüber nachgedacht. Ihre Mutter hatte sich geweigert, mit ihr darüber zu sprechen, bis sie es vor kurzem bei ihrer Unterredung zur Sprache brachte. Es hatte sie zu der Zeit sehr verängstigt und sie hatten ein stilles Einvernehmen, es nicht mehr zu diskutieren.

„Ah, ja. Rohe unkontrollierte Kraft. Deine Liebe war echt und Deine Absichten pur. Du konntest Deinen geliebten Kater heilen, aber Dich selber nicht schützen. Du hast den Schmerz in Dir aufgenommen. Krankheit muss irgendwohin gehen. Wenn Du nicht lernst, sie nach außen abzuleiten, saugst Du sie auf und sie wird Dich vergiften. Hättest Du es mit jemandem getan, der todkrank war, hättest Du Dich wahrscheinlich selber umgebracht." Fiona wanderte um den Kreis herum, während sie redete, schaffte Ordnung im Zentrum und schnitt Blätter von Pflanzen ab, die in den Kreis hineinhingen. Sie steckte ein paar davon in ihren Beutel und zog das Buch heraus.

„Bist Du bereit für Deine erste Lektion?", fragte Fiona.

Keelin war immer noch damit beschäftigt, diese Neuigkeiten zu verarbeiten und konnte nur nicken. Das war nicht ihre Vorstellung von diesem Sommer gewesen.

„Alle Heiler müssen lernen, sich selbst zu schützen. Du bist eine Quelle des Lichts und der Universalenergie, die Dich befähigt, andere zu heilen. Aber es gibt immer dunkle Energien, die versuchen, Dir Dein Licht zu nehmen, und die Tatsache, dass Du nicht heilen kannst, ohne den Schmerz oder die Krankheit in eine andere Richtung zu lenken. Ohne richtigen Schutz wirst Du Dich umbringen oder erlauben, dass eine dunkle Energie eindringt und versucht, sich an Dich zu hängen."

„Ok, das ist total gruselig und macht mir Angst. Ich möchte nicht in all dies hineingezogen werden." Keelin stolperte aus dem Kreis. Ihr Atem stockte, als sie anfing, den Pfad zurück zu gehen. Dunkle Energien waren zu viel für sie. Panik baute sich in ihr auf. Sprach ihre Großmutter über Dämonen? Den Teufel? Hitze durchschoss sie und Keelin brach in Schweiß aus. Sie hatte kein Bezugssystem, um mit all dem umzugehen. Wissenschaft redete nicht über Dämonen und Katholizismus verbannte sie.

„Du kannst nicht ignorieren, was Du bist, Keelin, oder Du wirst sterben. Du musst Deine Kraft entweder aufgeben oder nutzen."

Die Worte stoppten sie und ihre Wahrheit räsonierte tief in ihrem Inneren. Sie musste eine Wahl treffen. Keelin starrte auf das Wasser und zitterte bei dem Gedanken daran, die Tür zu dem zu öffnen, was sie so lange wegge-schlossen hatte. Sie hatte Angst, Kontrolle darüber zu verlieren, was und wer sie war.

„Du bist in Sicherheit, Keelin. Aber Du musst lernen." Fionas Stimme war sanft.

Keelin drehte sich um. Ihre Großmutter stand im Kreis, ihre weißen Haare wehten im Wind. Ihre vom Alter gezeichneten Hände hielten Kräuterbündel und eine Leder-schnur, die um einen Kristall gewickelt war. Das Schicksal kommt in den merkwürdigsten Formen, dachte Keelin.

„Warum sagst Du, dass ich sterben werde?" Keelin musste es wissen.

„Wenn Du ein Kind hast, das krank wird, wirst Du alles geben, um es zu retten. Ohne richtiges Training und Schutz wirst Du dabei sterben, das zu beschützen, was Du liebst. Das gilt auch für Deine wahre Liebe. Die Reinheit Deiner Liebe wird Deine Heilkraft so stark machen, wie es nur möglich ist, und als Gegenleistung wirst Du Dein Leben geben, wenn Du untrainiert bleibst."

Der Gedanke, Mutter zu sein, traf Keelin wie ein Schlag. Sie hatte sich immer dagegen gesträubt. Und doch…zuckte irgendetwas tief in ihr. Ganz tief. Es war schwer, die absolute Wahrheit hinter Fionas Worten zu bekämpfen.

„Ok, ich bleibe und ich lerne, mich zu schützen. Aber Du hast mir echt Angst eingejagt mit dem ganzen Gerede über dunkle Energie. Ich bin nicht so scharf auf das ganze Zeug mit Voodoo, Geister beschwören und so", machte Keelin klar.

Fiona lachte und machte eine Geste, dass Keelin zu ihr in den Kreis kommen sollte.

„Wo Licht ist, da ist auch Dunkelheit. Das kannst Du genauso wenig ändern, wie Du es ignorieren kannst. Du kannst nur lernen, Dich selbst so gut wie möglich zu schützen. Es wäre unverantwortlich, das zu ignorieren."

Nickend trat Keelin zurück in den Kreis.

„Also, das Wichtigste zuerst. Zeichne einen Kreis, betritt einen Kreis, bau einen Kreis mit kleinen Steinen, Zweigen, Kreide, Schnur…was immer Du um Dich herum findest. Der Kreis ist ein uraltes Zeichen für Schutz und Sicherheit. Ja, Hexen nutzen das gleiche und das hat einen guten Grund. Du solltest mich besonders in dieser Hinsicht nicht ignorieren."

Keelin zog ihren Notizblock heraus und begann, sich Notizen zu machen.

„Kreis, hab ich. Was dann?"

Fiona fing an, einfache Schutzgebete herunterzuleiern.

„Du musst immer Deine Engel und Lichtbringer um Hilfe und Schutz bitten. Sie sind für Dich da."

Keelin nickte fleißig und schrieb weiter.

Fiona gab ihr das Lederhalsband mit dem Stein, der daran hing.

„Trag dies, wenn Du Heilungen vornimmst. Es hilft dabei, negative Energie zu absorbieren und abzuwenden. Es hilft Dir auch dabei, die reinste Form Deiner Energie dahin zu leiten, wo Du arbeitest."

Das Lederband war verknotet und in einem aufwändigen Muster geflochten. Es umringte einen Kristall, der bestimmt so groß war wie ihre Handfläche. Die Klarheit des Steins täuschte über die Kraft hinweg, die er hatte. Keelin bewunderte die Kunst, mit der das Halsband gefertigt war. Die Schönheit des Designs reflektierte gleichzeitig Stärke und Zartheit.

„Danke, das ist wunderschön."

„Es gehörte Grace O'Malley."

Die enorme Tragweite dessen, was Fiona gerade gesagt hatte, erschlug sie fast. Der Kristall wurde in ihrer Hand warm und sie wurde durchflutet von Gefühlen aus hunderten von vergangenen Jahren. Schnappschüsse von Kämpfen auf See, Geburten und Gesang um die Bucht herum flogen durch Keelins Kopf. Ihr Magen drehte sich um, als diese mächtigen Gefühle sie überschwemmten. Keelin griff Fionas Hand und Fiona half ihr, wieder ins Gleichgewicht zu kommen.

„Das passiert manchmal, wenn sich ein Stein das erste Mal mit seinem neuen Besitzer verbindet. Er erkennt Dein Blut."

Keelin war schwindlig und ihr Blick war für einen Augenblick verschwommen. Langsam verließ sie die Panik und was blieb, war eine sanfte Gewissheit. Selbstvertrauen beruhigte sie wie ein kühlender Balsam.

„Es ist ein wunderbares Gefühl, Keelin, aber auch eine Verantwortung. Du musst immer vorsichtig mit Deinen Fähigkeiten umgehen", warnte Fiona. „Jetzt, nachdem Du ein paar Grundfähigkeiten für Deinen Schutz gelernt hast, und das Amulett Dich anerkannt hat, können wir zur Bucht gehen."

„Wirklich? Ich kann es nicht erwarten." Keelin wippte auf ihren Zehenspitzen. Die Bucht barg so viele unbeantwortete Fragen. Es juckte sie, ihr Tauchzeug zu holen und mehr davon zu sehen, was unter dem Wasser lag.

„Können wir zurückgehen, damit ich ein paar von meinen Sachen holen kann?", fragte Keelin.

„Heute nicht, Keelin. Die Bucht muss Dich erst akzeptieren, oder Du wirst ihren Zorn spüren."

„Also, wirklich, komm schon. Mama hat mir einige Gerüchte erzählt, aber ist es wirklich verhext? Gibt es einen Schatz? Warum können Leute nicht dorthin gehen?" Keelins neugieriger Geist hatte eine ganze Liste mit Fragen für Fiona und sie schoss sie heraus, als sie hinter Fiona herging.

Fiona blieb stehen, drehte sich um und sah Keelin an.

„Du musst die Bucht immer respektieren. Sie ist es, woher Deine Kräfte kommen. Du bist ein Teil von ihr, genauso wie Du Teil dieser Erde bist. Verhext oder nicht, Schatz oder nicht – Du musst sie immer respektieren. Die Bucht tut, was die Bucht tut. Du kannst sie genauso wenig untersuchen und kategorisieren, wie Du ihr Handeln voraussehen kannst. Die Bucht ist einfach."

„Das kann ich auf keinen Fall einfach so hinnehmen. Es gibt für alles eine Erklärung", sagte Keelin und blickte in Fionas sture Augen.

„Keelin, wenn Du nicht den gebührlichen Respekt zeigst und es gut sein lässt – Du wirst zu Schaden kommen oder sterben. Ich kann diesen Punkt gar nicht genug betonen." Fiona fing an zu keuchen und Keelin merkte, dass die alte Frau anfing, in Panik zu geraten.

„Ok, ok. Ich habe es verstanden. Respektier die Bucht. Ich werde tun, was Du sagst." Keelin strich sanft mit der Hand über Fionas Arm. Sie würde sich ihre Meinung zu der Bucht später bilden.

„Die Bucht hat eine lange und interessante Geschichte.

Ich bin mir sicher, Deine Mutter hat Dir das meiste erzählt. Alles, was ich sagen kann, ist, dass die Bucht Macht hat. Ob der Kelch hier liegt oder nicht, die Bucht zeigt ihre Geheimnisse nur denen, die sie selber aussucht. Es gibt Menschen, die hier Hilfe suchen, um schwanger zu werden. Andere kommen und holen das Wasser, um die zu heilen, die schwer krank sind. Nur die, die sie wirklich respektieren, gehen unbeschadet wieder davon. Du kannst diesem Wasser nur mit reinen Absichten nahekommen. Schatzsucher werden oft verletzt oder getötet. Grace's Cove ist sowas wie heiliges Wasser. Grace O'Malley verdiente ihren Lebensunterhalt auf dem Wasser, und auch wenn sie eine gewissenlose Frau war, sie gab ihr Herz der See und nur der See. Ihr größtes Geschenk an diese Bucht war, sie zu verzaubern. Am Ende ihres Lebens kam sie her, um in diesem Wasser zu ruhen."

Keelin hatte schon immer alte Legenden gemocht, besonders Geschichten, die mit dem Meer zu tun hatten. Piraten, Sirenen und Mythologie hatten sie schon immer fasziniert und ließen sie trotz ihres logischen Geists stundenlang träumen. Sie hatte eine ausgeprägte romantische Seite, die sie oft zu Tränen rührte.

„Sie kam hierher, um mit der einzigen Liebe vereint zu sein, der sie trauen konnte – der See", murmelte Keelin. Tränen standen in ihren Augen. Es war irgendwie traurig, wie Grace O'Malley entschied, ihr Leben zu enden, und doch war es gleichzeitig merkwürdig romantisch. Keelin verstand den Ruf der See. Die See war eine widerspenstige Frau, aufbrausend und wütend an einem Tag, seidig und beruhigend am nächsten. Kein anderes Naturphänomen reflektierte seine Gemütsschwankungen so sehr wie das

Meer. Es war Schönheit. Es war Zorn. Es war alles. Keelin konnte sich mit dem letzten Wunsch von Grace identifizieren. Ein Teil zu werden – eins werden – mit der See war verzaubernd. Keelins Blut summte bei dem Gedanken.

Fiona führte Keelin über einen steinigen Weg, der durch die Wiesen mit den Punkrockschafen ging. Der seichte Wind wurde kräftiger, als sie der Bucht näherkamen und die Seevögel kreisten und suchten ihr Mittagessen. Sie näherten sich der Kante des Felsvorsprungs und Keelin stockte der Atem und ihre Seele sang.

KAPITEL NEUN

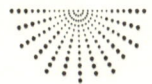

Die Bucht erstreckte sich vor ihnen mit ihrem kristallblauen Wasser, umringt von schroffen Felswänden. Die steilen Klippen umschlossen das Wasser bis auf eine kleine Öffnung für Boote, genau in der Mitte der Bucht. Die Kliffe liefen in einem perfekten Halbkreis aus und trafen auf einen kleinen Sandstrand hunderte von Metern unter ihnen. Ein kleiner Weg kreuzte das Kliff unter ihnen und ging im Zickzack am steilen Vorsprung herunter. Die Bucht war unglaublich in ihrer Schönheit, unberührt in ihrer Rauheit und so still. Eigentlich hätten da Leute am Strand sein sollen, rennende Hunde und Kinder, die im Wasser plantschen. Nichts störte die Schönheit des Strandes. Die Vögel flogen über ihnen und tauchten nie in das Wasser ein. Das Summen in Keelins Blut wurde stärker.

„Willkommen in Grace's Cove. Du kannst ohne Gefahr den Weg entlanglaufen. Erst, wenn Du den Strand erreichst, solltest Du vorsichtig sein. Wir werden unseren Schutz am Strand beginnen."

„Oma, gehst Du diesen Weg hier allein? Das ist kein einfacher Aufstieg." Keelin keuchte, als sie den Weg nach unten begann.

„Ach, Ihr Amerikaner. Das hier ist doch nur ein kleiner Spaziergang. Versuch mal, Mount Brandon zu erklettern, wenn Du eine richtig nette Wanderung machen möchtest." Fiona schwebte abwärts. Jahrelange Wanderungen in den Hügeln hatten ihre Schritte sicher gemacht. Keelin folgte etwas langsamer. Ihre Tollpatschigkeit würde bestimmt dafür sorgen, dass sie stolperte und vom Weg rollte, um unten auf den scharfen Felsen ihren Tod zu finden.

Keelin schaute zu, während ihre Großmutter auf dem Weg nach unten Blumen sammelte. Sie begleitete dies mit einer fortwährenden Lektion über verschiedene Kräuter und Büsche, und Keelin merkte, dass viele von ihnen mit Bändern umwickelt waren.

„Wofür sind die Bänder?", fragte Keelin.

„Ich ernte Kräuter auf der Basis des Monds und anderen astrologischen Elementen."

Keelin lachte.

Ihre Großmutter hielt inne und sah sie an. Sie schüttelte ihren Kopf und ging weiter. Keelin hätte schwören können, sie hörte sie sagen: „Es gibt mehr im Himmel und auf Erden, Horatio…"

„Shakespeare?", fragte Keelin. Fiona nickte und ging weiter.

„Ok, na dann." Sie atmete aus und nahm sich vor, nicht über das astrologische Zeug zu lachen. Sie konnte nicht alles von sich weisen. Selbst die Wissenschaft hatte bewiesen, dass die Gezeiten des Meeres durch die Anziehungskraft des Mondes bestimmt wurden. Vielleicht war mehr an diesen Kräften, als sie dachte.

Sie näherten sich dem Ende des Wegs und Keelin versuchte, ihren Atem zu beruhigen, während die Kette an ihrem Hals summte. Sie stieg vom Weg auf den warmen Sand. Fiona streckte eine Hand aus und hielt Keelin davon ab weiterzugehen.

„Nicht weiter. Sieh Dich einfach um." Fiona breitete ihre Hände aus und drehte sich. Ihr Gesicht verzog sich zu einem Lächeln und die Sonne schien ihr warmes Licht auf sie. Sie lachte und hielt ihre Arme in den Himmel. Dabei sah sie aus wie ein Yogi in der Bergpose.

Die Bucht lag in ihrer unendlichen Schönheit vor ihnen. Hier war es windgeschützt und die Sonnenstrahlen waren sanft. Die Felswände, die von oben so beängstigend aussahen, schafften ein Gefühl der Sicherheit. Keelin wollte ihre Kleidung von sich reißen und eintauchen und in dem sprudelnden Wasser schweben. Es war so ein privater Platz, der ihr vorkam, als wäre er ein Teil von ihr, und sie fühlte sich, als wäre sie nach Hause gekommen.

„Ich weiß", sagte Fiona. „Das ist Heimat."

„Es – da gibt es keine Worte. Mir ist schwindlig", sagte Keelin. Sie wollte nackt auf dem Sand tanzen. Sie konnte das kühle Streicheln des Wassers und das Gefühl der Schwerelosigkeit fast fühlen und starrte in den Himmel. Schwindel überkam sie und sie griff nach ihrer Wasserflasche und nahm einen Schluck, um wieder einen klaren Kopf zu bekommen. Noch nie hatte sie sich so angezogen gefühlt vom Ruf des Ozeans wie jetzt.

„Es ruft Dich. Jeden, eigentlich. Diejenigen, die zu schwach sind, rennen einfach ins Wasser und werden zur

See hinausgezogen. Es winkt einen näher heran." Fiona nickte zum Wasser. „Du darfst niemals weiter als bis hier gehen, ohne vorher zu beten oder eine Gabe anzubieten. Denk daran."

Fiona zog die Blumenbündel aus ihrem Beutel, die sie auf dem Weg zusammengebunden hatte. Mit einem kleinen Stock zeichnete sie einen Kreis in den Sand und zog Keelin mit zu sich hinein.

„Mit reinen Absichten, mit größter Bewunderung und Respekt für die anwesende Kraft bitten wir, in die Bucht eintreten zu dürfen. Als Nachfahren Grace O'Malleys ist es unser Geburtsrecht, und wir kommen mit Liebe in die Bucht." Fiona legte die Blumen außerhalb des Kreises ab und gab einen Strauß an Keelin.

„Komm, die können wir auch ins Wasser legen." Fiona hielt ihre Blumen vor sich, ging zum Wasser und zog Keelin mit.

Das Wasser plätscherte auf sie zu in dem Versuch, sie zum Näherkommen zu verführen. Fiona lachte offen.

„Die Bucht ist so launenhaft. Wie ein Sirenenlied, wenn Du so willst. Viele, die hierherkommen, verlieren sich darin. Aber zu uns wird sie nett sein. Wir haben angemessene Geschenke gebracht und sie wird glücklich sein, dass Du zu Hause bist", sagte Fiona. Zusammen warfen sie die Blumen in weitem Bogen ins Wasser. Keelin fühlte, wie ihr Herz vor Freude überfloss und beobachtete, wie die Blüten auf das Wasser flatterten, wo sie sanft auf den Wellen zur Ruhe kamen.

Fiona schälte sich aus ihren Stiefeln heraus und rannte mit einem hemmungslosen Lachen zum Rand des Wassers. Sie warf noch einen Blumenstrauß in die Luft, der sich auflöste und auf einer Welle verteilte, die nach oben reichte, um ihn zu fangen. Wie gebannt folgte Keelin dem faszinierenden Anblick.

„Komm, Keelin!"

Keelin rannte zum Wasser. Sie kam neben Fiona zu einem abrupten Halt und ließ das Wasser ihre Knöchel umschmeicheln. Sandkörner quetschten sich zwischen ihre Zehen und die Sonne wärmte ihre Schultern. Die Gefühle waren berauschend. Keelin wollte nie wieder hier weg.

„Ich zeig Dir mal meine Lieblingsplätze", sagte Fiona und zog Keelin eifrig am Ufer entlang. Fiona hielt vor einem kleinen Haufen Steine an, die ein Tidebecken mit ungefähr fünfzehn Zentimeter klarem Wasser formten. Keelin konnte kleine Fische sehen, die zwischen den Steinen herum flitzten, und dünne Blätter eines hellgrünen Seegrases wiegten sich im Wasser. Fiona bückte sich, zog einiges von dem Gras heraus und legte es in ein kleines Weckglas mit Meerwasser.

„Das ist das beste für die Gesichtscremes, die ich herstelle. In diesem speziellen Seegras ist etwas, das funktioniert besser als alles andere, was ich je gesehen habe", erklärte Fiona. Keelin sah die Linien um Fionas Augen und erkannte, dass sie wirklich viel jünger aussah, als ihre achtzig Jahre erahnen ließen.

„Ich darf mein Wissen schon für ein bisschen Eitelkeit nützen, weißt Du." Fiona zwinkerte Keelin zu und lachte. Fiona verbrachte den Nachmittag damit, Keelin alles Mögliche zu zeigen. Da waren Tidebecken gefüllt mit interessantem Meeresgetier, spezielle Algen und Moos fürs Heilen und verschiedene Pflanzen, die entlang des Ufers wuchsen.

„Ist es sicher, hier zu schwimmen? Ich kann von der Oberfläche aus keine Strömungen sehen", sagte Keelin. Sie wollte unbedingt ins Wasser, es brannte ihr unter den Nägeln.

„Ja, ist es, aber ich warte am Land auf Dich. Ich möchte die Pflanzen zusammenbinden, die ich gesammelt habe."

Keelin zog sich bis auf BH und Höschen aus und tauchte ohne Hemmung ein. Das kühle Wasser glitt über ihre Haut und sie tauchte tief nach unten und wartete auf das, was sie am liebsten hatte – das Gefühl von Schwerelosigkeit. Während sie suspendiert im Wasser hing, drehte Keelin sich auf den Rücken und blickte hoch in den Himmel. Das Salz brannte in ihren Augen, aber sie konnte nie widerstehen, ihre Augen nochmal zu öffnen, um in den Himmel zu sehen und die Luftblasen über sich zu beobachten. Diese Momente waren fast zeitlos und waren für sie das Beste daran, im Meer zu sein. Sie schwamm zur Oberfläche und durchbrach lachend das Wasser.

„Es ist so schön hier!" Sie schwamm zum Strand und schritt aus dem Wasser. Ihre Unterwäsche klebte wie eine zweite Haut an ihr und sie beugte sich vornüber und schüttelte ihr langes Haar. Sie wrang das Wasser aus und kam rechtzeitig hoch, um zu sehen, wie Fiona etwas hinter ihr zuwinkte. Keelin sprang auf und drehte sich gerade noch rechtzeitig um, um ein kleines Boot in der Bucht zu sehen und ein vertrautes Glitzern blauer Augen, die sie anstrahlten. Sie sah das Blitzen eines hellen Lächelns und Hitze durchflutete ihren Körper. Ihr nasser BH und ihr Höschen ließen nichts der Fantasie übrig, und Flynn ließ seine Augen langsam über ihren Körper wandern. Sein Hund rannte im Boot vor und zurück und bellte aufgeregt, als Flynn ein Netz hereinzog. Flynn winkte ihr übermütig zu.

Keelin gab ihm den Finger und stürmte zurück an den Strand.

„Ich dachte, niemand könnte in die Bucht kommen", wetterte Keelin Fiona an, während sie ihr T-Shirt über ihre nassen Sachen zog. Sie war wütend, dass Flynn sie schon wieder in einem unvorteilhaften Moment erwischt hatte.

„Ich habe gesagt, Leute, die den Schatz suchen oder sich nicht schützen. Flynn hat die Eigenheiten der Bucht vor langer Zeit gelernt. Sein Respekt wird mit den frischesten Meeresfrüchten belohnt und er erzielt Spitzenpreise für das, was er hier fängt."

„Hmpf." Keelin warf ihm übers Wasser hinweg einen stechenden Blick zu. Dieser Mann tauchte immer zu den blödesten Zeiten auf.

Mit einem kleinen Lächeln summte Fiona ein Lied und sammelte ihre Funde des Tages zusammen.

„Komm, lass uns essen gehen. Ich sterbe vor Hunger. Vielleicht können wir für ein Bier in die Stadt fahren."

Keelin nickte ihr Einverständnis. Schnell sammelte sie ihre Sachen zusammen und weigerte sich, zu dem kleinen Boot in der Bucht zurückzublicken. Sie hatte Flynn schon genug Befriedigung für einen Tag verschafft.

KAPITEL ZEHN

Fiona wärmte einen irischen Eintopf fürs Abendessen auf und servierte braunes Brot dazu. Hungrig bat Keelin um eine zweite Portion. Sie versuchte, dem, was sie hier aß, mehr Aufmerksamkeit zu schenken. All das Brot konnte nicht gut sein für ihre Taille. Sie seufzte. Nicht, dass sie überhaupt die beste Taille hatte, aber ihre weichen Kurven waren immer noch geformt wie eine Sanduhr. Keelin errötete bei dem Gedanken daran, dass Flynn sie in ihrer Unterwäsche gesehen hatte. Normalerweise trug sie einen Einteiler und ein Wickeltuch am Pool.

„Oma, kannst Du mir etwas über meinen Vater erzählen? Ist er noch hier? Mama redet nicht über ihn."

Es war Keelin den ganzen Tag nicht aus dem Kopf gegangen und sie war nicht sicher, wie sie es ansprechen sollte. Keelin war normalerweise sehr direkt bei solchen Dingen, also beschloss sie, Fiona einfach damit zu konfrontieren.

„Ja, ich kenne Deinen Vater. Er lebt nicht mehr in Grace's Cove. Der arme Mann hatte es echt schwer, nachdem Deine Mutter gegangen war. Er hat irgendwann geheiratet und Kinder bekommen."

„Wie bitte? Kinder? Ich habe Brüder oder Schwestern?", fragte Keelin. Sie knallte den Teller, den sie in der Hand hatte, auf den Tisch und hatte Mühe zu atmen. Ihre Mutter hatte nie ein Wort gesagt. Keelins Herz schlug bei dem Gedanken, Geschwister zu treffen, die aussahen wie sie.

„Aber ja. Hast Du gedacht, er würde nie darüber hinwegkommen? Warum hat Deine Mutter Dir das nicht erzählt?" Fiona brummelte, während sie den Tisch abräumte. „Du hast eine Halbschwester und einen Halbbruder. Sie sind Zwillinge und leben noch hier. Dein Vater wohnt in Dublin. Ich denke, ich sollte Dich ihnen vorstellen." Fiona glättete das Tuch, mit dem sie das Geschirr getrocknet hatte.

„Ich, ich…ich weiß gar nicht, was ich sagen soll. Ein Bruder und eine Schwester." Keelin fühlte, wie ihr Tränen in die Augen stiegen wegen der Ungerechtigkeit, nichts von ihrer Familie zu wissen. Sie hatte immer Geschwister gewollt. Fiona kam zu ihr und streichelte sanft ihren Arm. Keelin spürte, wie Fionas Berührung sie wie einen kühlenden Balsam durchdrang.

„Lass uns runtergehen auf ein Bier. Du siehst aus, als könntest Du etwas zu trinken vertragen. Wir können dann weiterreden."

Schockiert von der Überraschung, dass sie kein Einzelkind war, stolperte Keelin in ihr Zimmer, um frische Sachen anzuziehen. Wie konnte Fiona ihr diese Neuigkeit nur so lässig sagen? Sie muss wirklich geglaubt haben, dass Margaret ihr von den Zwillingen erzählt hatte. Keelin nahm sich vor, ein ernstes Gespräch mit ihrer Mutter zu haben. Sie fragte sich, was sie während ihres Aufenthalts noch an Geheimnissen aufdecken würde. Keelin warf einen kurzen Blick auf ihr Telefon und sah keine verpassten Anrufe. Margaret hatte noch nicht angerufen, um zu sehen, wie es ihr ging. Keelin seufzte und ging zu ihrem Kleiderschrank.

Was trug man in einem irischen Pub? Etwas unsicher, was die Kleiderordnung in einem kleinen Dorf anbelangte, zog sie einen Maxirock, Stiefel und ein schwarzes Oberteil mit rundem Ausschnitt an. Sie vervollständigte ihr Outfit mit einer auffallenden Halskette. Ihre langen Haare lockten sich durch das Salzwasser in großen Wellen. Dazu legte sie etwas Wimperntusche auf, um ihre Augen strahlen zu lassen. Das war nach einem Tag wie heute das beste, womit sie aufwarten konnte. Uralte Piraten, Heiler, Universalkraft, Schutzgebete und obendrauf neue Familienmitglieder sorgten dafür, dass sie sich eigentlich mit iPad und einem riesigen Becher Eiscreme im Bett verkriechen wollte.

Keelin fand Fiona vor dem Häuschen in einem kirschroten SUV. Sie sah schick aus mit ihren in einem Flechtzopf gezähmten Haaren und einer weißen Bluse, die in einem marineblauen Rock mit aufgestickten Blumen am Saum steckte. Silberne Tropfen blinkten an ihren Ohren und Keelin konnte eine Kette aus filigranen Kristallen um ihren Hals sehen.

„Komm! Frauenabend!" Fiona lachte sie an.

Lächelnd hüpfte Keelin ins Auto und schaute zu, wie die Sonne hinter dem Horizont versank. Die Kliffe wurden im sanften Licht feuerrot und die Bucht nahm eine traumähnliche Qualität an. Wenn sie Malerin wäre, würde Keelin es in Wasserfarben malen und es „Gute Nacht Kuss" nennen.

„Erzähl mir von meinem Bruder und meiner Schwester", sagte Keelin. Die Worte fühlten sich komisch an. Sie hatte sich immer eine Schwester oder einen Bruder gewünscht, aber hatte bestimmt nicht damit gerechnet, ein Geschwisterpaar so spät im Leben zu entdecken.

„Dein Vater war völlig zerstört, als Deine Mutter ihn verließ, aber wie die meisten Männer, konnte er nicht gut allein sein. Er hat jemanden gesucht, der ihren Platz einnehmen würde, und schließlich ließ er sich mit einer ruhigen jungen Frau aus dem Nachbardorf nieder. Dein Bruder und Deine Schwester wurden ziemlich schnell nach der Hochzeit geboren und wir waren uns nicht sicher, ob wirklich neun Monate vergangen waren, wenn Du verstehst, was ich meine. Obwohl ich höre, dass Zwillinge oft früh kommen."

„Wie alt sind sie?"

„Hmm, lass mich überlegen, das war zwei Jahre, nachdem Deine Mutter ging. Also ich würde sagen 26 oder 27? Ein, zwei Jahre jünger als Du."

„Wo leben sie?"

„Sie leben beide im Dorf; Dein Bruder hilft in der Apotheke in der nächsten Stadt und Deine Schwester hat ein Künstleratelier im Ort."

Keelin fragte sich, ob es der Laden mit der Spitze in der Auslage war, die sie bei ihrem Halt bewundert hatte.

„Was sind ihre Namen?", fragte Keelin leise.

„Meine Güte! Ja, natürlich. Colin und Aislinn. Gute irische Namen." Fiona fuhr auf einen kleinen Platz hinter

einem farbenfrohen Pub. Eine fröhliche rote Tür komplimentierte das dunkle Blau des Gebäudes, und der Klang
einer Flöte drang durch die offene Tür.

„Ah, das erste Set fängt gerade an", sagte Fiona.

Keelin fiel das grob geschnitzte Schild mit dem tief
eingebrannten „Gallagher's Pub" auf, das über der Tür
hing. Sie hoffte, es war der gleiche Pub, der der jungen
Frau gehörte, die sie am Flughafen getroffen hatte. Sie
ging davon aus. Wie viele Gallagher's Pubs könnte es
schon in diesem Dorf geben?

Keelin ging in den Pub und suchte den Raum mit ihren
Augen ab. Die Sitzecken waren besetzt mit Familien, und
Menschen jeden Alters lachten, drängelten sich und
klatschten mit der Band mit, die in einer kleinen Nische
vorn versteckt war. Die Wände hingen voll mit Familien-
fotos, der Weg zu Bar war frei, und das Licht war genau
richtig, um die Damen gut aussehen zu lassen. Keelin
folgte Fiona, die sich zur Bar durchschlängelte, und
merkte, dass ihr einige Leute schnell aus dem Weg gingen
und sich bekreuzigten. Andere grüßten Fiona mit
einem Ruf.

„Zwei Bulmers, bitte." Fiona bestellte für sie. „Dir
wird der einheimische Cider schmecken. Er ist erfrischend
nach einem Tag wie heute."

Keelin nickte. Sie trank lieber Whiskey, aber ein Cider
klang erfrischend. Ihr Nacken kribbelte. Sie drehte ihren
Kopf und sah blaue Augen aufblitzen, die ihr zu folgen
schienen. Flynn saß in der Mitte der Nische und spielte ein
fröhliches Lied auf seinem Banjo, während er seinen tiefen
Bariton dem singenden Sopran in der Gruppe anpasste.
Seine großen Hände streichelten das Banjo mit Liebe und

Keelin war gebannt von der Art, wie er sein Instrument behandelte. Seine Finger spielten leicht über die Saiten und sie stellte sich seine Hände auf ihr vor. Sie verfluchte sich selbst und errötete, als seine Augen ihre trafen und er in ein Lächeln ausbrach. Gab es irgendetwas, das er nicht konnte?

Keelin gluckerte die Hälfte ihres Ciders herunter und folgte ihrer Großmutter zu einem kleinen Tisch. Sie wurde einigen der Einheimischen vorgestellt. Sie ließ den Blick durch den Raum schweifen und hoffte, Cait zu sehen.

„Hallo."

Keelin drehte sich um und sah einen blonden Mann an ihrem Tisch stehen. Er war groß und schlaksig und entkam dem Vergleich mit einem Jungen nur durch sein stur vorgestrecktes Kinn. Seine braunen Augen sahen nett aus, aber sein Lächeln erreichte nicht seine Augen.

„Ich bin Shane MacAuliffe. Du musst Fionas Enkelin sein, Keelin." Er streckte seine Hand aus.

„Ja, hallo. Nett, Dich kennenzulernen." Keelin streckte ihre Hand aus. Shane hielt sie ein bisschen länger, als höflich gewesen wäre, und Keelin sah gesunde männliche Bewunderung in seinen Augen. Sie vertiefte ihr Lächeln. Was für eine perfekte Ablenkung von dem mürrischen Mann in der vorderen Nische könnte das sein.

„Setz Dich doch." Keelin klopfte auf den freien Platz auf der Bank neben ihr. Sie merkte, dass Fiona Shane nicht ansprach, aber sie war mitten in einer Unterhaltung mit den Leuten auf ihrer rechten Seite.

„Gern, danke." Shane setzte sich dicht neben Keelin und begann, sie über die Staaten auszufragen. Er sprach mit Sehnsucht über die Freiheit großer Städte und Keelin fragte sich, ob er sich nach mehr sehnte als dem, was Grace's Cove ihm anbieten konnte. Seine braunen Augen nahmen eine Erwartungshaltung ein, und er hing an Keelins Worten über Boston.

Bei der zweiten Runde Cider lachte Keelin Shane an. „Genug von mir! Erzähl mir über Dich." Keelin hatte bemerkt, dass nicht viele Leute im Pub mit Shane gesprochen hatten, obwohl er vielen zugewunken hatte. Irgendetwas war hier faul. Ein kurzer Ausdruck von Bitterkeit überflog sein Gesicht, dann glätteten sich seine Züge wieder.

„Ich arbeite hier in der Stadt mit gewerblichen Immobilien und besitze viele der Geschäfte im Zentrum. Man könnte sagen, als Vermieter bin ich nicht der beliebteste Typ in einer Stadt, in der viele Mühe haben, die Miete zu zahlen." Er grinste verlegen bei dieser Aussage und sah sie mit hochgezogenen Augenbrauen an.

Keelin war entzückt. Ihre Mutter würde Shane lieben. Das bedeutete, dass Keelin nie mit ihm ausgehen würde. Aber es würde nicht schaden, neue Freunde zu finden, dachte sie. Shane fuhr fort, auf Leute an der Bar zu zeigen und sie mit Geschichten aus dem Ort zu amüsieren. Sie lachte und genoss seine Gesellschaft. Er war gar nicht so ein schlechter Kerl. Sie riskierte einen Blick in Richtung Musiker. Das überhebliche Lächeln von Flynn war verschwunden und er sah ihr direkt in die Augen. Nicht mein Problem, dachte sie. Sie wollte nichts mit ihm zu tun haben. Sie hob ihr Kinn und sah weg.

„Keelin!" Cait winkte von der Bar. Die Band machte Pause, Keelin entschuldigte sich und ging, um Cait zu begrüßen. Cait sah winzig aus hinter der Bar, aber sie schaffte es, Unterhaltungen aufrecht zu erhalten, während sie drei Gläser Guinness auffüllte, die standen und warteten, dass sich der Schaum setzte, und einen Whiskey einschenkte.

„Wie lebst Du Dich ein?", fragte Cait.

„Mir geht es gut. Es war ein ziemlicher Wirbelsturm. Ich lerne viel. Viel zu viel." Der Effekt vom Cider holte sie gerade ein bisschen ein und Keelin biss sich auf die Lippe, bevor sie zu viel enthüllte.

„Also ich habe mir gerade eine Pause verdient. Lass uns einen Schluck Whiskey trinken, um Deine Ankunft zu feiern, und Du kannst mir erzählen, worüber Du mit Shane geredet hast. Er scheint Dich zu mögen."

Keelin hörte einen Anflug von Bitterkeit heraus.

„Nein, nein. Er ist nur ein netter Typ und hat mit mir über die Stadt geredet."

„Hmm." Cait gab ein paar unverbindliche Geräusche von sich und glitt unterm Thekendurchgang hindurch. Sie schubste ein paar Typen aus dem Weg und machte Platz an einem der hohen Tische hinten für Keelin und sich selbst.

„Hast Du einen Freund?", fragte Cait sie, als sie ihr Glas hob, um mit Keelin anzustoßen.

„Nein, ich bin alleinstehend. Das bin ich schon eine Weile, ehrlich gesagt. Die Kerle in Boston wollen nur One-Night-Stands, und das ist nicht so meins." Keelin brachte es nicht über sich zu sagen, dass sie diese Nächte nicht mit ihr wollten – dem vollschlanken Mädchen, an dem irgendetwas nicht stimmte. Sie bekam es einfach irgendwie nicht hin, sich in Beziehungen normal zu verhalten.

„Na ja, Männer machen sowieso nichts als Ärger, und ich habe ihnen abgeschworen. Wenigstens für eine Weile."

Cait lachte sie an, aber Keelin merkte, wie sie Shane beobachtete, als sie das sagte.

„Ärger machen sie." Keelin warf einen kurzen Blick zur vorderen Nische, aber Flynn war gegangen. Schulterzuckend kam sie zu der Unterhaltung zurück.

„Also Du hast von Colin und Aislinn erfahren, nehme ich an?" Als Bartender hatte Cait offensichtlich gelernt, schnell zur Sache zu kommen.

„Oh ja. Heiliger Strohsack. Ich meine, wie kann ich 28 Jahre leben, ohne zu wissen, dass ich einen Bruder und eine Schwester habe?" Keelin schlug mit der flachen Hand auf den Tisch. „Ich meine, hallo!"

„Kein Witz. Jemand hätte es Dir sagen sollen. Sie haben von Dir gewusst. Es ist nur fair." Cait hielt ihren Whiskey mitfühlend hoch und klinkte ihr Glas an Keelins.

Keelin konnte es nicht fassen. Sie prustete von der Hitze des Whiskeys.

„Sie haben von mir gewusst! Warum haben sie nicht versucht, mich zu kontaktieren?" Sie trank den Rest ihres Whiskeys auf einmal hinunter und musste husten, als er in ihrem Hals brannte. Cait schlug ihr auf den Rücken und lachte.

„Langsam. Den soll man nippen."

Tränen brannten in Keelins Augen, während sie nach Atem rang. Sie nahm einen zögerlichen Schluck von ihrem Cider, um ihre Kehle abzukühlen.

„Ich weiß nicht, warum sie sich nicht bei Dir gemeldet haben. Es war alles so lange her, und wir alle wussten, dass Margaret nie wieder zurückkommen würde. Es war nur irgendwie erst Wirklichkeit, als Du aufgetaucht bist", sagte Cait.

Keelin nickte. Das war verständlich, dachte sie. Aber das würde sie nicht davon abhalten, mit ihrer Mutter ein Wörtchen zu wechseln.

„Meine Pause ist vorbei. Das nächste Set fängt gleich an. Komm die Woche doch mal zur Mittagszeit vorbei. Ich hätte auch total gern bald mal einen Frauenabend." Cait lächelte, räumte den Tisch ab und rief den Angestellten hinter der Bar zu, sie sollten sich bewegen.

Keelin nickte und stand auf, um zu gehen. Ihr Fuß verfing sich im Hocker und sie stolperte mit etwas Seiten-lage direkt in eine steinharte Brust. Sie hob ihre Augen, blies ihre Haare aus den Augen und starrte auf einen traumhaften Mund, der nur wenige Zentimeter von ihrem entfernt war. Blaue Augen sahen sie an.

„Vorsicht mit dem Gehen. Vielleicht solltest Du etwas weniger trinken", sagte Flynn und ergriff ihre Arme.

„Vielleicht solltest Du mir nicht sagen, was ich tun soll", sagte Keelin, und schob seine Hände von ihren Armen. Sie stapfte an ihm vorbei zu ihrem Tisch und verfluchte sich selbst für die Röte, die ihr ins Gesicht stieg, und dafür, wie nahe dran sie gewesen war, sich vorzu-beugen und an seiner Lippe zu knabbern. Nur ein kleines Ziehen an der vollen Unterlippe. Etwas zog sich in ihrem Magen zusammen. Keelin stöhnte. Sie musste dem Alkohol entsagen, oder sie würde sich in Windeseile an Flynn ranschmeißen.

Shane kam schnell wieder an ihren Tisch und stellte ihr ein Glas Wasser hin.

„Ich habe gesehen, dass Cait Dir Whiskey aufgedrängt hat", sagte Shane. Er warf einen vorwurfsvollen Blick in Richtung Bar.

„Nein, sie hat mir nichts aufgezwungen. Wir haben angestoßen. Auf die Neuzugänge in meiner Familie, wie es aussieht." Keelin kicherte.

„Oh, Dein Bruder und Deine Schwester? Ja, ich denke, das war ein Schock, wenn Du es nicht wusstest", sagte Shane.

„Herrgott, gibt es hier jemanden, der nicht alles über alle weiß?", fragte Keelin.

„Kleine irische Städte. Lange alte Geschichten. Du gewöhnst Dich dran, die gleichen Geschichten immer und immer wieder zu hören", sagte Shane mit einem Achselzucken.

„Vermutlich."

„Sag mal, Keelin", Shane lehnte sich näher und legte seine Hand auf ihr Bein. „Ich würde Dich gern mal zum Essen ausführen, wenn Du Interesse hast." Er lächelte und sah ihr in die Augen. Seine Absicht war klar. Ihr Verstand nicht.

„Em, ja, vielleicht. Na ja, als Freunde. Ich suche im Moment eigentlich niemanden, mit dem ich ausgehen möchte." Keelin sah, wie Cait ihr Handtuch auf die Bar warf und davon stürmte. Sie blickte hoch und sah, wie Flynn einen stechenden Blick herüberwarf.

„Freunde. Einfach als Freunde." Shane lächelte. „Das gefällt mir." Er lehnte sich herüber, gab ihr einen Kuss auf die Wange und Keelin wurde rot.

„Zeit zu gehen, Keelin." Fiona ergriff ihre Hand und half ihr hoch. Sie sang leise zur Musik und schob den Arm unter ihren, als sie hinausgingen. Sterne blinzelten am Himmel und ein Windhauch trug ihr den Geruch des Meeres zu.

„Also Du magst den jungen Shane, oder?", fragte Fiona, als sie das Auto anließ und vom Hafen Richtung Hügel losfuhr.

„Er scheint nett zu sein. Aber ich glaube, Cait mag ihn. Er hat mich gefragt, ob ich mit ihm ausgehen möchte. Meine Mutter würde ihn lieben – ein reicher Immobilienbesitzer."

„Hmm, und wirst Du gehen?"

„Nein." Keelin seufzte. „Ich habe vor langer Zeit gelernt, dass ich ihn hassen würde, wenn meine Mutter ihn mögen würde. Es funktioniert einfach nicht. Außerdem wäre ich gern mit Cait befreundet, und das erscheint mir etwas zu kompliziert."

„Du bist sehr anständig."

Fiona bog in die Auffahrt. Auf dem Weg ins Haus schwätzten sie über den örtlichen Tratsch. Fiona hielt in der Küche an und umarmte Keelin.

„Ich bin so froh, dass Du hier bist. Es war einsam." Sie lächelte und gab Keelin einen Scone mit einem Krug Wasser für ihr Zimmer. „Schlaf gut, Liebes."

Keelin schlang den Scone herunter und verfluchte sich dann. Soviel zum Thema Kalorien zählen. Sie goss sich ein Glas Wasser ein, ging zum Fenster und sah hinaus auf die Bucht. Sie war hypnotisierend im Mondlicht. Der Himmel breitete sich über dem Wasser aus und die Sterne sahen aus, als hätte jemand einen Beutel Diamanten auf eine Samtdecke geworfen. Es war so betörend schön, dass sie einfach hinausgehen musste, um es klarer zu sehen.

Keelin schob den Riegel leise auf und stahl sich aus dem Haus. Nicht, dass sie das heimlich machen müsste, ermahnte sie sich selber. Sie war eine erwachsene Frau und konnte verdammt nochmal rausgehen, wenn sie sich die Sterne ansehen wollte.

Der Klang der Wellen zog sie zur Bucht. Der Himmel war atemberaubend und das Mondlicht ging wie eine Linie durch das Wasser. Bis zur Bucht. Es stoppte an der Bucht. Keelin war entschlossen herauszufinden, warum das so war und eilte über die Hügel, bis sie den Rand der Bucht erreichte. Das Wasser blieb dunkel, obwohl der Mond über ihr hell schien. Keelin rannte den Pfad zum Ufer herunter. Sie schlitterte und rutschte auf dem unebenen Weg, durch den Cider war sie noch unbeholfener als sonst. Am Ende des Pfads stolperte sie auf den Strand.

„Das versteh ich nicht. Was ist hier los?" Sie ging schnell zur Bucht und suchte die Kliffe ab, um zu sehen, wo das Licht des Mondes endete. Der Strand war erleuchtet, aber das Wasser blieb dunkel.

„Das kann doch gar nicht sein."

Sie ging zum Rand des Wassers. War da etwas im Wasser, das die Reflexion verhinderte? Eine Art umgekehrter Phosphorfisch, der das Licht absorbierte? Sie bückte sich herunter zum Ufer und schöpfte eine Handvoll Wasser und Sand, um zu prüfen, ob in dem Wasser irgendetwas ungewöhnliches zu finden war…vielleicht eine dunkle Substanz von irgendwas. Ein lauter Knall erklang und sie wurde hart von einer Welle getroffen. Die Kraft des Wassers zog sie über den sandigen Grund und sie schnitt sich das Bein an einer Koralle auf. Keelin schrie auf, schloss ihren Mund gegen den Schwall des Wassers und hielt ihren Atem an. Sie wurde über den Strand geschleudert und kämpfte darum, in der starken Strömung wieder auf die Füße zu kommen. Ihr langer Rock verwickelte sich zwischen ihren Beinen und ihre Stiefel machten sie tollpatschig. Sie versuchte, an die Oberfläche zu schwimmen, als sie plötzlich aus dem Wasser gerissen und gegen eine harte Brust gezogen wurde.

Keelin schnappte nach Luft und hielt sich fest, als sie an den Strand gezogen wurde. Sie stolperte über ihre Füße und ihren Rock, dann wurde sie schwungvoll hochgehoben, als würde sie nichts wiegen. Sie spuckte Wasser und schmiegte sich in die warme Brust. Nur für einen Augenblick. Sie wusste, wer sie gerettet hatte. Sie brauchte einen Moment.

Unglücklicherweise würde sie den nicht bekommen.

Flynn ließ Keelin auf ihre Füße fallen.

„Von all den blöden Dingen, die man tun kann, muss das hier das blödeste überhaupt sein. Ich dachte, Du wärst so eine clevere Meereswissenschaftlerin, und Du gehst allein ins Wasser, nachdem Du getrunken hast. In Wasser, von dem Du nichts weißt? Wie blöd kannst Du eigentlich sein? Ich kann nicht glauben, dass Du dieses Risiko überhaupt eingehen würdest. Ich sollte Fiona sagen, sie soll Dich nachts am Bett anketten", wütete Flynn herum.

„Blöd?" Keelin hasste es, wenn jemand sie blöd nannte. Ihr irisches Temperament kam durch. „Wen nennst Du blöd, Du Hornochse? Was machst Du hier überhaupt?"

Sie trommelte mit ihrer Faust auf seine Brust und er umschloss ihr Handgelenk mit seiner Hand. Seine Augen glitzerten sie gefährlich an und er hielt ihre Hand fest.

„Offensichtlich rette ich ein blödes Kind vorm Ertrinken."

„Ein Kind? Du, Du Idiot. Lass mich los." Sie schwang herum und wollte los stapfen, da wurde sie zurückgerissen.

Keelin wurde gegen seine harte Brust gepresst. Sie keuchte und versuchte, ihr hämmerndes Herz zu beruhigen.

„Lass mich los!" Keelins Augen trafen seine im Mondlicht. Ihre Brustwarzen zogen sich zusammen. Keelin holte tief Luft als sie sah, wie seine Augen sich weiteten und verengten. Ihr Herz setzte einen Schlag aus und der Moment dauerte eine Sekunde. Flynn fluchte, drückte sie an sich und berührte ihre Lippen mit seinen. Er nippte wütend und doch so sanft an ihrer Unterlippe. Sie stöhnte. Seine Zunge glitt zwischen ihre Lippen und bewegte sich in einem sanften Rhythmus. Er lockte sie. Sie schmeckte Whiskey und das Meer. Es war eine berauschende Mischung und genau wie die See zog es sie nach unten. Plötzlich gingen ihre Hände hoch zu seinen starken Schultern und fuhren leidenschaftlich durch seine dichten Haare. Sein Mund war ohne Gnade und er hob sie hoch, so dass ihre Beine sich um seine Taille wickelten, während sich ihr Rock bis zu ihren Oberschenkeln hochschob. Sie saugte an seiner Unterlippe und rieb sich gegen ihn. Sie fühlte sich hilflos, aber auch unerbittlich erregt von der Art, wie er sie trug. Keelin konnte seine harte Länge fühlen und wie sie sich gegen ihre höchst intimen Bereiche drückte. Er war genauso verloren wie sie.

Flynn kniete im Sand, legte sie ab, während er sie weiter in seinen Armen hielt und drückte ein Knie zwischen ihre Beine. Mit wachsendem Verlangen rieb Keelin sich an seinem Bein, während er weiterhin ihren Mund angriff. Es war schon lange her, seit sie solche Leidenschaft gefühlt hatte. In Wirklichkeit hatte sie das noch nie zuvor so gefühlt. Flüssige Hitze sammelte sich in ihrem Bauch und sie wollte, dass er jeden Fleck an ihr berührte. Seine starken Hände schlüpften unter ihr Hemd und glitten an ihren Seiten hoch. Ihr Atem stockte, als er eine Hand in ihren BH schob und eine ihrer nassen Brüste hielt, die sandig war. Seine warme Hand rubbelte den Sand gegen ihre kalten Brustwaren und Hitze schoss ihr direkt in den Bauch.

Keelin stöhnte tief, während sich ihre Erregung immer weiter steigerte. Sie krümmte sich gegen sein Bein, er rieb wieder und wieder an ihren Warzen, kreiste und kreiste um sie herum, seine Zunge schnellte in ihren Mund hinein und wieder heraus, dann drehte er seinen Kopf, um an einem empfindlichen Fleck an ihrem Hals zu lecken. Keelin fühlte, wie sich Druck aufbaute und öffnete ihre Augen, als er sie auf seinen Schoß zog und seine Hand an ihrem Bein hoch glitt. Flynn lehnte sich zurück und schaute in ihre Augen genau in dem Moment, als er einen Finger tief in sie schob. Keelin explodierte und vergrub ihr Gesicht an seiner Schulter, während sie um seine Hand herum zuckte. Ihr Körper bebte vor Erschütterung. Sie hob den Kopf, um nach Luft zu schnappen und erschrak, als sie sah, wie die Bucht von innen heraus blau leuchtete.

„Was, warte, stop. Stop!" Keelin kämpfte nach Luft und um ihren gesunden Verstand. Sie stolperte weg von Flynn. Flynn kniete sich hin, schob eine Hand durch sein unordentliches Haar und atmete schwer. Seine Augen bohrten sich in ihre.

„Du hast mich ausgenutzt!", schrie Keelin. Sie war nicht sicher, warum sie das gesagt hatte, aber sie war schockiert von dem Bild der inzwischen wieder dunklen Bucht, die von innen geleuchtet hatte. Sie musste verrückt sein.

„Das habe ich nicht. Du wolltest das und das weißt Du

auch. Es ist nicht meine Schuld, wenn Du so angespannt bist, dass Du bei der leichtesten Berührung explodierst."

„Du Mistkerl." Keelin sammelte das bisschen Würde, das sie noch hatte, und stürmte los zum Kliffpfad.

„Autsch!" Sie hielt an und blickte auf ihr Bein. Sie zog ihren nassen Rock hoch und sah, wie Blut aus einem großen Schnitt an ihrem Bein lief. Sie erinnerte sich vage an das Kratzen der Koralle an ihrem Bein, bevor muskulöse Arme sich um sie geschlungen hatten.

„Verdammt." Keelin hörte Flynn fluchen, bevor sie Sekunden später von seinen Armen hochgehoben wurde.

„Nein! Ich kann laufen. Ich brauche Deine Hilfe nicht", protestierte Keelin und drückte gegen die Wand seiner Brust, als er den Pfad hochkletterte.

„Hör auf, mich wegzuschieben, oder ich werfe Dich über meine Schulter wie einen Sack Kartoffeln."

„Das würdest Du nicht wagen! Lass mich runter!" Keelin war voll in einem irischen Temperamentsausbruch.

„Verdammt, Frau, Du machst mir nichts als Kopfschmerzen." Flynn hob sie kurzerhand hoch, warf sie über seine Schulter und platzierte seinen Arm fest unter ihrem Hintern.

Keelin wurde rot vor Scham und haute ihm auf den festen Hintern.

Er lachte.

Keelin seufzte und hörte auf. Sie verrenkte ihren Hals, um die Bucht zu sehen und schwor, sie konnte immer noch einen blassen blauen Schimmer tief im Wasser sehen. Sie konzentrierte sich darauf, ihren Atem zu regulieren und versuchte, ihren Zorn einzudämmen. Sie setzte ihr analytisches Gehirn ein und versuchte, eine Liste von Gründen zu erstellen, warum die Bucht blau leuchten würde. Von innen. Genau in dem Moment, als sie durch seine Berührung fast ihre Sinne verlor.

Keelin wurde rot. Ihr Inneres sang noch und sie konnte überall, wo er sie angefasst hatte, Hitze spüren. Warum fühlte sie sich so angezogen von ihm? Er war ruppig, unhöflich und ließ sie abblitzen. Ganz zu schweigen von der Tatsache, dass er sie nur in unangenehmen oder kompromittierenden Situationen sah. Nur einmal hätte sie gern die Oberhand über ihn. Keelin wand sich auf seiner Schulter und fühlte die Hitze seiner Hand, die sich in ihre Beine drückte. Überall dort, wo ihre Körper sich berührten, summte Energie. Es war, als wäre zwischen ihnen eine universelle Anziehungskraft. Keelin fragte sich, ob er eine Art von „Kraft" hatte, auf die sie reagierte.

Sie drehte sich und klapste ihn auf den Kopf. „Bist Du ein Zauberer?"

„Herrgott, Keelin, bist Du betrunken?" Flynn murmelte etwas von verrückten Frauen und erreichte die Vorderseite des Hauses. Er setzte sie sanft ab, obwohl sie sicher war, dass er sie lieber auf den Kiesweg geworfen hätte. Er kniete, hob ihren Rock und legte die tiefe Schnittwunde frei.

„Wart mal eine Minute, ok?", fragte Flynn. Keelin nickte wortlos. Seine Berührung an ihrem Bein lenkte ihre Gedanken vom Schmerz ab. Er öffnete einen kleinen Beutel und strich eine Salbe auf ihr Bein. Ein kühlendes Gefühl befreite sie sofort vom Schmerz. Überrascht setzte sie sich auf und starrte ihn an.

„Was ist das?", fragte Keelin. Sie wusste, dass Korallenschnitte normalerweise viel länger brennen als normale

Schnitte, da Korallen oft ein Gift enthalten, das die Haut tagelang irritieren kann.

Flynn lächelte sie an und verstaute das Glas.

„Frag Deine Großmutter."

„Ah, ich verstehe." Keelin sah ihn ruhig an. Was war da noch zu sagen? Der Tag hatte sie eingeholt und sie wurde von Erschöpfung übermannt. Sie war den Tränen nah. Es war einfach zu viel. Komische Kräfte, eine neue Familie, ein fremdes Land, und jetzt auch noch Flynn.

„Nicht doch. Fängst Du jetzt an zu weinen? Tut es weh? Komm schon. Wo ist das streitlustige Mädchen, das noch vor ein paar Minuten gespuckt hat wie eine nasse Katze?"

Flynn schob seine Hände durchs Haar und schaffte es, gleichzeitig extrem frustriert und besorgt auszusehen.

„Ich...All das...Was mache ich überhaupt hier? Es ist zu viel. Ich kann keine Familie haben, über die ich nichts wusste. Und ich weiß, Fiona möchte, dass ich ihr Erbe fortführe. Und dies. Du. Ich weiß noch nicht mal, was dies ist. Und warum hat die Bucht blau geleuchtet? Hast Du das gesehen? Das ist doch nicht normal. Ich glaube, ich werde verrückt." Keelin plapperte weiter und wrang ihre Hände in ihrem Schoß. Sie griff nach ihren Haaren und begann, sie zu flechten. Das war eine alte Angewohnheit von ihr, um sich zu beruhigen, wenn sie gestresst war.

„Leuchtete blau? Du hast gesehen, wie die Bucht blau geleuchtet hat?" Flynn ließ alles andere außer Acht und konzentrierte sich auf den einen Punkt.

„Ja, es war blau. Genau in dem Moment, als ich, Du weißt schon. Als, em." Keelin wurde rot.

„Als ich meine Hand in Dich schob und Du Dich hast

gehen lassen?", half Flynn netterweise und näherte sich ihr mit einem lüsternen Blick in seinen Augen.

„Ja! Nein. Ich meine ja, aber nein dazu, dass Du näherkommst. Ich meine es ernst, Flynn, bleib weg." Keelin hatte genug, mehr konnte sie nicht ertragen. „Ich sollte wirklich einfach nach Hause gehen. Das ist alles lächerlich. Danke, dass Du mich hochgetragen hast, aber ich muss jetzt ins Bett."

Keelin drehte sich weg, ohne ihn anzusehen. Sie war nicht bereit, seine Fragen zu beantworten. Sie musste Fiona nach dem Licht in der Bucht fragen. Aber jetzt musste sie erstmal allein sein. Sie schloss die Tür leise hinter sich und ging auf Zehenspitzen in ihr Zimmer. Neben ihrem Bett war ein kleines Licht eingeschaltet und auf dem Tisch stand ein Tablett. Darauf waren ein Scone, kalter Tee und ein Haufen Verbandszeug und Salben.

„Wie hat sie das nur gewusst?", flüsterte Keelin. Erschöpft und nicht mehr in der Lage, die Ereignisse des Tages zu ergründen, zog Keelin sich aus und duschte den Sand ab. Sie ließ ihre Haare in einem Handtuch eingewickelt, verband ihr Bein und kroch ins Bett. Sie würde morgen früh nach einem Flug zurück nach Boston schauen.

KAPITEL ELF

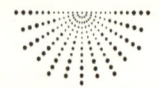

Keelin erwachte von hellem Licht. Ihre Vorhänge waren aufgezogen und die Sonne stand schon hoch über dem Horizont. Benommen tastete sie auf dem Bett nach ihrem Telefon. Sie drückte drauf und sah, dass es schon später Vormittag war.

Keelin seufzte und lehnte sich zurück, während die Ereignisse der letzten Nacht vor ihr abspulten. Sie errötete bei dem Gedanken an Flynns Mund und seinen Geschmack. Der Mann hatte den Mund eines Gottes. Sie versuchte nicht darüber nachzudenken, wie schnell sie in seinen Händen gekommen war und fand es besser, nicht weiter zu grübeln. Es war wahrscheinlich nur Zufall. Es war schon lange her für sie, das war alles. Dazu kam etwas Whiskey, das Adrenalin von der verrückten Bucht und Flynn, der sie gerettet hatte. Sie vermutete, das alles hatte sie empfänglicher für seine Berührungen gemacht. Natürlich würde sie ihm eine Zeitlang nicht ins Gesicht sehen können, aber da sie plante, nach Boston zurück zu gehen, zweifelte sie, dass es viel ausmachen würde. Sie waren zwei erwachsene Menschen. Kein großes Ding, oder?

Keelin untersuchte ihre Wunde und war erstaunt zu sehen, wie gut sie aussah. Das helle Rot von letzter Nacht war zu einem hellen Rosa verblasst und die Haut war gut verheilt. Hexe oder nicht, Fiona wusste offensichtlich, was sie tat, wenn es um Salben ging.

Keelin holte ihren iPad heraus und schaute nach Flügen nach Hause. Es gab fast jeden Tag von Shannon Flüge nach Boston. Sie zögerte mit dem Buchen. Sie schuldete Fiona erst ein Gespräch. Und Keelin dachte, sie hätte vielleicht noch ein bisschen mehr übers Heilen zu lernen. Der Gedanke, ihre Heilungsfähigkeiten voll auszuschöpfen, machte sie neugierig und sie wäre doch blöd, wenn sie es nicht ausnutzen würde, von der besten Heilerin zu lernen. Keelin dachte an ihre Mutter. Margaret hatte verleugnet, was sie war und ihre Fähigkeit nur genutzt, Menschen zu lesen, um Häuser zu verkaufen. Ein Teil von ihr war mit ihrem Erfolg sehr glücklich, aber ein Teil von ihr schien tief unglücklich. Keelin musste sich fragen, ob es daran lag, dass Margaret nie komplett erforscht hatte, was sie war.

Während Keelin in diesen Gedanken versunken war, zog sie in Anbetracht des hellen Sonnenscheins, der durch das Fenster schien, Shorts und ein Trägerhemd an. Sie warf einen prüfenden Blick auf das Wasser in der Bucht. Es sah an diesem Morgen friedlich aus und Keelin war fest entschlossen, heute ihr Tauchzeug mit zur Bucht zu nehmen und anzufangen, das Unterwasserleben zu studieren. Natürlich nur, wenn die Bucht sie akzeptierte. Keelin war letzte Nacht wirklich schockiert gewesen, als diese

Riesenwelle sie umwarf. Es war absolut unmöglich, dass sich das sanfte Wasser in solch eine monströse Welle verwandelt hatte. Es gab keine wissenschaftliche Erklärung dafür, und das passte Keelin gar nicht. Mal ganz abgesehen von dem blauen Leuchten. Keelin schüttelte ihren Kopf und ging in die Küche, um sich eine dringend notwendige Tasse Tee zu machen.

Neben etwas Obst und Brot lag eine Notiz. Fiona war für ein paar Einkäufe ins Dorf gegangen und würde am frühen Nachmittag wieder da sein. Wahrscheinlich war das besser so, dachte Keelin. Sie brauchte einen Vormittag, um ihre Gedanken über zusätzliche Familienmitglieder und die Richtung, die ihr Leben nehmen sollte, zu sortieren.

Ein Klopfen an der Tür erschreckte sie. Sie murrte, schob sich das vom Schlaf zerzauste Haar aus dem Gesicht und öffnete die Tür. Ein großer Korb mit einer Schleife stand vor ihr. Sie blickte auf. Flynns Hund saß auf der Felsenkante oberhalb des Hauses und beobachtete sie. Flynn war nirgends zu sehen. Es war überhaupt niemand zu sehen. Keelin spitzte die Ohren, aber sie konnte kein Auto wegfahren hören.

„Hm", sagte Keelin. Sie zuckte zusammen, als ein Fiepen vom Korb kam und er auf die Seite kippte. Ein Welpe rollte heraus, ein kugelrunder schwarzweißer Setter, der ungefähr sechs Monate alt war. Er sah sie, quietschte aufgeregt und rannte in Kreisen um sie herum. Entzückt beugte sie sich herunter, um ihn zu streicheln. Ein Zettel war am Korb befestigt. Keelin entfaltete ihn und las die Worte laut.

„Meine aufrichtigste Entschuldigung, falls ich Dich ‚ausgenutzt' habe letzte Nacht. Obwohl ich nicht glaube, *dass es so war, möchte ich Dir ein Geschenk anbieten, das Dir Gesellschaft leistet und auf Dich aufpasst, da Du offensichtlich einen Aufpasser brauchst."*

Keelin wurde rot. Sie war beschämt. Sie hätte nicht sagen sollen, dass Flynn sie ausgenutzt hatte. Als er anfing, sie zu küssen, war sie mehr oder weniger über ihn hergefallen. Es war nicht fair von ihr, ihn so zu beschuldigen, und es war klar, dass sie seine Ehre verletzt hatte.

Sie schaute dem Hund zu. Er kroch auf seinem Bauch im Gras auf sie zu. Keelin konnte nicht anders und lächelte. Es war ein wirklich niedlicher Welpe.

„Aber, ein Hund?", sagte Keelin. Sie wusste, was für eine Verantwortung ein Hund bedeutete. Flynn zwang sie, eine Wahl zu treffen. Wenn sie den Hund behielt, würde sie hierbleiben müssen. Wenn nicht, wäre sie frei, nach Hause zu gehen. Der verdammte Kerl versuchte, ihre Hand zu forcieren. Wie konnte jemand, den sie gerade erst kennengelernt hatte, sie gleichzeitig so nerven und interessieren, wie Flynn es tat?

Gegen ihren Willen beobachtete Keelin den Hund entzückt. Sie war etwas verärgert, dass Flynn ihr diese Entscheidung aufzwingen wollte, besonders am Morgen nach den gestrigen emotionalen Ereignissen. Gedanken an ihr Leben in Boston wanderten durch ihren Kopf – eine leere Wohnung, ihre Freunde, die Schule, das Aquarium und ihre Mutter. Ihre Mutter würde wollen, dass sie nach Hause kam, ihr Studium beendete und sich mit einem netten Mann niederließ, der entweder Arzt oder Anwalt war. Keelin setzte sich ins Gras, um den Welpen zu streicheln. Er quiekte aufgeregt, rollte sich auf den Rücken und bettelte darum, dass sie ihn am Bauch kratzte. Sie lächelte über seine Begeisterung und ließ sich von der Sonne den Rücken wärmen. Es war friedlich hier, das leise Schlagen der Wellen ein konstantes Lied im Hintergrund.

„Oh, Dich kann man aber leicht herumkriegen, hm?" Sie lachte den Welpen an. Keelin dachte darüber nach, wie leer sie sich in Boston gefühlt hatte. Vielleicht nicht leer, aber einfach unfertig. Ein Teil von ihr hatte sich immer als Außenseiterin gefühlt, als ob sie nicht dazu passen würde, egal, wie sehr sie es versuchte. Keelin hatte in einer Woche in Irland mehr wirkliche Gefühle erlebt als in vielen Jahren in Boston. Sie fühlte sich, als ob ein Pflaster abgerissen worden war. Es war, als wäre sie emotional verkümmert gewesen, und jetzt kam alles aus ihr heraus. Die Intensität machte ihr Angst, aber gleichzeitig war es eine Herausforderung. Keelin widerstand selten einer Herausforderung. Sie stellte sich die Reaktion ihrer Mutter vor, wenn sie ihr mitteilte, dass sich ihr Sommerurlaub in Irland in einen Aufenthalt ohne absehbares Ende verwandeln würde. Sie schüttelte ihren Kopf. Das würde eine schwierige Unterhaltung werden, die sie lieber für später aufhob.

Seufzend nahm sie den Welpen hoch.

„Ok, Kleiner. Es sieht so aus, als wärst Du meins. Jetzt suchen wir Dir erstmal etwas zu fressen." Keelin blickte auf und sah Flynns Hund, wie er mit dem Kopf nickte und über den Kamm verschwand.

„Das ist einfach komisch." Keelin schüttelte den Kopf, nahm den Korb hoch und fand eine Decke, etwas Futter und eine Hundebürste. Der Mann dachte an alles. Ein kleines Lächeln zeigte sich auf ihren Lippen. Sie hatte schon immer einen Hund gewollt.

Sie trug den Welpen hinein und lachte, als er im

Zimmer herumlief, in den Ecken schnüffelte und imaginäre Bedrohungen anbellte. Keelin suchte in ein paar Schubladen, bis sie ein langes Stück Seil fand und ging, um ihren Badeanzug anzuziehen. Sie nahm ihre Flossen und ihren Schnorchel und rief den Hund.

„Lass uns spazieren gehen, Kumpel." Sie müsste sich einen guten irischen Namen einfallen lassen für den Hund. Sie hinterließ eine Notiz für Fiona, entriegelte die Tür und ging über die Felder Richtung Bucht. Es war Zeit, ins Wasser zu gehen und ihre Forschung zu beginnen. Der Welpe rannte vor ihr her, quietschte und hüpfte Insekten nach. Sie pfiff nach ihm und er kreiste zurück zu ihr. Er kläffte aufgeregt zu ihren Füßen. Kluger Hund, dachte sie.

„Ich werde Dich Ronan nennen", sagte Keelin. Nachdem das geklärt war, ging sie zur Kante des Kliffs. Der Welpe stoppte zu ihren Füßen und zitterte, als er nach unten schaute. Es war ein weiter Weg für so einen kleinen Kerl, also nahm sie Ronan hoch und betrat den Pfad. Ronan leckte fröhlich ihr Gesicht ab und dann schlief er in ihren Armen ein, wie Welpen das so an sich haben.

Keelin erreichte das Ende des Pfads und suchte nach einem guten Platz für Ronan, während sie im Wasser war. Sie ging über den Sand zu einem kleinen Baum, der geschützt unter einem Felsenvorsprung stand. Sie würde Ronan an dem Baum festbinden, dann hatte er Schatten zum Schlafen.

Keelin fluchte, hielt an und ging ein paar Schritte zurück. Sie legte Ronan sanft auf den Sand und zog ein paar Blumen und hübsche Steine heraus, die sie auf dem Weg herunter gesammelt hatte. Sie markierte einen Kreis um Ronan und sich selbst und räusperte sich.

„Em, hi, Grace's Cove. Ich würde Dir gern diese Geschenke anbieten, die ich Dir heute mitgebracht habe." Sie legte ein paar Blumen auf den Sand und schleuderte die hübschen Steine ins Wasser. Sie versuchte verzweifelt, sich an alles zu erinnern, was Fiona ihr zum Betreten der Bucht gesagt hatte. Reine Absichten, erinnerte sie sich.

„Ich bin einfach hier, um Dein wunderschönes Wasser zu beobachten, und um die Pflanzen und Tiere, die ich unter Wasser finde, für meine Masterarbeit zu dokumentieren. Forschung ist nur ein Teil dessen, was ich tue. Ich, em, frage das Universum und meine Engel um Schutz, während ich hier bin, oh, und für Ronan auch!" Keelin bekreuzigte sich sicherheitshalber. Sie blinzelte zur Bucht, aber da war keine Änderung zu sehen.

„Ok, das wird schon schiefgehen." Keelin hoffte, dass sie die notwendigen Gesten gemacht hatte und ging zum Felsvorsprung. Sie band Ronan fest und legte ihn auf ihr Handtuch zusammen mit einem kleinen Stück Seil, auf dem er herumkauen konnte. Der erschöpfte Welpe ringelte sich zusammen und beobachtete sie aus einem Auge.

Keelin zog ihre Maske und Flossen aus der Tasche und ging zum Wasser. Heute würde sie einfach so tauchen, ohne Sauerstoffflaschen. Die Flaschen waren sowieso zu schwer, um sie hier runter zu schleppen, dachte sie. Sie würde sie mit einem Boot bringen müssen, wenn sie ernsthaft tauchen wollte. Sie spuckte in ihre Maske, damit sie nicht beschlug, ging ins Wasser und wusch sie aus. Keelin schöpfte etwas Wasser in ihre Hand, strich sich ihre Haare aus dem Gesicht und schob die Maske über ihren Kopf. Sie drehte sich mit dem Rücken zum Wasser, ging rückwärts gegen die Wellen, bückte sich und zog die Flossen an. Sie blinzelte durch ihre Maske und konnte schwören, sie sah Flynns Hund über die Kliffe der Bucht rennen.

Das ist merkwürdig, dachte sie. Ging sein Hund normalerweise nicht mit ihm fischen? Sie zuckte mit den Achseln und rollte mit dem Gesicht nach unten ins Wasser. Ein Kaleidoskop von Farben blitzte vor ihr, als eine Gruppe von Fischen an ihr vorbeischwamm. Sie lächelte in ihren Schnorchel. Dies war Heimat für sie.

Keelin atmete problemlos und ließ sich einfach treiben. Sie hatte für diesen Tauchgang keine Pläne, außer, sich zu orientieren, den Meeresboden zu untersuchen und damit zu beginnen, die Bucht kennenzulernen. Sie blieb im flachen Wasser und untersuchte einige ihrer Favoriten wie kleine Berge von Korallen, die winzigste Krustentiere und Fischgemeinschaften beherbergten. Sie brachten sie immer zum Lachen und sie amüsierte sich selbst, indem sie sich für all diese kleinen Kreaturen, die auf diesem lebenden Stein florierten, Persönlichkeiten ausdachte.

Ein Lichtstrahl fiel ihr ins Auge und Keelin drehte sich zum dunkleren Wasser um. Sie hätte schwören können, dass sie einen goldenen Blitz gesehen hatte. Sie trat kräftig mit ihren Flossen und bewegte sich dahin, wo sie das Funkeln gesehen hatte. Im tieferen Wasser musste Keelin ihre Augen anstrengen, da weniger Licht den Boden des Ozeans erreichte. Die Sicht war hier schlechter, da die Wellen den Sand aufwühlten. Keelin atmete tief ein und tauchte hinunter, um näher an die Korallen zu kommen, die unter ihr lagen. Sie schwebte um sie herum und suchte in den Korallen nach ungewöhnlichen Klumpen. Typischerweise wäre jede Art von Metall oder verlorenem „Schatz" in der Koralle eingewachsen, oder es hätte sich eine kleine Gruppe Muscheln daran festgesetzt. Es wäre leicht zu übersehen. Keelin konnte ihren Atem nicht länger anhalten. Auf dem Weg nach oben sah sie weiter draußen ein weiteres goldenes Funkeln. Fluchend kam sie zur Oberfläche und tauchte sofort wieder hinunter, ohne ihre Position zu überprüfen, da sie den Punkt, an dem das Gold war, nicht aus den Augen verlieren wollte.

Sie schwamm weiter hinaus und der Boden entfernte sich mehr. Wo hatte sie das goldene Glitzern gesehen? Plötzlich wurde ihr klar, wie weit entfernt der Boden wirklich war und Keelin erschrak. Sie hatte unbeabsichtigt die Regel Nummer eins beim Tauchen verletzt – plan Deinen Tauchgang und tauche Deinen Plan. Sie konnte kleine Partikel im Wasser sehen, die sich rasant an ihr vorbei bewegten und sie merkte, dass sie eine Strömung quer gekreuzt hatte. Sie verfluchte sich selbst. Keelin steckte ihren Kopf aus dem Wasser und konnte Ronan sehen, der hysterisch am Ende seiner Leine bellte – er war ein winziger Punkt am Strand. Sie sah hoch und sah die Kurve des Eingangs zur Bucht schnell an ihr vorbeiziehen. Sie wurde aufs Meer hinausgezogen.

Keelin fluchte und zwang sich dazu, langsam zu atmen. Sie steckte ihr Gesicht zurück ins Wasser und legte sich horizontal. Sie war eine ausgebildete Taucherin und hatte schon öfter Strömungen bewältigt. Wichtig war, nicht in Panik zu geraten. Keelin kämpfte gegen die Strömung und versuchte, durch sie hindurch zu schwimmen und nicht in sie hinein. Wenn sie das schaffen würde, wäre sie aus der Strömung heraus und alles wäre in Ordnung. Sie schien aus allen Richtungen auf sie zuzukommen und sie hatte Schwierigkeiten festzustellen, in welche Richtung sie treten sollte. Panik fing an, sie zu ergreifen.

Undeutlich hörte sie das Geräusch eines Motors. Keelin steckte den Kopf aus dem Wasser und hob ihren Arm hoch, um das Signal für Hilfe zu geben.

„Hilfe! Hilf mir!", schrie sie und schob den Schnorchel zurück in ihren Mund, als ihr Wasser in die Kehle floss. Atmen, einfach atmen, dachte sie. Sie behielt den Schnorchel im Mund und schrie weiterhin durch ihn durch und winkte mit ihren Armen. Das Boot drehte sich zu ihr und wurde schneller.

Keelin steckte ihren Kopf wieder unter Wasser, um einfacher zu atmen und hielt einen Arm aus dem Wasser, damit das Boot sie sehen konnte. Sie starrte den Boden des Ozeans an und konnte schwören, sie sah ein dumpfes blaues Licht. Sie leidete offensichtlich unter Halluzinationen.

Der Motor ging aus und starke Arme griffen nach ihr. Keelin spuckte Salzwasser, wuchtete sich über die Seite des Boots und fiel kopfüber hinein. Ihr Körper zitterte und ein Adrenalinstoß setzte ein. Ihre Zähne klapperten, sie zog die Maske vom Gesicht und starrte in Flynns blaue Augen.

„Ich vermute, ich sollte Dir danken", stotterte Keelin. Sie versuchte ihre Fassung wiederherzustellen und hob ihr Kinn hoch.

„Bei all den…wie ende ich mit der Frau, die so stur ist wie nur irgendwas?", sagte Flynn zu sich selbst, startete den Motor und schlug das Steuer herum in Richtung Küste. Keelin zog das Handtuch um sich, das er ihr gegeben hatte, und versuchte, warm zu werden.

„Weißt Du, dass die meisten Frauen sich mir in Dankbarkeit um den Hals geworfen und mir alles versprochen
hätten, was ich will? Ihre unsterbliche Hingabe angeboten?
Gebäck? Nein. Du kannst Dich kaum bei mir bedanken."
Flynn warf ihr einen stechenden Blick zu.

Keelin starrte ihn majestätisch von der anderen Seite
des Boots an.

„Ich bin sicher, es wäre alles in Ordnung gewesen. Ich
brauchte nur die Strömung zu überqueren, das ist alles,
und ich war ein bisschen orientierungslos."

„Ein bisschen? Du warst 400 Meter draußen! Du warst
Futter für die Haie. Du warst abgeschrieben! Was hast Du
Dir dabei überhaupt gedacht? Bist Du wahnsinnig?" Flynn
flippte aus, während sie ruhig in die Bucht reinfuhren.
Seine Schreie hallten als Echo von den Seiten der leeren
Bucht wider. Ronan wurde still am Strand.

„Hey! Du bist nicht mein Boss! Und dass Du es weißt,
ich bin eine ausgebildete Taucherin. Ich studier das. Das
ist das, was ich mache."

„Ausgebildet? Kaum! Wenn Du ausgebildet wärst,
würdest Du wissen, dass man nicht allein tauchen geht,
und hättest vielleicht das Wasser vorher studiert und
gewusst, dass außerhalb der Bucht eine Strömung von 9
Knoten fließt. Wenn ich heute nicht fischen gewesen wäre
und Deine Hilferufe gehört hätte, wärst Du in ein paar
Minuten weg gewesen!" Flynn schaltete den Motor aus
und sah sie wütend an.

Keelin stand mit wackligen Beinen auf und schrie
ihn an.

„Dass Du es weißt, ich bin ein Profi!"

„Eine professionelle Nervensäge!"

Sie standen Nase an Nase im wankenden Boot. Keelins Atem kam stoßweise und ihre Brust hob und senkte sich.

Flynn seufzte und legte seine Stirn überraschend gegen ihre.

„Es ist ganz einfach. Mach das einfach nie wieder. Bitte."

Verlegen nickte sie.

„Ich könnte eine Umarmung gebrauchen", flüsterte Keelin.

Flynn zog sie in seine Arme und sie fühlte, wie sich Hitze ausbreitete. Keelin begann, im Kopf Kinderreime aufzusagen, um zu verhindern, dass sie auf seinen Mund losging. Flynn trug kein Hemd und seine Cargo Shorts hingen tief an einem Körper, der sonnenverbrannt war und gemeißelt wie die Felsen, die ihn umgaben. Keelin wollte ihre Zunge an dem kleinen kurvigen Muskel entlang streichen, der in seinen Shorts verschwand. Wie nannte man das bei einem Mann eigentlich? Es war so sexy.

Kinderreime, ermahnte Keelin sich selber und zog sich langsam von ihm zurück.

Flynns Atem kam in kleinen Stößen. Seine blauen Augen bohrten sich in ihre. Sie sah Fragen und Verlangen.

„Ich kann nicht. Ich kann einfach nicht." Keelin war nicht sicher, welche Frage sie beantwortete.

„Lass mich wissen, wenn Du es herausgefunden hast", sagte Flynn leise.

Keelin hatte Angst, dass sie es schon herausgefunden hatte, aber war nicht sicher, ob sie eine Strömung verließ, um in einer anderen weggeschwemmt zu werden.

Flynn hob den Motor und ließ das Boot sanft gegen das

Ufer treiben. Er sprang mit Leichtigkeit heraus und bot ihr im Wasser stehend seine Arme an.

Keelin nahm den Weg des Feiglings und tauchte ins Wasser. Sie brauchte einen Moment, um abzukühlen. Als sie auftauchte, sah sie sein wölfisches Grinsen. Er wusste, dass sie ihm aus dem Weg ging.

Mit der Nase nach oben ging sie zum Ufer und zog ihr Zeug hinterher. Flynn folgte ihr und zog das Boot teilweise hoch auf den Strand.

Der Hund kläffte hysterisch und Keelin rannte zu Ronan, froh einen Grund zu haben, um Flynn zu ignorieren.

„Sch, es ist alles in Ordnung. Mir geht es gut. Sch, guter Hund, Ronan." Er wackelte in ihrem Schoß, quietschte und bellte. Flynn kam herüber zu ihnen und lächelte den Welpen an.

„Ronan, hm?"

„Ja, mein kleiner Krieger. Em, danke für ihn." Keelin wollte nicht über den Inhalt seiner Notiz reden. Sie dachte an Margaret und dass sie ihr immer gute Manieren einge- bläut hatte. „Em, also, Du hast recht. Du hast mich nicht ausgenutzt. Ich hätte das nicht sagen sollen." Keelin wurde rot und sah auf ihre Füße.

„Danke." Flynn beugte sich herunter und kraulte Ronan unter dem Kinn. Der Welpe lag wild wackelnd im Sand und Flynn lachte. Keelin wusste, wie sich der Hund fühlte; sie war auch wie Wachs in Flynns Händen.

Flynn erahnte ihre Gedanken und sah sie unter schweren Augenlidern an. Keelin atmete tief ein. Oh Mann. Ein Mann ohne Hemd, gebaut wie ein Gott, spielt mit einem Welpen an einem leeren Strand. Sie war erledigt.

„Em, hast Du jemals etwas Goldenes im Wasser gesehen? Schwimmst Du hier?", plapperte Keelin. Soviel zum Professionalismus, dachte sie. Sie klang wie ein Schulmädchen.

„Gold? Was meinst Du? Redest Du von den Gerüchten über den Kelch?" Flynn runzelte seine Stirn.

„Ich weiß nicht. Es war alles so verwirrend. Ich sah unter Wasser andauernd dieses goldene Blitzen. Das war der Grund, warum ich viel weiter draußen landete, als ich sollte. Ich konnte einfach nicht sehen, was es ist, und es war kein Fisch oder so. Es war ganz merkwürdig."

„Ah, ja, davon habe ich schon mal gehört. Bist Du sicher, dass Du nicht den einheimischen Geschichten zugehört hast?", fragte Flynn.

„Nein, was meinst Du?"

„Na ja, angeblich leitet die Bucht Dich aus ihr heraus, wenn sie fühlt, Du wolltest etwas entdecken, was sie nicht teilen will, wie den Kelch. Die meisten Leute kommen nicht hierher, da jeder, der Hintergedanken hatte, verletzt oder getötet wurde."

„Nein! Glaubst Du das wirklich?"

„Ja. Was waren Deine Motive heute, hierher zu kommen?" Flynn starrte sie an und durch sie hindurch.

Keelin vergrub ihren Zeh im Sand und wich seinem Blick aus.

„Na ja, Du weißt, ich arbeite an meiner Masterarbeit. Ich wollte einfach das Meeresleben studieren und die Lage sondieren. Da war nichts verrücktes."

„Hmm. Na, es sieht so aus, als ob die Bucht nicht einverstanden war." Er sah sie geduldig an.

Keelin fühlte sich wie ein gescholtenes Kind.

„Ok, vielleicht hatte ich gedacht, ich könnte den Kelch finden oder herausfinden, was das blaue Licht war." Sie hörte auf zu reden. Sie könnte sich selber dafür treten, das blaue Licht und die letzte Nacht zu erwähnen. Sie beide wussten, wann die Bucht geleuchtet hat, und was sie zu der Zeit gemacht hatten.

Ein langsames Lächeln breitete sich auf Flynns Gesicht aus.

„Vielleicht sollten wir etwas forschen. Eine Nachstellung, vielleicht?"

„Ach, sei still. Letzte Nacht war ein Fehler. Ich hatte ein bisschen zu viel getrunken und war lange nicht mit jemandem zusammen gewesen. Das war alles und sonst nichts. Können wir es einfach vergessen und einfach Freunde oder Nachbarn sein? Ehrlich gesagt, Du bist auch gar nicht so mein Typ."

Flynns Lächeln wurde breiter und Keelin stockte der Atem. Genug davon. Sie musste von ihm weg. Sie begann, ihr Schnorchelzeug in ihre Tasche zu stopfen und wollte aufstehen. Flynn reagierte schnell. Er zerrte sie auf ihre Füße, zog sie an sich und zerquetschte ihren Mund unter seinem. Keelin wimmerte. Seine Arme schlossen sich um sie und er hielt sie an seiner Brust gefangen. Ihre Hände hingen nach unten und ihre Tasche fiel herunter. Flynn liebkoste sie mit seinem Mund, seine Küsse waren samtweich und er begann, sanft an ihrer Unterlippe saugen. Der Kontrast seiner starken Arme, die sie zur Bewegungslosigkeit zwangen, und die Zartheit seiner Küsse ließ sie aufstöhnen. Machtlos öffnete sie ihren Mund und küsste ihn zurück.

Sie stolperte rückwärts, als seine Arme sie plötzlich losließen. Flynn hielt sie mit seinen Händen auf ihren Schultern aufrecht. Er berührte ihre Lippen mit seinem Finger, streichelte ihre Umrisse und strich ihr Haar hinter ihr Ohr.

„Nicht Dein Typ, hm?" Flynn starrte demonstrativ auf ihre Brüste – ihre Warzen drückten sich gegen ihren Taucheranzug – und ließ seine Hand an ihrer Seite herunter wandern.

„Ruh Dich aus, Keelin." Flynn streckte sich herunter, tätschelte Ronan am Kopf und schritt pfeifend davon. Keelin verfluchte ihn, nahm ihre Tasche und Ronan und ging zum Pfad. Für heute hatte sie von Flynn und von der Bucht die Nase voll.

Keelin schleppte sich über die Felder, während Ronan neben ihr herumsprang. Sie sah Fiona, die ihr vom Garten vor dem Haus zuwinkte. Sie ging direkt auf die alte Frau zu. Sie sagte kein Wort, während Fiona sich bückte und Ronan streichelte, der in Ekstase vor ihren Füßen wackelte. Schließlich stand Fiona auf und sah in Keelins Augen.

„Erzähl mir von dem Gold", sagte Keelin.

KAPITEL ZWÖLF

F ionas Schultern waren angespannt. Sie seufzte und
streckte ihre Hand aus, um Keelins Arm zu berühren. Mit Besorgnis sah sie den Stress auf Keelins Gesicht.
Ohne ein Wort zu sagen, winkte sie Keelin ins Haus.
Entschlossen schritt Fiona zu einem kleinen Schrank und
zog ein abgenutztes Buch und eine Flasche Whiskey
heraus. Sie schenkte eine großzügige Menge Whiskey in
zwei Gläser und bedeutete Keelin, mit ihr in der Nische
am offenen Fenster zu sitzen, wo die Meeresbrise sanft
hereinwehte.

Keelin setzte sich hin und Ronan sprang auf ihren
Schoß. Sie streichelte Ronans weiche Ohren und fühlte,
wie Geborgenheit sie durchfloss. Es war ein beruhigendes
Gefühl, ein Tier zusammengekringelt in ihrem Schoß zu
haben, und sie umarmte ihn.

„*Slàinte.*" Fiona verkündete den traditionellen irischen
Trinkspruch und stieß mit Keelin an. Sie nippten beide still
an ihrem Whiskey, bis Fiona schließlich sprach.

„Was ist heute passiert? Vermutlich sollte ich wohl

auch fragen, was letzte Nacht passiert ist." Fionas stahl-
harte Augen trafen Keelins.

Keelin schluckte. „Em, ok, letzte Nacht war dumm. Ich
hätte nicht zur Bucht hinunter gehen sollen. Ich weiß, dass
ich unvorsichtig war, aber ich konnte nach dem Cider nicht
klar denken. Es hat mich einfach so verwirrt, dass das
Mondlicht nicht in der Bucht zu sehen war. Aber ich war
töricht. Ich rannte einfach runter und nahm eine Handvoll
Wasser. Es passierte so schnell." Keelin erschauderte.

„Was?", fragte Fiona vorsichtig.

„Die Welle. Sie krachte in mich hinein und zog mich
sofort nach unten. Ich kann nicht glauben, wie viel Kraft
sie hatte. Als ich herunterging, waren da überhaupt keine
Wellen." Keelin schüttelte ihren Kopf.

Fiona nickte und starrte in ihr Glas. „Flynn hat Dich
letzte Nacht gerettet, oder?"

„Hat er. Und heute. Ich weiß gar nicht, wie er es
schafft, immer da zu sein. Ich denke, ich sollte dankbar
sein", sagte Keelin mürrisch.

Fiona lachte. „Erzähl mir von heute."

„Ich ging runter zur Bucht, um zu schnorcheln, und ich
wollte mich einfach ein bisschen orientieren und anfangen,
Notizen zu den Korallen zu machen und mir die Artenviel-
falt im Wasser anzusehen. Ich habe alles gemacht, was Du
gesagt hast, um mich zu schützen." Keelin erklärte, wie sie
das Ritual durchgeführt hatte, ihren ersten Eindruck des
Wassers, und wie schnell sie hinaus zur See gezogen
wurde. Sie spielte Flynns Rettungsakt etwas herunter, um
die ältere Frau nicht zu beunruhigen.

Fiona beobachtete sie genau.

„Es muss gefährlicher gewesen sein, als Du behaup-

test, weil draußen vor der Bucht eine extrem starke Strömung ist. Die meisten kommen nicht wieder aus ihr
zurück. Du kannst von Glück sagen, dass Flynn da war."

„Grr. Ich weiß, ich weiß." Keelin wusste, dass sie wie
ein weinerliches Kind klang.

Fiona lächelte.

„Er törnt Dich ganz schön an, oder?"

Keelin verschluckte sich an ihrem Whiskey und bekam
einen Hustenanfall.

„Oma!"

„Was? Ich war auch mal jung. Starke Muskeln und
kantige Gesichtszüge haben mich nicht kalt gelassen,
weißt Du. Wieso, glaubst Du, habe ich mich in Deinen
Großvater verliebt?" Fiona blinzelte sie an und Keelin
lachte.

„Was willst Du mit ihm machen?", fragte Fiona
unschuldig.

„Ich weiß nicht. Er macht mir Angst, ehrlich gesagt."

„Noch besser", sagte Fiona.

„Ich möchte nicht über Flynn reden. Erzähl mir von
dem Gold, das ich dachte, gesehen zu haben. Was ist da
heute passiert?", fragte Keelin. Es war ihr unangenehm,
über Flynn zu diskutieren. Sie verbrachte schon genug Zeit
damit, über ihn nachzudenken.

Fiona nahm das kleine Buch, das sie vorher geholt
hatte. Sie begann, es durchzublättern, nickte ein paarmal
und schloss es dann.

„Dieses Buch wurde an Grace O'Malleys Tochter
weitervererbt. Sie spricht darin von ihrer Mutter, und auch
von der Bucht. Einer der größten Wünsche ihrer Mutter
war, dass sie in Ruhe gelassen werden wollte, als sie die

Bucht als ihre letzte Ruhestätte auswählte. Das ist der Grund, warum wir das Schutzritual durchführen und Gaben bringen. Es ist heiliges Wasser."

„Aber das habe ich doch! Ich habe das Ritual gemacht und Gaben gebracht." Keelin schnaufte verärgert.

„Dann hattest Du unreine Absichten."

Keelin dachte sofort an Flynn und seine starken Hände, die ihr einen Orgasmus besorgt hatten. Sie wurde rot.

Fionas Augen zeigten Fältchen an den Ecken. „Unrein in dem Sinne, als ob Du etwas von der Bucht wolltest. Warum bist Du heute dahingegangen?"

„Das habe ich Dir doch gesagt. Um an meinen Studien zu arbeiten."

„Du lügst." Fiona nippte ungerührt an ihrem Whiskey.

Keelin hielt inne. Warum war sie heute dahin gegangen? Natürlich war es für ihre Studien, dachte sie. Lügnerin, Lügnerin, flüsterte ihr Hirn. Sie blickte in Fionas wissende Augen.

„Ich wollte den Kelch finden. Was wäre das für eine riesige Errungenschaft für meine beginnende Karriere und für das irische Nationalmuseum!", platzte Keelin heraus und starrte dann auf ihre Hände.

Fiona lehnte sich zu ihr herüber und tätschelte ihre Hand.

„Du hast Glück gehabt. Es ist eine schwer zu lernende Lektion, die die meisten nicht überleben. Ich werde ewig dafür dankbar sein, dass Flynn heute da war. Ich werde ihn diese Woche zum Essen einladen, um ihm zu danken." Fiona lächelte.

Keelin fing an zu protestieren und stoppte. Margaret hatte ihr Benehmen eingebläut und sie wusste, dass ein

Dankeschön höflich war. Sie war dankbar, dass Fiona aus ihren Gründen, zur Bucht zu gehen, nicht ein größeres Drama machte. Es war ihr peinlich festzustellen, wie egoistisch sie mit ihren Absichten gewesen war. Damit hatte sie heiliges Wasser gestört.

„Außerdem hat er Dir diesen niedlichen Welpen gegeben. Bedeutet das also, dass Du bleiben wirst?", fragte Fiona beiläufig, während sie die Gläser wegräumte und das Buch zurückstellte.

Erschreckt sah Keelin Fiona an. Sie wusste definitiv, wie man direkt auf den Punkt kam.

„Ich, em, na ja. Ja, ich habe darüber nachgedacht, meinen Aufenthalt unbegrenzt zu verlängern, wenn es Dir recht ist. Ich denke, es ist Zeit, mich selber ernster zu nehmen. Ich meine, Du weißt schon, der Heilungskram." Keelin errötete.

„Ah, ja." Fiona nickte und lächelte.

„Ich glaube, ein Teil von mir würde sterben, wenn ich es nicht tue", platzte Keelin heraus.

„Das hat diese Kraft so an sich. Die meisten Menschen wissen es instinktiv, obwohl wenige solche Gaben haben wie Du und ich. Wenn diese Kraft jedoch wiederholt verleugnet wird, verblasst sie, und am Ende kann man sie nicht länger hören oder fühlen. Es ist nicht länger Deine Realität. Indem Du sie verleugnest, *wird* ein Stück von Dir sterben."

Keelin hatte sowas vermutet. Sie dachte wieder an ihr Leben in Boston. Die Schule beenden, einen netten jungen Mann heiraten, eine Familie gründen…und weiter in Vergessenheit verfallen. Boston war langweilig. Grace's Cove war magisch, genau wie sie. Es war Zeit, das zu akzeptieren und es zu kontrollieren. Sie fühlte sich befreit und lächelte. Ihr Bauchgefühl sagte ihr, dass ihre Entscheidung richtig war. Sie war zu Hause. Ihre Mutter würde ausflippen.

„Ich freue mich, Gesellschaft zu haben. Es kann hier einsam werden", sagte Fiona.

„Ich werde hier sein, Oma. Du hast jetzt mich."

KAPITEL DREIZEHN

D er nächste Tag brachte eine sanfte Brise. Die Sonne küsste das Ufer und Ronan jaulte, weil er raus wollte. Keelin kämpfte damit, wach zu werden nach einer Nacht mit heißen Träumen von Flynn. Dieser Mann würde sie noch in den Wahnsinn treiben. Ronan wimmerte am Fußende ihres Bettes.

„Ok, wir gehen raus."

Sie zog ein weites Sweatshirt über Hemd und Schlafshorts und tappte nach draußen. Während Ronan sein Geschäft machte, genoss sie den Sonnenschein und den atemberaubenden Blick. Sie schirmte ihre Augen gegen die Sonne ab und sah hoch zum Hügelkamm. Flynns Hund beobachtete sie. Sie winkte und hätte schwören können, dass der Hund seine Pfote hob und zurückwinkte.

„Ich glaube, ich fange an zu spinnen."

Zuviel Gerede über Kraft und Magie hatten sie ein bisschen irre gemacht. Sie lachte bei dem Gedanken an Margaret und was sie von allem halten würde. Sie ermahnte sich, dass sie ihre Mutter später anrufen wollte.

Ronan ließ ein warnendes Knurren heraus und sein Fell stand zu Berge.

Fiona kam den Pfad herunter, und als er ihren Geruch erkannte, bellte er fröhlich und rannte auf sie zu. Er fiel kopfüber vor ihr hin und rollte herum. Sie lachte wie ein Mädchen und zauselte an seinen Ohren. Ronan war für sie beide gut, dachte Keelin.

„Wo warst Du?", fragte Keelin.

„Ich habe ein paar spezielle Kräuter gesammelt, die reif für die Ernte waren. Ich mache damit eine Tinktur für Mrs Sullivan im Dorf. Ihre Arthrose ist schlimmer geworden."

Keelin merkte, dass sie so auf sich selber konzentriert gewesen war, dass sie noch nicht mal daran gedacht hatte, Fiona nach ihrer „Praxis" zu fragen.

„Machst Du das oft? Gibst Du Menschen regelmäßig Heilmittel? Ich hatte den Eindruck, dass die Leute nur zu Dir kommen, wenn es wirklich ernst wird."

Fiona streckte ihren unteren Rücken und sah auf das Wasser, bevor sie antwortete.

„Es kommt drauf an. Manche Menschen haben Angst vor mir. Sie bekreuzigen sich, wenn ich vorbeigehe, als ob ich etwas Teuflisches wäre und nicht eine gottesfürchtige Christin genau wie sie. Es ist ihnen nicht klar, dass es da draußen mehr als einen Gott gibt, und sie offener sein sollten. Aber es gibt viele Leute, die mich als das sehen, was ich bin – eine Heilerin. Die meisten gehen davon aus, dass es sich dabei um Arzneimittel, Tinkturen und Kräutersalben dreht, die ich herstelle. Einige vermuten Magie. Nur einige wenige haben die körperlichen Effekte gesehen von dem, was ich mit meinen Händen tun kann. Und die sagen

nichts, da es meistens unter den verzweifeltsten
Umständen geschieht. Nur wenn Menschen selber oder
jemand, der ihnen nahesteht, vor Schmerzen bis ans Ende
getrieben werden, sind sie bereit, ihren Glauben an das,
was hilft, kurzfristig aufzugeben. Nur dann glauben sie,
dass Heilung viele verschiedene Formen hat und nicht nur
moderne Medizin bedeutet."

„Was sagst Du zu Menschen, wenn sie Dich beim
Heilen sehen?"

„Nichts. Ich muss mich nicht rechtfertigen. Ich glaube
auch nicht, dass ich das wirklich könnte. Ich kann Dir
nicht sagen, warum ich diese Gabe habe, genauso wenig
wie ich Dir sagen kann, wie viele Sterne am Himmel
sind."

Keelin fand, das ergab Sinn. Von einem wissenschaftlichen Standpunkt aus gab es keine logische Erklärung für
das Heilen durch Berührung. Das nächstbeste, woran sie
denken konnte, war Massage oder Akupunktur, aber
Wunden schließen oder eine Krankheit aus einem Körper
herausziehen? Das war etwas ganz anderes. Sie fragte sich,
ob es dazu Studien gab.

Keelin sah auf ihre Hände. Sie waren klein, mit kurz
geschnittenen Nägeln ohne Nagellack, und beherbergten
solche Kraft. War es Zeit, dass sie ihr wahres Ich annahm
und akzeptierte, dass sie nie normal sein würde?

„Ich möchte lernen. Alles. Ich werde meinen Unterricht ab jetzt ernst nehmen. Unter einer Bedingung."

Fiona drehte sich um und sah sie mit einem Lächeln
auf den Lippen an.

„Ich möchte, dass Du mich in die Bucht mitnimmst.
Ich verspreche, dass ich nichts aus der Bucht heraus-

nehmen werde. Aber ich muss sie sehen. Ich muss wissen, was da ist. Irgendwas zieht mich dorthin."

Fionas Hände banden weiter geschickt die Bündel der Kräuter zusammen, die sie gepflückt hatte. Sie war eine ganz Weile still, während Ronan auf dem Hof einem Schmetterling hinterherjagte. Die Bucht breitete sich vor ihnen aus. Sie rief nach Keelin.

„Ja. Ich kann Dich genauso wenig vom Wasser weghalten wie Du mich von den Hügeln. Es ist in Deinem Blut. Wir werden heute beginnen."

Zufrieden rief Keelin nach Ronan. Es war Zeit, sich dem Ernst des Lebens zu stellen.

Fiona packte ein Picknick für sie beide. Sie sammelte das abgenutzte Lederbuch, verschiedene Weckgläser, mehrere Kristalle und eine Schere ein, um Kräuter zu ernten. Keelin packte ihren Schnorchel und eine Tasche mit Spielzeug und Wasser für Ronan. Fiona überraschte sie, als sie eine alte, aber gebrauchsfähige Schnorchelausrüstung herauszog.

„Du tauchst?", fragte Keelin.

„Natürlich, mein Liebes. Du kannst nicht am Wasser leben und es nicht kennen."

Beeindruckt nahm Keelin Fionas Zeug und trug es, als sie sich auf den Weg zum Rand des Kliffs machten. Es war einer dieser perfekten Sommertage. Die Sonne war warm, das grüne Gras bedeckte die rollenden Hügel hinter ihnen, die harten Kanten des Kliffs umarmten das sanfte Wasser der Bucht, und die Wellen schwappten einladend an den leeren Sandstrand. Keelin atmete die Seeluft tief ein, atmete aus und ließ die Anspannung von sich weichen. Reine Absichten, dachte sie.

Vorsichtig gingen sie den Pfad des Vorsprungs herunter. Ronan rannte aufgeregt vor ihnen her.

„Wird Ronan hier Schaden nehmen?", fragte Keelin.

„Höchstwahrscheinlich nicht. Die Aufgabe eines Hundes ist es, das Leben zu lieben und seinem Besitzer zu dienen. Sie haben keine Absicht, der Bucht zu schaden. Die Bucht weiß das", sagte Fiona.

Sie kamen unten an und stoppten. Fiona zog mehrere kleine Kristalle in verschiedenen Formen und Farben heraus. Sie hielt sie in ihrer Hand und zeichnete einen Kreis im Sand um sie herum.

„Oh heiligstes aller heiligen Wasser, wir kommen heute zu Dir, um zu lernen und zu wachsen. Alles, was wir von hier mitnehmen, ist für die reinste Form des Heilens und sonst nichts. Wir bezeugen unseren gebührenden Respekt mit der Gabe dieser Steine. Wir bitten, dass unsere Engel uns beschützen, wenn wir demütig und bescheiden in dieses heilige Wasser eintreten." Fiona gab Keelin ein paar Kristalle und sie warfen sie in das Wasser der Bucht.

„Das sollte gut sein. Lass uns einen guten Platz für Ronan suchen."

Fiona und Keelin verbrachten den Nachmittag damit, im Wasser der Bucht zu schnorcheln. Fiona kannte alle Ecken und Winkel und bald war Keelin in den verschiedenen Korallenformationen versunken, die die Länge der Bucht säumten.

Als die Schatten länger wurden, saßen Keelin und Fiona am Strand und Ronan rannte in Kreisen um sie herum. Fiona legte ihre Tagesfunde aus. Vor ihnen lagen kleine Häufchen mit Steinen, Korallen und Kristallen, von denen Keelin nicht alle klassifizieren konnte. Da waren ein

Haufen Seetang, Meeresalgen, Seeigel und Muscheln. Sand und Ton lagerten feucht in mehreren großen Weck-gläsern. Ein Haufen Moos, den sie von den Felsen weiter draußen in der Bucht abgekratzt hatte, trocknete in der Sonne. Fiona nahm sich Zeit, die verschiedenen Nutzen der Meeresalgen und der Moose zu erklären, und welche Kristalle bestimmte Heilungsenergien förderten. Keelin machte sich Notizen und versuchte, es wie eine Stunde Chemieunterricht zu sehen. Aber sie machte sich Sorgen. Sie war noch nie eine gute Köchin gewesen und vieles hier klang wie Rezepte. Was, wenn sie es verkehrt machte und jemandem weh tat?

Fiona schien ihre Gedanken zu lesen und lachte.

„Übung. Du lernst das alles. Und letztendlich musst Du lernen, Deiner eigenen Intuition zu vertrauen. Deine eigene Kraft wird Dir sagen, wenn Du etwas falsch machst, wenn Du die falsche Arznei oder eine falsche Zutat benutzt. Es ist ganz anders, als einem Rezept detail-genau zu folgen. Es ist keine exakte Wissenschaft. Dies sind die Zutaten. Deine Arzneien und Salben werden anders sein als meine. Deine arbeiten besser mit Dir als mit mir. Du musst nur Selbstvertrauen haben."

„Was, wenn ich etwas falsch mache? Wenn ich jemanden verletze?", platzte Keelin heraus.

„Wir machen alle Fehler. Was meinst Du, wie sich ein Arzt fühlt, wenn er anfängt? Wenn er neu ist? Du musst lernen, auf Dich selber zu hören und an Deine Kräfte zu glauben. Du fängst klein an. Es wird sich aufbauen."

Als die Sonne langsam unterging, sammelten sie ihre Sachen zusammen und schickten sich an, nach Hause zu gehen. Keelin erblickte ein blasses blaues Leuchten in der Bucht.

„Da! Schau!" Sie griff Fiona und drehte sie herum, gerade, als das Licht verschwand.

„Du hast es gesehen!", sagte Fiona.

„Ja, was ist es? Ich kann es nicht verstehen."

„Ich erforsche es seit Jahren. Soweit ich es erklären kann, leuchtet die Bucht für ihre Angehörigen. Ich weiß auch, dass sie leuchtet, wenn Liebe präsent ist."

Keelin wurde rot, als ihre Gedanken zu Flynn gingen und die Nacht, als er sie zum Höhepunkt brachte. Die Bucht hatte da definitiv blau geleuchtet. Aber, Liebe? Absolut nicht. Sie kannte diesen mysteriösen Flynn doch kaum. Das war genau der Grund, warum sie sich nicht von ihm küssen und ihn schon gar nicht an ihre Wäsche lassen sollte.

Als sie dem Häuschen näherkamen, knurrte Ronan und ließ ein warnendes Bellen los. Ein neueres Auto parkte vorm Haus und Keelin erkannte Shane aus dem Pub wieder.

„Hmpf", sagte Fiona, als sie ihm zunickte und an ihm vorbei ins Haus segelte.

„Em, Du musst sie entschuldigen. Sie hatte einen langen Tag", sagte Keelin. Shane kam um das Auto herum. Ronan stand vor Keelin und bellte Shane an. Er war heute eher geschäftsmäßig angezogen, sein Schlips war gelockert und der oberste Knopf offen. Sein weißes Hemd war frisch und steckte in einer Schurwollhose. Er bückte sich zu Ronan, damit er an seiner Hand riechen konnte. Ronan kam auf ihn zu, leckte sein Hand vorsichtig und ging dann wieder zu Keelin zurück und saß auf ihren Füßen.

Shane grinste ihn an und begutachtete dann Keelin von oben bis unten. Sie wusste, sie war zerzaust und sandig und errötete etwas. Ihr Trägerhemd klebte an ihrem Tauchanzug und ihre Shorts waren mit Sand bedeckt.

„Wo kommt denn dieser kleine Kerl her?", fragte er.

„Em, ein Geschenk eines Freunds." Keelin war nicht sicher, warum sie nicht sagte, dass er von Flynn war.

„Sieht aus wie einer von Flynns. Er hat einige der besten Hunde in diesem Land. Du hast Glück, so einen zu bekommen."

Keelin hatte nicht gewusst, dass Flynn Hunde züchtete. Sie verbuchte es als noch etwas, das sie nicht über diesen Mann wusste. Sie stellte ihn sich lieber als sprachfaulen Fischer vor. Das Bild von ihm, wie er mit Liebe eine Hundemama pflegte, blitzte durch ihren Kopf und sie wurde etwas nachgiebiger.

„Ja, er ist wirklich ein Schatz. Aber was führt Dich heute hierher?" Keelin wischte Sand von ihrem Arm und versuchte, sich selber davon abzuhalten, ihr Trägerhemd vom Anzug abzuschälen. Sie fühlte sich wie zur Schau gestellt.

„Ich kam vorbei, um zu sehen, ob ich Dich zum Abendessen ausführen kann." Shane starrte sie direkt an. Seine Absichten waren klar.

„Mich? Was ist mit..." Keelin stoppte. Sie wollte gerade sagen, „Was ist mit Cait", aber sie hatte keine Ahnung, was die beiden für eine Beziehung hatten, und es war auch nicht ihre Angelegenheit. Sie hatte nichts von Cait gehört, seit sie hier war. Trotzdem, sie kannte Kleinstädte und wollte keinen Tratsch auslösen. Davon abge-

sehen war sie sicher, Flynn würde davon hören. Damit war
es entschieden.

„Klar, ich würde gern mit Dir essen gehen. Aber nur
als Freunde", sagte Keelin bestimmt.

Shanes Lächeln wurde breiter. „Klar, Freunde. Absolut. Ich warte, während Du Dich umziehst."

„Ok, ich brauche ein bisschen Zeit zum Duschen."

„Das ist ok, ich genieße den Sonnenuntergang und rede
mit Ronan."

Keelin ließ ihr Zeug im Haus fallen und ging an Fiona
vorbei, die in der Küche vor sich hinmurmelte.

„Ich gehe mit Shane essen. Ich weiß nicht, wann ich
wieder da bin. Brauchst Du irgendwas aus dem Dorf?"

„Nein. Sei vorsichtig mit diesem Mann."

Keelin hielt in der Tür inne. „Was hast Du für ein
Problem mit ihm? Du bist direkt an ihm vorbeigesegelt
und hast kaum ein Wort gesagt. Andererseits behandelst
Du Flynn, als wäre er ein Gott. Was soll das?" Keelin
zischte sie an und hoffte, ihre Stimme war draußen nicht
zu hören.

„Er ist nicht für Dich", sagte Fiona mysteriös und fuhr
fort, ihr Brot zu kneten. Die Unterhaltung war anscheinend
vorbei. Keelin warf ihre Hände über den Kopf und ging in
die Dusche.

Im Hinblick auf den warmen Abend strich Keelin ihre
Haare, die durch die Seeluft leicht gelockt waren, einfach
zurück und ließ sie über ihre Schultern fallen. Sie zog ein
marineblaues Leinenkleid an, das ihre Haarfarbe und tief-
braunen Augen komplimentierte, und hing sich ein paar
dünne Silberketten um. Sie zog ein Paar flache silberne
Riemchensandalen und eine kleine Tasche heraus. Die

Sonne hatte ihre Haut leicht gebräunt, also brauchte sie nicht mehr als ein bisschen Lipgloss und Wimperntusche. Sie freute sich, auszugehen und ein bisschen mehr über die Stadt zu lernen.

Keelin kam aus ihrem Zimmer und hielt an Fionas Stuhl an.

„Ich habe ihm gesagt, wir sind nur Freunde. Nur, damit Du es weißt."

„Hmm. Ich weiß, was Du da machst. Sei vorsichtig mit den Spielen, die Du spielst."

„Oh, hör auf. Wir sind nicht am Anfang des letzten Jahrhunderts. Mädchen können Jungs als Freunde haben, weißt Du. Ich habe mehrere in Boston", sagte Keelin mit Bestimmtheit.

Fiona nickte und sagte nichts. Seufzend nahm Keelin ihre Handtasche und kraulte Ronan unterm Kinn. Sie ging aus dem Haus und sah eine flüchtige Bewegung oben auf dem Kamm. Sie hätte schwören können, dass sie den Schatten eines Mannes sah, aber es hätte auch ein Schaf sein können, soweit sie das beurteilen konnte, oder es sie interessierte. Shane erhob sich von der vorderen Stoßstange, an die er angelehnt stand, und pfiff. Keelin lachte.

„Oh, hör auf."

„Ich sage Dir, Keelin O'Brien, Du bist eine Wucht."

Keelin errötete, aber sie genoss das Kompliment. Obwohl sie wusste, dass die Iren bekannt waren für ihren Charme, war es trotzdem nett, Komplimente zu erhalten. Es war so anders in den Staaten. Sie ertappte sich dabei zu kichern und merkte, sie würde mit Shane vorsichtig sein müssen. Hinter seinem altmodischen Benehmen war ein wölfisches Innenleben. Es wäre sicher angebracht, heute Abend nicht zu viel Alkohol zu trinken.

Shane nahm die Küstenstraße ins Dorf und sie lachten und redeten über örtlichen Klatsch, während die Sonne sank und die Farbe des Wassers dunkler wurde. Die Brise wehte durch ihr Haar und trocknete es, und Keelin entspannte sich in ihrem Sitz. Es war eine wunderbare Nacht.

Shane brachte sie zu einem einheimischen Fisch-lokal direkt am Wasser. Es war klein und in einem fröh-lichen Rot gestrichen, mit braunen Fensterläden, die weit offenstanden, um die Brise zu erhaschen. Der Geruch von Fisch in Butter machte ihren Mund wässrig.

Sie wurden zu einem kleinen Tisch in der Ecke geführt. Eine dicke Kerze steckte in einem Weckglas mit Sand und Muscheln. Netze hingen im Restaurant und umrahmten Wände mit Fotos vom Meer. Es war bezau-bernd in seiner Einfachheit.

„Ich weiß, es sieht nicht nach viel aus, aber das Essen hier ist erstklassig", sagte Shane, als er seine Serviette in den Schoß legte und die Weinliste in die Hand nahm. „Hät-test Du gern etwas Wein?"

„Klar, ich nehme ein Glas." Keelin erinnerte sich selbst ausdrücklich daran, dass dies heute Abend ihr einziges Glas sein würde. Sie sah ein paar Kellnerinnen mitein-ander flüstern, die neugierig zu ihnen herübersahen. Sie stöhnte.

„Ich glaube, wir haben jetzt schon Klatsch ausgelöst", sagte Keelin.

„Stört Dich das?", sagte Shane, als er sie offen begutachtete. Keelin sah ihn an. Es war offensichtlich, dass er seine Absichten nicht geändert hatte.

„Hey, ich habe gesagt nur als Freunde", erinnerte ihn Keelin.

„Freunde gehen zum Mittagessen oder spazieren. Ein Essen bei Kerzenlicht sagt mehr aus. Ich glaube, Du sendest gemischte Signale, Ms Keelin", sagte Shane.

„Hey, das ist nicht fair. Ich habe Dir gesagt, wir machen dies nur als Freunde." Seine Hartnäckigkeit fing an, sie zu nerven.

„Ich glaube, Dir war ganz klar, worauf Du Dich einlässt, als Du zugestimmt hast, mit mir zum Essen zu gehen. Die Frage ist nur: ist es, weil Du Dich von mir angezogen fühlst, oder benutzt Du mich, um einem gewissen Gentleman, der Dir einen Welpen geschenkt hat, etwas zu signalisieren?" Shanes Direktheit schockierte sie.

Keelin ließ sich nicht so leicht einschüchtern und starrte direkt zurück. Sie öffnete ihren Mund, um etwas zu sagen, aber die Kellnerin unterbrach sie.

„Guten Abend. Kann ich Ihnen etwas zu trinken bringen? Ein Bier vielleicht?" Die Augen der jungen Frau leuchteten interessiert.

„Wir nehmen eine Flasche Chardonnay." Shane bestellte für sie und schickte die Kellnerin los.

„Jetzt hör mal zu, Freundchen. Du kennst mich nicht." Keelin fühlte, wie ihre Emotionen hochstiegen.

„Nein, aber das würde ich gern." Shane grinste sie anzüglich an.

Keelin war kurz davor, ihn zu schlagen. Und dann sah sie etwas anderes in seinen Augen. Einsamkeit funkelte da. Sie erinnerte sich an Fionas Ratschlag, auf ihren Instinkt zu hören. Sie reichte hinüber, nahm Shanes Hand und fing an, ihn zu lesen. Gefühle überwältigten sie. Traurigkeit, Anziehungskraft, Einsamkeit und darunter Freundlichkeit. Sie ließ seine Hand los und sah ihn still an.

„Also das hier war alles eine Art Schau", stellte Keelin nüchtern fest.

„Wovon redest Du?" Shane war das erste Mal nervös, seit sie ihn kennengelernt hatte.

„Das ganze Ding hier. Dass Du Dich angeblich von mir angezogen fühlst. Der reiche erfolgreiche Typ, dem die Frauen vor den Füßen liegen. Das anzügliche Grinsen. Alles. Das bist Du gar nicht. Du bist ein netter Typ", sagte Keelin.

Shane seufzte. Er zog an seinem Schlips und akzeptierte den Wein von der Kellnerin. Er sagte nichts weiter, als sie beide die vor Ort gesammelten Muscheln bestellten. Er nahm einen großen Schluck von seinem Wein und starrte hinaus aufs Meer, bevor er antwortete.

„Erstens *bin* ich von Dir angezogen. Du bist eine Wucht. Diese Kurven, Lippen, die zum Knabbern einladen, und erst die Haare. Die würde ich zu gern ausgebreitet auf meinen Laken sehen."

Hitze durchzog Keelin. Also war sie letztendlich nicht komplett immun gegen ihn. Shane hatte anscheinend seine eigene Art der Verführung.

„Abgesehen davon weiß ich, dass Du nicht von mir angezogen bist. Du bist einfach neu in der Stadt und, und ja, Du hast recht. Ich bin einsam. Es ist nicht einfach in meiner Position. Die meisten Leute kommen mir lieber nicht zu nahe, da ich möglicherweise der bin, der ihnen die Zwangsräumung androhen muss, oder sie müssen ihr

Geschäft zu machen, weil sie die Miete nicht zahlen können. Ich liebe es, erfolgreich zu sein, aber es ist einsam oben an der Spitze."

Keelin gab ihm ihr erstes offenes Lächeln des Abends.

„Siehst Du, das ist doch gut. Ich denke, wir können nach alldem doch noch Freunde werden. Lass uns reden."

Shane starrte sie an und ihm entfuhr ein frohes Lachen. Nachdem die Spannung etwas nachgelassen hatte, war Keelin überrascht, wieviel sie zu reden hatten. Der Abend schritt voran, während sie mehr voneinander lernten, Familien, Gemeinsamkeiten, was sie mochten und der örtliche Klatsch.

„Also, was machst Du jetzt mit Deinem Bruder und Deiner Schwester?", fragte Shane beim Nachtisch.

„Ich weiß nicht. Ich bin noch nicht viel im Ort gewesen. Erst wollte ich die Beziehung zu meiner Großmutter aufbauen. Ich weiß gar nicht so genau, wie ich mit dieser Situation mit Geschwistern umgehen soll."

„Ich bewundere sie beide, Deinen Bruder und Deine Schwester, obwohl sie den Eindruck machen, dass sie noch nicht mal miteinander verwandt sind. Colin ist stockkonservativ und sehr ernst. Er ist seiner Frau und seinem jungen Sohn total verbunden. Aislinn andererseits ist eine Träumerin. Ihre Kunst ist atemberaubend."

„Moment, ich habe einen Neffen?" Keelin nahm einen großen Schluck von ihrem Wein. Sie lachte etwas. Natürlich hatte sie einen Neffen, warum sollte sie nicht? Sie schüttelte ihren Kopf.

„Ja, Finnegan. Er ist ein entzückendes Kind. Colin beschützt ihn sehr. Da triffst Du vielleicht auf etwas Widerstand", sagte Shane offen.

„Ich glaube, ich fange vielleicht mit meiner Schwester an. Sie klingt nach der Einfacheren von beiden. Ich werde mit Fiona darüber reden und vielleicht gehe ich in ihren Laden. Ich wollte sowieso mit Cait ein Bier trinken." Keelin beobachtete Shane genau. Er hob stur sein Kinn und sagte nichts, als er die Rechnung unterschrieb.

Keelin seufzte. „Komm schon! Willst Du mit nicht erzählen, was los ist mit Euch beiden? Jetzt, wo Du und ich Freunde sind?", stocherte sie.

„Erzählst Du mir, was mit Dir und Flynn los ist?", erwiderte Shane.

Scheiße, dachte Keelin. Sie war nicht bereit, selber darüber nachzudenken, geschweige denn, es mit jemandem anders zu bereden.

„Gut, in Ordnung. Ich werde nicht nach Cait fragen. Unter einer Bedingung. Erzähle mir alles, was Du über Flynn weißt."

Shane lächelte, als er sie, mit seiner Hand an ihrem unteren Rücken, zum Auto zurückführte. Er öffnete die Tür und beugte sich vor, um ihr Haar zurückzustreichen, als sie einstieg. Sie sah ihn fragend an.

„Ich wollte nur den Kellnern etwas zum Reden geben. Dieses Restaurant gehört Flynn."

Keelin stöhnte. Natürlich hatte Shane dieses kleine Detail bis zum Ende des Abends für sich behalten. Er stieg ins Auto ein und sie schlug ihn auf die Schulter.

„Au! Wofür war das?", zuckte Shane.

„Du hast gewusst, dass es Flynns Restaurant ist und nichts gesagt? Du Mistkerl!"

„Oh, hör auf. Du wolltest ihn eifersüchtig machen, sonst wärst Du nicht mit mir ausgegangen. Und wo besser

als in seinem eigenen Restaurant?" Shane hob seine
Augenbrauen hoch.

Keelin wusste, dass er recht hatte. Sie mochte diese
unschöne Seite an ihr nicht immer eingestehen. Aber sie
legte Wert darauf, dass Flynn nicht das einzige war, woran
sie dachte. Obwohl er in ihren letzten Träumen eine
Hauptrolle gespielt hatte.

„Erzähl mir über ihn."

Shane ließ das Auto an und nahm diesmal einen
längeren Weg nach Hause. Es war eine Strecke, die Keelin
noch nicht kannte, und sie sah zu, wie die Lichter über die
Hecken strichen, als sie die Hügel hochfuhren.

„Flynn ist ein bisschen ein Außenseiter. Er bleibt gern
für sich, trotzdem ist er sehr beliebt in der Stadt. Er macht
von allem ein bisschen. Im Herzen ist er Fischer, aber er
besitzt auch einige Flächen Land, die hoch in den Hügeln
liegen. Er hat eine starke Verbindung zu Tieren und hat
Jahre damit zugebracht, die besten irischen Setter im Land
zu züchten. Dein kleiner Welpe war mehr als nur ein
Geschenk; er kostet vermutlich so um die tausend Euro."

Keelin ließ einen schockierten Laut heraus. Sie hatte
gewusst, dass Ronan wichtig war, aber sie hatte gedacht,
es ging mehr darum, dass Flynn ihr die Entscheidung
aufzwingen wollte zu bleiben. Sie hatte nicht an die
Kosten des Hundes gedacht, und die schiere Größe solch
eines Geschenkes traf sie. War Flynn dabei, ihr den Hof zu
machen? Sie begann, sich ein bisschen schlecht zu fühlen
wegen ihres Abends mit Shane. Was für ein Signal war das
für Flynn? Auch wenn er schlecht gelaunt war, er hatte sie
schon mehrmals gerettet – sie wollte gar nicht daran
denken, wie oft – und hatte ihr mit Ronan dieses teure

Geschenk gemacht. Keelin realisierte, dass sie vielleicht ein paar Zeichen übersehen hatte. Aber verdammt nochmal, dieser Mann brachte ihr irisches Temperament heraus.

„Was ist mit seiner Familie?", fragte sie.

„Seine Eltern leben beide nicht mehr. Sein Vater war Fischer und hat ihn oft zum Fischen mitgenommen. Seine Mutter war Künstlerin, ihre Arbeiten waren sehr bekannt. Flynn zog in ihr Haus, nachdem sie beide gestorben waren, und lebt seitdem dort. Neben mir ist er einer der erfolgreichsten Männer im Dorf. Lass Dich von seinem rauen Auftreten nicht täuschen; der Mann ist so reich, wie man nur sein kann. Das Restaurant, in dem Du gerade gegessen hast? Er hat fünfzehn davon entlang der Küste Irlands. Jedes davon ist einzigartig und entzückend, und an jedem Abend der Woche gibt es nur Stehplätze. Sein frischer Fisch des Tages ist weit bekannt und die Muscheln, die er aus Grace's Cove zieht, sind berühmt. Kein anderes Restaurant kann behaupten, ihre Muscheln kommen daher. Niemand sonst traut sich dorthin. Flynn ist aus eigener Kraft ein Meister."

Keelin war von diesen Informationen überwältigt. Flynn war reich? Und da hatte sie gedacht, er war ein armer Fischer, der von seinem täglichen Fischfang lebte. Sie musste ihre Einschätzung wohl von armem Farmer/Fischer zu gewieftem Geschäftsmann ändern. Aus irgendeinem Grund machte sie das wütend. Sie fühlte, als ob er sich ihr gegenüber falsch dargestellt hätte, und das gefiel ihr gar nicht.

„Er hat nie ein Wort gesagt." Keelin starrte in die Nacht, während das Auto weiter die Hügel erklimmte.

„Das würde er nicht. Flynn redet nicht über Geld."

Shane fuhr über einen Kamm und sie sahen hinunter auf die Lichter eines großen Bauernhauses, das dreimal so groß wie Fionas war und über die Hügel schaute. Mehrere Ställe waren erleuchtet und reihten sich eng um das Haus herum. Keelin konnte Pferde sehen, die vom Feld hereingeführt wurden, und mehrere Hunde liefen herum. Flutlicht erleuchtete das Ganze, es war ordentlich, sauber und wunderschön ausgerichtet. Eine Reihe verschiedener Boote in unterschiedlichen Größen waren auf Anhängern hinter den Ställen geparkt.

„Flynns?", fragte Keelin.

„Flynns", sagte Shane. Er steuerte das Auto die Hügel hinunter zu Fionas Haus und Flynns Gelände verschwand aus ihrer Sicht. Keelin konnte nicht glauben, wieviel ihm gehörte. Der Mann schien überall gleichzeitig zu sein, und er hatte so viel Verantwortung. Sie war erstaunt festzustellen, dass sie sich noch mehr von ihm angezogen fühlte. Dies war die Art von Mann, den Margaret gutheißen würde. Es ergab keinen Sinn.

Shane fuhr leise in die Einfahrt und machte die Lichter aus. Er lehnte sich zurück und drehte seinen Kopf zu ihr. „Willst Du rummachen?"

Keelin versetzte ihm noch einen Hieb auf die Schulter.

„Au. Ich musste es doch versuchen. Ich meine, wir sollten einfach sehen, ob da etwas zwischen uns ist."

Er schlängelte seine Hand heraus, schob seinen Arm hinter sie und setzte zu einem Kuss an. Schockiert war Keelin für eine Sekunde bewegungslos. Sie erlaubte seinen Mund auf ihrem für einen sanften Kuss. Sie probierte es für ein Sekunde und war erleichtert, nichts zu fühlen. Sie atmete tief ein und haute ihm in den Bauch.

„Au! Du hast einen fiesen Schlag." Shane krümmte sich und sah sie tief verletzt an.

„Hör auf. Du weißt, Du hast genauso wenig gefühlt wie ich."

Shane seufzte. „Du hast recht. Ich wollte es aber. Ich würde wirklich gern meine Hände an Deinen Kurven entlang gleiten lassen. Bist Du sicher, dass ich Deine Meinung nicht ändern kann?" Er grinste sie anzüglich an. Dieses Mal sah sie es für das, was es war, und lachte ihn an. Sie lehnte sich herüber, umarmte ihn und dankte ihm für das Abendessen.

Sie schloss die Tür und sah durchs Fenster. „Geh kalt duschen."

Er lachte und winkte, als er vorsichtig aus der Einfahrt fuhr. Keelin konnte Ronans Jaulen schon von draußen hören. Sie ging hinein und sah eine Notiz auf dem Tisch. „O'Briens Junge ist krank, ich weiß nicht, wann ich wieder da bin." Keelin hatte ein schlechtes Gewissen, weil sie nicht da gewesen war, um Fiona zu helfen. Sie legte ihre Handtasche ab und kniete sich hin, um Ronan zu streicheln. Der Welpe wälzte sich vor Begeisterung und sie lachte.

„Ich hätte Dir einen passenderen Namen geben sollen, nobler König, der Du bist." Er rollte sich auf den Rücken, seine Pfoten zeigten nach oben und er grinste sie einnehmend an. „Komm, lass uns spazieren gehen."

Keelin zog ihre Sandalen aus aber behielt das Kleid an. Sie würde nicht weit gehen. Sie öffnete die Tür und ein begeisterter Ronan rannte hinaus in die Dunkelheit.

„Hey, komm zurück. Scheiße." Keelin wühlte nach der Taschenlampe, die bei der Tür lag, und ging hinaus auf die

Felder. Als sie sich vom Haus entfernte, spürte sie die fast überwältigende Dunkelheit. Das Haus leuchtete vor dem Hügel und der Halbmond bot wenig Licht. Sie konnte Ronan kaum sehen, als er vom Haus weg durch die Felder lief.

„Hey, Ronan! Komm her." Sie lachte etwas, als sie ihn über den Kamm verfolgte und abrupt anhielt.

Ronan rannte in Kreisen um Flynns Hund. Sie leckte geduldig das Gesicht des kleinen Hundes, während er sie ansprang.

Flynn stand hinter seinem Hund mit einer Laterne in der Hand. Die Flammen warfen ein warmes Licht über sein Gesicht, aber seine Augen waren dunkel. Sie könnte schwören, sie blickten in ihre Seele. Flüssige Hitze sank tief in ihren Bauch. Er musste sie nicht einmal anfassen, um eine Reaktion auszulösen, dachte Keelin und erinnerte sich daran, wie Shanes Kuss dagegen gar nichts in ihr hervorgerufen hatte.

„Hattest Du ein gutes Abendessen, Keelin?" Flynns Worte waren wie Seide auf ihrer Haut.

„Em, ja. Ich habe gerade herausgefunden, dass das Restaurant, in dem wir gegessen haben, Dir gehört. Das Essen war wunderbar." Keelin wollte ihn fragen, warum er ihr nicht gesagt hatte, dass ihm Restaurants gehörten. Wahrscheinlich, weil er sie die Hälfte der Zeit retten musste, sagte sie sich selbst.

Flynn ging auf sie zu, bückte sich und stellte die Laterne auf den Boden. Sie warf einen Lichtkreis um sie. Keelins Atem wurde langsamer. Flynn kam näher, bis er nur noch ein paar Zentimeter von ihr entfernt war. Ein Bogen von Energie schwirrte zwischen ihnen und Keelin fühlte, wie ihre Haut empfindlich wurde. Ihr Atem kam in flachen Stößen und sie sah an ihm hoch.

„Magst Du Shane? Magst Du die Lippen eines anderen Mannes auf Deinen? Machst Du das so in Boston?", sagte Flynn kurz angebunden.

Er war wütend. Keelin konnte fühlen, wie es von ihm ausstrahlte. Sie schluckte, sah seine Brust an, und ließ dann ihren Blick weiter nach oben über seinen himmlischen Mund und diese umwerfend blauen Augen schweifen. Ihre Lippen waren plötzlich trocken, sie leckte sie, bevor sie antwortete.

„Ich, nein. Tue ich nicht. So bin ich nicht. Ich habe Shane gesagt, wir sind nur Freunde."

„Lässt Du Dich von allen Deinen Freunden so küssen, Keelin?" Flynns Stimme klang vorwurfsvoll.

Keelin flippte aus. Sie versetzte ihm einen Hieb auf die Brust und er stolperte überrascht zurück.

„Hey, es ist ja nicht so, als ob Du an meine Tür kommst und mich zum Essen einlädst. Ich habe das Recht zu tun, was ich will. Also hör auf damit, was auch immer das ist", giftete sie ihn an.

„Verdammt, Du machst mich so wütend wie keine andere Frau." Flynn riss sie an sich und drückte seine Lippen auf ihre. Sie trat ihn ans Schienbein und er fluchte und ging einen Schritt zurück.

„Hände weg." Keelins Worte betrogen ihren Körper, der „Hände drauf!" schrie. Sie wollte ihn mit ihrer Zunge überall lecken, und dass er sie zum Schreien brachte. Konzentrier Dich, dachte sie. Konzentrier Dich. Shane hatte ihr heute Abend zumindest etwas beigebracht. Dies war eine kleine Stadt, und Klatschtanten waren überall.

Wenn sie zuließ, dass Flynn sie auf dem Hügel küsste, würde irgendjemand sie sehen und ihr Ruf in der Stadt wäre ruiniert. Sie hatte noch nicht mal Zeit gehabt, Freundschaften zu schließen, und sie wollte absolut nicht als das leichte Mädchen im Ort abgestempelt werden, die an einem Abend von zwei verschiedenen Männern geküsst wurde.

„Hör zu, Freundchen, ich bin nicht so eine Art Mädchen. Du denkst, Du kannst alles umsonst haben, was Du willst? Kannst Du eben nicht."

Ihr Hirn schrie sie an: „Lügnerin, Lügnerin, Deine Nase wird länger." Sie wollte ihr Kleid herunterreißen und nackt im Mondschein mit ihm tanzen. Dieses Laternenlicht, der Mond und das Rauschen der Wellen waren so heidnisch. Oh ja, sie konnte es fast spüren.

Flynn rann seine Hände durchs Haar, dann stemmte er sie in seine Hüften und starrte sie an.

„Ich kann Deine Brustwarzen durch Dein Kleid sehen. Du willst mich."

„Hör auf. Rede nicht so mit mir. Wenn Du mit mir zusammen sein willst, dann kannst Du auch gefälligst mit mir ausgehen", fauchte Keelin ihn an.

„Also eine Verabredung ist, was Du willst, Miss Keelin? Dann bekommst Du eine, aber ich bekomme erst eine Anzahlung darauf."

Flynn reichte herüber und wand seine Hand durch ihre Haare. Er zog sanft, bis sie nach vorn trat und sich die Lücke zwischen ihnen schloss. Ihre Brüste berührten seine muskulöse Brust und Keelin stockte der Atem. Flynn zog ihr Haar nach unten, bis sie nach oben sehen musste. Flynn lehnte sich herunter und legte einen flüchtigen Kuss auf ihre Lippen. Einmal, zweimal, ein drittes Mal küsste er sie sanft, ohne sie zu berühren außer mit der Hand, die ihre Haare hielt. Ihre Hände hingen schlaff an der Seite ihres Körpers herab, der eng mit seinem verbunden war, und er reizte sie sanft mit seinem Mund. Sie stöhnte. Er lächelte und trat zurück. Keelin stolperte etwas.

Flynn richtete sie auf und sagte: „Halt Dir Samstagabend frei. Es ist Vollmond. Ich nehme Dich mit auf mein Boot." Er pfiff nach seinem Hund, nahm die Laterne und ging in die Nacht.

Keelin rief hinter ihm her: „Oh, sicher. Ja, liebend gern. Danke für die nette Art zu fragen!" Sie konnte hören, wie er in sich hineinlachte.

Sie verwünschte ihn und seine offensichtlich schamlose Art, nahm den winselnden Ronan hoch und ging zurück zum Haus.

KAPITEL VIERZEHN

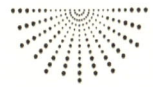

D as Klingeln des Telefons schreckte Keelin aus dem
Schlaf und sie schoss hoch. Das graue Licht des
Morgens kam durch die Fenster. Keelin griff nach ihrem
Handy, bevor sie merkte, dass es vom Festnetz kam. Sie
fuhr mit einem Ruck hoch, warf die Decke vom Bett und
eilte ins Wohnzimmer. Fiona war nirgends zu sehen.
Keelin fummelte mit dem Hörer, während Ronan aufgeregt
hinter ihr herlief und an ihren Fersen nippte.

„Ronan, stop! Hallo?" Keelin strich ihr Haar hinters
Ohr und blinzelte benommen mit den Augen nach einer
weiteren beängstigenden Nacht mit nicht jugendfreien
Träumen, in denen Flynn die Hauptrolle spielte und Shane
überraschend in Erscheinung trat. Sie verwandelte sich in
eine schamlose Person. Diese Stadt trieb sie zum
Wahnsinn.

„Keelin, hier ist Fiona."

„Oma, bist Du nicht nach Hause gekommen?" Keelin
war überrascht. Sie merkte, dass sie ihr Auto letzte Nacht

nicht mehr gesehen hatte. Sie war so schnell eingeschlafen, als sie wieder zu Hause war, dass sie nicht gehört hatte, ob Fiona heimgekommen war.

„Nein, Finnegan ist todkrank und ich werde damit nicht allein fertig. Ich brauche Dich."

„Oma. Ich weiß doch gar nicht, was ich machen muss! Was ist, wenn ich es schlimmer mache?" Keelin ging hin und her und gestikulierte mit ihrer Hand, während sie redete.

„Keelin, ich brauche Dich. Ich scheitere. Ich kann die Krankheit nur begrenzt in mir aufnehmen. Und er ist erst sieben. Er verdient eine Chance weiter zu leben."

Keelin merkte, dass ihre Unsicherheit sie davon abhielt, ein Leben zu retten.

„Ok, was soll ich Dir mitbringen?" Keelin griff einen Stift und schrieb auf, was Fiona brauchte. Sie sah nach unten auf Ronan. Sie wusste nicht, wie lange sie weg sein würde. Sie öffnete die Tür und pfiff lange und tief. Einige Momente später erschien Flynns Hund auf dem Kamm. Wenn sie die Telefonnummer von diesem Mann hätte wie moderne Menschen, könnte sie ihn einfach anrufen, dachte sie sarkastisch. Stattdessen band sie eine kurze Notiz an Ronans Halsband und schickte ihn zu Flynns Hund. Sie rannten zusammen über den Kamm und sie hoffte, dass Ronan sicher war. Sie sammelte ihre Sachen, zog Jeans und ein einfaches T-Shirt an und legte das Lederband mit dem Kristall, das Fiona ihr gegeben hatte, um den Hals. Die Kette lag warm an ihrer Brust und schien mit Energie zu summen. Gut, dachte sie. Ich kann alle Energie brauchen, die mir helfen kann. Sie hatte keine Ahnung, worauf sie sich einlassen und was sie erwarten würde.

Keelin sprang in ihre Klapperkiste und fuhr ins Dorf, den schnell gekritzelten Anweisungen folgend. Sie kam zu einem kleinen Haus und sah, wie Cait mit einem sorgenvollen Ausdruck auf ihrem Gesicht aus der Haustür kam. Als sie Keelin sah, warf sie ihr einen stechenden Blick zu und stapfte davon.

„Cait! Warte, ich will mit Dir reden!"

„Keine Zeit zum Reden, ich muss den Pub aufmachen."

Da es ziemlich früh am Morgen war, zweifelte Keelin stark daran, dass Cait den Pub öffnen musste. Es musste sich schnell herumgesprochen haben, dass sie mit Shane ausgegangen war. Keelin nahm sich fest vor, Cait später zu besuchen, aber im Moment wurde sie drinnen gebraucht.

Keelin ging in das Häuschen. Der Geruch von Krankheit schlug ihr entgegen, als sie in Richtung der Stimmen im Hinterzimmer ging. Sie betrat einen kleinen Raum mit einem Einzelbett in der Ecke. Er war spärlich möbliert, aber die Laken waren sauber und die Tagesdecke war mit Sorgfalt gemacht. Mehrere Leute waren um eine kleine Figur auf dem Bett versammelt. Ein Mann drehte sich um, als sie hereinkam, und sie blieb stehen. Keelin starrte in Augen, die genauso geformt waren wie ihre und zuckte zusammen.

Ihr Bruder sah sie an und sagte nichts. Eine kleine Frau neben ihm drehte sich um und schnappte nach Luft. „Oh, vielen Dank, dass Du gekommen bist. Ich weiß nicht, ob Fiona noch viel länger durchhalten kann." Sie nahm Keelins Hand und zog sie an ihrem Bruder vorbei, der stumm blieb. Fiona saß auf einem kleinen Stuhl am Bett. Ihr Gesicht war aschfahlen und sie hielt Kristalle in ihren

Händen, während sie vor sich hinmurmelte. Keelin machte sich sofort Sorgen um sie.

„Fiona. Oma, ich bin hier." Keelin legte ihre Handflächen auf Fionas Schultern und spürte ihre Erschöpfung.

Fiona nickte aber ließ ihren Blick nicht von dem kleinen Jungen, der im Bett lag. Sein Gesicht war fast todbleich, auf seiner Stirn war ein Schweißfilm, und unter seinen Augen lagen tiefe dunkle Ringe. Seine braunen Haare sah aus wie die seines Vaters, und als er seine Augen öffnete, spiegelten sie Keelins wider. Dies war ihr Neffe.

„Finnegan, das ist Deine Tante Keelin aus Amerika. Sie ist hier, um Dir zu helfen", sagte Fiona und strich ihm über die Stirn. Keelin wusste nicht, was sie sagen sollte, bis sie merkte, dass alle darauf warteten, dass sie sprach.

„Hallo, Finnegan. Es freut mich, Dich endlich kennenzulernen. Du siehst ja nicht so toll aus; wir sollten zusehen, dass es Dir bald besser geht, damit Du wieder rausgehen kannst. Ich habe einen jungen Hund, der Dich kennenlernen möchte." Keelin plapperte belanglose Worte, während ihr Bruder einen Stuhl für sie neben das Bett stellte. Sie setzte sich hin und zog den Beutel mit Materialien auf ihren Schoß. Fiona nickte und nahm den Beutel. Sie ging zum Tisch, leerte alles aus und fing an, eine neue Brühe zu mischen.

Keelin drehte sich zu ihr um. „Brauchst Du mich?" Sie hatte Angst, Finnegan anzufassen. Sie war nicht sicher, womit sie es zu tun hatte.

„Ja. Als erstes halte seine Hand und lies ihn." Fiona bat um kochendes Wasser und schüttete eine Kräutermischung in die Schüssel. Keelin lehnte sich über Finnegan und reichte nach seiner Hand. Seine kleine Hand war kalt in ihrer und sie wurde sofort von Empfindungen überwältigt. Sie konnte einen tiefen Schmerz fühlen und spürte eine Art dunkle Ablagerung, die sein Nervensystem angriff. Sie hörte Fiona sagen, sie sollte sich auf das Gift konzentrieren, es aber nicht entfernen. Keelin zwang sich zu spüren, wo das Gift war und seine Eigenschaften zu untersuchen. Sie versuchte sich vorzustellen, wie es aussah, bis hin zur molekularen Struktur.

„Keelin, komm her." Fiona winkte mit der kleinen Schüssel.

Keelin ging zum Tisch hinüber und schaute auf die Mischung, die Fiona hergestellt hatte. Fiona gab sie ihr.

„Riech dran, probiere sie und dann gib hinzu, was nötig ist." Keelin ließ die Schüssel fast fallen.

„Ich weiß nicht, was ich hier mache", flüsterte sie Fiona zu, die direkt neben ihr stand.

Fiona sah sie an. Sie legte ihre Hand auf Keelins Halsband. Hitze schoss durch ihre Brust.

„Doch, das tust Du."

Keelin erinnerte sich an Fionas Unterricht, dass sie ihrer Intuition vertrauen sollte, und dass die Arzneimischungen und Heilungsbehandlungen aus ihrem Inneren kommen würden. Sie atmete tief ein und brachte sich das Bild des Gifts vor Augen. Sie schaute es von allen Seiten an, fühlte es und nahm einen kleinen Schluck von der heilenden Brühe, die ihre Großmutter gemacht hatte. Instinktiv griff sie zu dem Moos, das sie in Grace's Cove geerntet hatten. Sie fügte eine großzügige Portion davon hinzu und griff dann nach dem Seetang. Sie schnitt ihn in kleine Stückchen und tat etwas feingemahlenes Silber zu der Mischung dazu. Sie dachte an den Geschmack und bat um Honig und Zitrone, um die Brühe fertigzustellen. Fiona nickte ihr schwach zu.

„Nur zu, gib es ihm. Und dann benutz Deine Hände. Denk daran, was ich Dir erklärt habe über das Ableiten des Schmerzes. Du darfst ihn nicht in Dir aufnehmen", warnte Fiona.

Keelin nickte. Sie erinnerte sich, aber sie wusste nicht genau, wie sie das tun sollte. Sie musste einfach sich selbst vertrauen. Sie saß an Finnegans Bett und machte es sich bequem. Vorsichtig, damit sie nichts von der Brühe verschüttete, hob sie die Schüssel mit zitternden Händen zu seinem kleinen Gesicht.

„Finnegan, ich habe Medizin für Dich. Wenn Du sie trinkst, verspreche ich Dir, dass ich meinen Welpen bringe, um Dich zu sehen. Würde Dir das gefallen?" Keelin sprach sanft mit dem kranken Jungen.

Finnegan nickte schwach. Seine braunen Augen waren riesig in seinem Gesicht.

„Werde ich sterben?", krächzte er zwischen trockenen Lippen heraus.

„Blödsinn. Du hast nur ein bisschen Fieber, und diese Brühe hier hilft in Nullkommanichts." Keelin betete, dass das stimmte. Sie konnte das Amulett fühlen, wie es an ihrem Hals brannte, und sie begann, Finnegan die Brühe zu geben. Während sie das tat, kamen uralte Worte von ihren Lippen und sie sprach ein Gebet in Gälisch. Keelin kannte die Worte nicht, die sie sprach, aber sie ließ sie kommen. Es fühlte sich richtig an. Finnegan trank langsam die Brühe, fiel zurück aufs Bett und zitterte.

Keelins Bruder packte sie an der Schulter.

„Was hast Du mit ihm gemacht?" Colin zog sie vom Stuhl hoch.

„Colin! Nein. Lass sie. Es gibt nichts anderes mehr. Bitte." Seine Frau zerrte ihn beiseite. Keelin traf seine Augen und drehte sich wieder zu Finnegan. Später war auch noch Zeit, mit Colin zu reden. Sie setzte sich wieder neben Finn und legte ihre Hände nah seinem Herz auf seine Brust. Sie schloss ihre Augen und ließ die Krankheit sie durchfluten. Es war eine groteske schwarze giftähnliche Masse, die seinen kleinen Körper zerstörte. Sie stellte sich bildlich vor, wie die Brühe in sein System einsank wie ein silberner Strahl von Licht und Reinheit und zwang sie, die schwarze Masse zu umhüllen. Die silberne Flüssigkeit wand sich, tauchte tief und verflocht sich langsam um die schwarze Masse herum. Sie stellte sich vor, dass sie sich zu einem Ball zusammenrollen würde. Sie konzentrierte sich darauf, den Ball nach oben und heraus zu ziehen und feuerte ihn aus dem Fenster in den Himmel, wo sie ihn zu einem abgestorbenen Baum leitete, den sie im Hof sah. Sie hörte einen Knacks und sah einen Blitz, als ein riesiger Ast des Baums fiel.

Finnegan fing an zu husten und Keelin signalisierte nach einem Eimer. Den Rest könnte er ausspucken. Finnegan übergab sich wieder und wieder in den Eimer. Keelins Bruder stand unsicher im Hintergrund. Keelin wischte über Finnegans Stirn, während er sich über dem Eimer schüttelte. Langsam hob er seinen Kopf und lächelte sie an. Keelin zitterte, als Dankbarkeit durch sie rann. Es war vorbei. Sie ließ ihre Hände über seinen Körper gleiten, aber konnte keine verbleibenden Überreste der Krankheit finden. Finnegans müde Augen trafen ihre und seine Wangen nahmen wieder Farbe an.

„Kann ich den Welpen jetzt sehen?" Keelin lachte und küsste seine Stirn. Finnegans Mutter eilte zu seiner Seite und weinte, während sie ihn wiegte. Keelin richtete sich auf und drehte sich zu ihrem Bruder.

„Es tut mir leid. Ich bin einfach… Er ist alles, was ich habe." Colin drückte sich an Keelin vorbei und umarmte Finnegan.

Eine Welle der Erschöpfung überkam sie und sie hielt sich am Tisch fest. Sie sah Fiona in ihrem Stuhl schlummern. Es war ausgeschlossen, dass Fiona in der Lage war, nach Hause zu fahren. Keelin war nicht mal sicher, dass sie es könnte.

„Wir müssen gehen. Kannst Du uns nach Hause fahren?", fragte Keelin Colin. Er machte sich von Finnegan los.

„Natürlich. Ich stehe in Deiner Schuld", sagte Colin steif. Sie sammelten ihre Kräuter ein und führten Fiona vorsichtig zum Auto. Sie schlief sofort auf dem Rücksitz ein und Keelin sah sie besorgt an.

„Ich, em, denke, sie ist ok. Ich habe gehört, dass das nach einer ernsthaften Heilung passiert", sagte Colin.

Keelin war überrascht, dass er so viel über Fiona wusste, aber das sollte sie vermutlich nicht sein. Im Dorf war es allgemein bekannt, auch wenn es nicht offen diskutiert wurde.

„Danke fürs Fahren; wir können unsere Autos morgen früh holen", sagte Keelin, als sie ihren Kopf gegen das Fenster lehnte.

„Wenn Du mir die Schlüssel gibst, kann ich jemanden finden, der sie zu Dir bringt", sagte Colin steif.

Keelin nickte. Sie war zu müde, um zu antworten.

„Danke. Ich weiß nicht, was Du gemacht hast, aber danke, dass Du meinen Sohn gerettet hast. Deinen Neffen. Gott, Dein Neffe. Es tut mir leid, dass ich Dich nicht besucht habe. Ich hätte mich melden sollen. Ich wusste nicht, dass Du nichts von mir wusstest. Ich habe Dich einfach immer gehasst", sagte Colin. Er hielt seinen Blick mit Absicht auf der Straße.

Aufgeschreckt hob Keelin ihren Kopf. „Mich gehasst? Warum? Was habe ich getan?"

„Ich glaube, Du warst es nicht selbst. Es war die Vorstellung von Dir. Das ganze Dorf wusste, dass Deine Mutter die einzig wahre Liebe von Vater war. Er ist nie wirklich über sie hinweggekommen, und obwohl er meine Mutter geliebt hat, war es nicht dasselbe. Ich habe immer gewusst, dass Du zuerst kamst, auch wenn er nie von Dir geredet hat. Aislinn und ich haben unser ganzes Leben versucht, Deinem Maßstab gerecht zu werden. Und jetzt bist Du hier."

Keelin war schockiert. Das war zu viel auf einmal. Sie fing an zu lachen. Hysterisches Kichern baute sich auf und sie konnte es nicht mehr aufhalten. Sie platzte fast vor Lachen auf ihrem Sitz.

Colins Mund verzog sich. Er beäugte sie vom Fahrersitz aus. „Findest Du das witzig?"

„Ich, nein, na ja. Ja, finde ich. Gott. Oh, wie bescheuert." Keelin wischte sich die Tränen vom Gesicht. „Mein ganzes Leben wollte ich immer einen Bruder oder eine Schwester haben. Egal. Geschwister. Und hier hatte ich sie die ganze Zeit und sie hassten mich! Genau wie normale Geschwister."

Colin brach in Lachen aus.

„Ja, ich denke, Du könntest es Geschwisterrivalität oder so nennen. Und da Du meinen Sohn gerettet hast, werde ich das Blatt wenden und ein neues Kapitel anfangen. Magst Du diese Woche mal zum Essen kommen?"

Keelin erkannte, wenn ihr ein Friedensangebot gemacht wurde. Begierig auf die Verbindung und die Familie streckte sie ihre Hand aus und berührte seinen Arm.

„Natürlich; ich muss Ronan mitbringen, um Finnegan zu treffen."

Colin lächelte. Sie waren am Haus angekommen, weckten die sanft schnarchende Fiona und brachten sie zu ihrem Bett.

„Das ist schon ok, ich übernehme von hier." Colin nickte, umarmte sie ungelenk und sagte, er würde sie diese Woche anrufen.

Keelin zog Fiona aus und legte sie ins Bett. Sie strich mit den Händen über Fionas Stirn und runter zu ihrer Brust. Sie schloss ihre Augen und tastete nach der Krankheit. Sie spürte eine Erschöpfung, die ihre eigene widerspiegelte, aber sonst nichts Ernstes, das Fiona langfristig schaden würde. Befriedigt zog Keelin die Decken über sie und stellte einen Krug mit Wasser und etwas braunes Brot auf den Tisch.

Keelin war erschöpft und sehr hungrig. Sie suchte in der Küche herum, bis sie ein Stück kalten Speck und einen Blaubeerscone fand. Sie wickelte sie in ein Handtuch und ging nach draußen, um an der Seite des Hauses zu sitzen. Sie brauchte jetzt die Sonne, um ihre Energie wieder aufzuladen. Sie lehnte ihren Rücken gegen die warmen Steine des Hauses und blickte Richtung Bucht. Ihr Halsband pulsierte. Keelin war zu müde, darüber nachzudenken, was es bedeutete, aber sie sah an sich herunter und könnte schwören, die Sonne traf den Kristall gerade im richtigen Winkel, dass er einen Anflug von blau zeigte. Überall blaues Licht, dachte sie in ihrem Delirium. Keelin aß alles auf, lehnte sich zurück und ließ die Wärme über ihre Haut gleiten. Sie schlief rasch ein.

Flynn fand sie angelehnt an das Haus, ein kleines Lächeln auf ihrem Gesicht, während sie schlief. Er beobachtete, wie sich ihre Brust sanft unter ihrem T-Shirt hob, und wie die Sonne auf ihre Haare schien, die sich auf ihren Schultern kringelten. Ronan wand sich in seinen Armen. Flynn hatte das unwiderstehliche Bedürfnis, sie hochzuheben und sie nach Hause zu tragen. Er wollte sie in seinem Bett. Er wollte sie in seinem Haus. Er wollte sie beschützen und gleichzeitig herausfordern. Er hatte noch nie jemanden getroffen, der ihn so in Rage brachte und doch gleichzeitig so betörte. Er setzte Ronan auf den Boden und ließ den Welpen zu ihr rennen. Er schaute zu, wie er in ihren Schoß kletterte und sie mit Küssen wach leckte.

Keelin wachte mit einem Lachen auf, als Ronan ihr Gesicht mit glücklichen Küssen bedeckte.

„Hi, Kleiner, ich wollte Dich abholen." Sie schützte

ihre Augen, als ein Schatten über sie fiel und sie sah zu Flynn hoch.

„Hey, danke, dass Du ihn zurückgebracht hast."

„Kein Problem. Ich war etwas besorgt, als ich ihn mit Teagan über die Hügel rennen sah. Danke, dass Du eine Nachricht an seinem Halsband festgemacht hast. Wie geht es dem Jungen?"

Flynn machte es sich neben ihr bequem, lehnte sich ans Haus und ihre Schultern berührten sich. Es fühlte sich gut an, hier mit ihm in der Sonne zu sitzen. Sie fragte sich, wie er damit umgehen würde, wenn er wüsste, was genau sie war und stieß ein kleines Lachen hervor. Sie wusste ja nicht mal selber, was sie war. Aber sie lernte.

„Harter Morgen?"", fragte Flynn.

„Ja, ich habe meinen Bruder kennengelernt." Keelin entschied, das ganze Zeug mit der Heilung nicht zu erwähnen. Es war noch zu roh, das Gefühl, wie die Krankheit aus Finnegan herausschoss und einen Ast vom Baum abbrach. Ihre Gedanken konnten noch nicht ganz das Wie und Warum erfassen, und das machte sie nervös. Sie mochte Dinge, die ordentlich zusammenpassten und Sinn ergaben. Ein Teil von ihr war insgeheim begeistert, dass sie diese Macht hatte. Nicht, dass es ihr zu Kopf stieg, aber es war unglaublich erfüllend zu wissen, dass sie wirklich einen Unterschied machen konnte.

„Wie war das? Em, ich habe da was gehört." Flynn räusperte sich.

„Lass mich raten. Du hast gehört, dass er mich hasst? Ja, das hat er mir erzählt."

„Hat er? Mann, er ist ja noch mürrischer als vorher."

„Das ist ok. Ich verstehe es irgendwie. Wir haben

uns da so durchgewurschtelt. Ich gehe diese Woche zum Essen zu ihm, vielleicht können wir uns dabei etwas besser kennenlernen. Ich muss meine Schwester sehen. Ich habe das Gefühl, sie geht mir aus dem Weg."

„Ah, Aislinn. Sie ist eine künstlerische Seele. Ruhig. Ihr Kopf steckt an den meisten Tagen in den Wolken, aber ihre Kunst ist wunderschön. Ich denke, da findest Du einen besseren Empfang."

Keelin nickte. Sie wusste nicht, was sie sagen sollte. Hier war sie und saß mit einem Mann in der Sonne, der sie dazu brachte, Dinge machen zu wollen, die wahrscheinlich in diesem Land illegal waren, und sie redete von einer Familie, von der sie nie gewusst hatte. Ganz zu schweigen von der Absurdität des Morgens, als sie ihre Heilungskräfte spielen ließ. Sie musste hineingehen und ein Nickerchen machen, bevor sie etwas Blödes tat wie sich in Flynns Schoss zusammenrollen und an seinem Hals schnüffeln.

Keelin entschied sich, auf Nummer Sicher zu gehen und stand auf.

„Danke, dass Du Ronan zurückgebracht hast. Ich muss mich ein bisschen hinlegen für ein Nickerchen und nach Fiona sehen."

Flynn lächelte sie entwaffnend an. Seine Grübchen blitzten und er sah fast aus wie ein kleiner Junge.

„Vergiss Samstag nicht. Ich nehme Dich beim Wort." Flynn stand auf und kam ihr ziemlich nah. Keelin ging unwillkürlich einen Schritt zurück. Flynn streichelte ihre Wange mit seiner Hand und pfiff Teagan zu sich. Zusammen schritten sie über den Hügel und sahen aus wie

ein irisches Gemälde. Er sah aus wie der typische „Guts-
besitzer".

Keelin sah ihm mit einem kleinen Seufzer nach. Sie
würde später über Samstag nachdenken. Jetzt musste sie
sich erstmal ausruhen und dann wollte sie ins Dorf gehen
und mit Cait reden. Sie hoffte, Colin würde ihr Auto bald
zurückbringen.

KAPITEL FÜNFZEHN

Das Geräusch von Pfannen und Töpfen im Spülbecken weckte Keelin und sie streckte sich. Das Licht schien warm durch die Fenster und sie sah auf ihr Telefon. Es war mitten am Nachmittag, und der frühe Morgen schien Tage her zu sein. Keelin stand auf und folgte den Geräuschen in die Küche.

Fiona stand an der Spüle und wusch vorsichtig das Heilungsgeschirr ab, das sie vorher benutzt hatte. Eine Tasse Tee dampfte neben ihr und ihre Wangen hatten wieder Farbe angenommen. Sie drehte sich um und lächelte Keelin an.

„Ich bin so stolz auf Dich. Das hast Du gut gemacht mit Finnegan." Fiona kam herüber, um Keelin zu umarmen. Keelin lächelte auf die alte Frau herunter und ließ sich noch einen Moment länger halten.

„Danke. Ich hatte wirklich keine Ahnung, was ich da mache." Keelin nahm eine zweite Tasse und schenkte sich etwas schwarzen Tee ein. Sie blies in die Tasse, als sie sich an den Tisch setzte.

„Oh, ich denke, Du weißt mehr, als Dir bewusst ist. Du hast gute Arbeit damit geleistet, die Krankheit umzuleiten."

„Was war es? Alles, was ich sehen konnte, war diese schwarze verknotete Form. Sie schien in sein System einzudringen."

„Sie glauben, dass er an das Gift kam, mit dem sie die Mäuse in den Ställen töten. Es wirkt schnell und der Apotheker in der Stadt hatte kein Gegenmittel. Er hatte schon ausgiebig gespuckt, aber ich glaube, dass es sich schon sehr verbreitet hatte und sein Nervensystem angriff." Fiona schüttelte ihren Kopf darüber, wie nah Finn dem Tod gewesen war.

„Woher weißt Du das? Woher weißt Du, was richtig ist? Ich hatte solche Angst", gab Keelin zu.

„Es ist beängstigend. Du weißt nie, ob Du helfen kannst oder nicht. Das musst Du den Leuten auch vorher mitteilen. Alles, was Du sagen kannst, ist, dass Du versuchen wirst zu helfen. Es gibt nie eine Garantie, für nichts eigentlich." Fiona hob ihre Schultern und ließ sie fallen. „Ich wünschte, ich könnte Dir eine klarere Antwort geben."

„Was ist passiert, als ich es aus dem Haus heraus leitete? Wie konnte es den Baum treffen? Wie konnte es, em, ich weiß nicht, Form annehmen? Was, wenn ich jemanden draußen getroffen hätte?"

Fiona seufzte. Sie kam zum Tisch, setzte sich hin und sah in Keelins Gesicht.

„Ich wünschte, dass ich Dir die Wissenschaft dahinter erklären könnte, aber da gibt es nichts, was dies unterstützt. Glaub mir, ich habe gesucht. Die alten Weisheiten besagen, dass es gut geht, solange Du es zu einem leblosen Objekt leitest und Deine Absicht ist, es aufzulösen, und nicht jemanden zu verletzen. Ich habe schon ein paar Dinger erlebt, wenn ich es aus einem Fenster geleitet habe, aber ich habe noch nie eine andere Person damit getroffen. Du kannst bestimmen, wo es hingehen soll. Wenn Du wenig oder keinen Platz hast, wohin Du es schicken kannst – schick es durch den Schornstein nach oben, zum Beispiel. Du kannst später eins meiner Bücher lesen und ein bisschen mehr darüber lernen."

„Dir ist klar, dass das völlig bekloppt ist, oder? Ich komme einfach nicht darüber hinweg", platzte es aus Keelin heraus.

„Keelin O'Brien. Nimm nicht solche Worte in den Mund." Fiona beäugte sie. „Und ja, es ist verrückt, aber wunderschön verrückt. Dies ist die beste Gabe und die schlimmste. Du wirst Dein ganzes Leben auf einem schmalen Grat wandern. Nicht alle werden Dich akzeptieren können. Sei vorsichtig, mit wem Du Deine Geheimnisse teilst. Es gibt einen Unterschied zwischen ‚schrullige alte Frau, die ein paar Tinkturen zusammenmischt' und ‚leg Deine Hände auf jemanden und heil ihn'. Das musst Du wissen und verstehen. Dies ist nichts, womit Du herumbastelst, und es kann durchaus passieren, dass Du angeklagt wirst, wenn die falschen Leute entscheiden, über Dich zu urteilen."

Fionas Worte machten ihr Sorgen. Und sie hatte absolut recht. Keelin versuchte, sich vorzustellen, eine Heilung in Boston durchzuführen. Sie würden sie wegtragen und in die nächste Klapsmühle stecken.

„Du solltest mehr lesen. Ich habe mehrere Bücher für

Dich rausgesucht. Es gibt keinen Unterricht für ein paar Tage. Ich denke, Du hattest heute Morgen eine große Lektion. Du brauchst etwas Zeit, um das alles zu verarbeiten." Fiona deutete zu einem Stapel Bücher, der neben den Stühlen in der kleinen Nische lag.

„Ok, danke. Ich möchte in die Stadt gehen und mit Cait reden; ich glaube, sie ist sauer auf mich."

„Na ja, Du hättest Shane nicht küssen sollen", sagte Fiona trocken, als sie die Teetasse wegräumte.

Schockiert wirbelte Keelin herum und sah Fiona an. Röte schlich ihr ins Gesicht und färbte ihre Wagen.

„Woher weißt Du das? Du warst doch gar nicht zu Hause!"

„Sowas spricht sich rum, meine Liebe. Ich habe es Dir gesagt und Du solltest es Dir merken."

„Na ja, erstens – er hat mich geküsst, damit das klar ist. Und zweitens habe ich ihm erklärt, dass wir nur Freunde sind, und er hat es trotzdem versucht." Keelin war stinksauer.

„Das ist bedauerlich. Ich mag Shane. Ich bin überrascht, dass er sich Dir so aufdrängt."

„Und ich *habe* klar gemacht, dass wir diese Verabredung nur als Freunde hatten. Abgesehen davon ist da nichts. Wir sind nichts, Punktum."

„Mmhmm. Du hast es gemacht, um es Flynn heimzuzahlen. Wie hat das für Dich funktioniert?"

Keelin seufzte. Sie plumpste zurück auf ihren Stuhl und fing an, ihre Haare zu flechten.

„Er war wütend auf mich. Dann haben wir uns gestritten. Jetzt nimmt er mich Samstag auf seinem Boot mit, wozu ich noch gar nicht ja gesagt habe."

„Ah, typisch Mann. Er ist eine Herausforderung. Ich wette, er ist ein guter Liebhaber."

„Oma! Oh mein Gott."

„Was? Ich habe doch Augen im Kopf, oder? Er ist ein scharfer Typ." Fiona lachte sie an und das Alter verschwand ein bisschen aus ihrem Gesicht. Keelin konnte sehen, dass sie mal sehr gut ausgesehen hatte.

„War Opa ein heißer Typ?", fragte Keelin.

„Oh meine Güte, er war umwerfend. Stark, breitschultrig, mit Haaren, die sich im Regen etwas lockten. Er war auch schüchtern, was ich geliebt habe. Ich konnte ihn immer zum Erröten bringen. Aber im Schlafzimmer war er derjenige, der mir die Röte ins Gesicht trieb."

Keelin verschluckte sich an ihrem Tee. Fiona klopfte ihr auf den Rücken, während sie mit ihrem Atem kämpfte.

„Er war die Liebe meines Lebens. Für mich wird es nie einen anderen geben. Aber ich liebe es so, Dich hier zu haben und auch den kleinen Welpen. Ich hatte vergessen, wie nett es ist, ein Tier im Haus zu haben." Fiona lächelte Ronan liebevoll an.

„Es ist nett. Ich wollte immer einen Hund haben. Ich wollte auch immer einen Bruder oder eine Schwester haben. Es war komisch heute, Colin kennenzulernen. Er hat mir gesagt, dass er mich gehasst hat!", sagte Keelin.

„Ich weiß, Keelin, es tut mir so leid. Obwohl Dein Vater Colins Mutter geliebt hat, glaube ich nicht, dass er jemals wirklich über Dich und Margaret hinweggekommen ist. Kinder spüren so etwas. Er war ein guter Vater, aber Colin und Aislinn hatten immer das Gefühl, dass sie nie so ganz dem Bild gerecht werden konnten, das sie von Dir hatten. Das musst Du durchbrechen, wenn Du vorhast, eine Beziehung mit ihnen zu haben."

„Wie ist das fair? Ich war diejenige, die den Kürzeren gezogen hat. Ich hatte keine Geschwister, keinen Vater und noch nicht mal einen Hund." Keelin zog einen Schmollmund. Sie hatte keine Ahnung, wie man mit Familienangehörigen umgeht und sie fühlte sich, als ob sie ungerecht beurteilt wurde.

„Wer hat gesagt, dass das fair war? So ist das Leben. Du bist die mit mehr Macht. Nutze sie. Du kannst auch auf andere Art heilen, weißt Du", sagte Fiona, und sah Keelin mit hochgezogenen Augenbrauen an.

Es kam Keelin in den Sinn, dass sie recht hatte. Sie hatte gedacht, „heilen" galt nur für körperliche Krankheiten. Sie hatte nie in Erwägung gezogen, dass sie das Potential hatte, emotionale Zerrissenheit zu heilen. Sie dachte zurück und realisierte, dass sie immer der Friedensstifter zwischen ihren Freunden gewesen war, und die erste, die angerufen wurde, wenn es um Herzschmerz ging. Ihr wurde klar, warum sie schon immer den Hang hatte, anderen helfen zu wollen.

„Hat Colin die Autos zurückgebracht? Ich muss das mit Cait wieder geradebiegen."

„Ja, das musst Du, und ja, hat er. Die Schlüssel sind auf dem Vordersitz."

„Ok, dann bis später. Brauchst Du irgendetwas?"

Fiona winkte sie heraus.

„Nein, geh nur. Ronan und ich werden eine schöne Tasse Tee trinken und einen romantischen Roman lesen." Fiona lachte sie an und Keelin machte sich auf den Weg in Richtung Dorf. Sie schüttelte ihren Kopf über diese witzige wundervolle Frau, die in ihr Leben getreten war. Irland hatte sich in ein ganz neues Abenteuer für sie entwickelt.

Sie parkte in der Nähe von Gallaghers Pub und hoffte, dass er zu dieser frühen Stunde relativ leer war. Sie musste mit Cait ein paar Dinge klären.

Keelin betrat das freundliche Gebäude und blinzelte in das warme Licht. Ihre Augen mussten sich etwas anpassen, als sie durch den Raum blickte. An einigen der Tische saßen ein paar ältere Männer, spielten Karten und redeten über Sport. Cait stand hinter der abgenutzten Theke und trocknete Gläser. Ihre schlanke Figur erschien noch kleiner hinter der großen Theke. Sie sah Keelin, verengte ihre Augen und drehte sich, um in die Küche zu gehen.

„Cait, warte. Bitte."

Cait hielt inne, atmete aus und drehte sich wieder zurück zur Bar. Sie lächelte höflich.

„Kann ich Dir etwas zu trinken geben?"

„Gern, ich nehme ein Bulmers". Keelin glitt auf einen Hocker an der leeren Bar und beobachtete die schlanke Brünette, wie sie ihr sorgfältig einen Cider einschenkte. Sie wollte sichergehen, dass Cait nicht hineinspuckte.

„Hör zu, Cait, ich habe es nicht gewusst, ehrlich. Ich bin gerade erst in die Stadt gezogen. Ich dachte neulich Abend, dass zwischen Euch was ist, aber keiner von Euch beiden hat ein Wort zu mir gesagt. Und ich bin nicht interessiert an Shane. Er ist ein netter Typ, aber nicht für mich." Keelins Worte überstürzten sich.

Cait ließ einen langen Atemzug heraus. Sie war niemand, der lange launig sein konnte und sie lächelte Keelin an.

„Ok, danke. Ich weiß eigentlich gar nicht, warum ich wegen diesem Mann meinen Kopf verliere. Nicht, dass er mir jemals viel Aufmerksamkeit schenkt. Und wenn er es tut, dann sicher nicht, um mich zu einem schönen Fischessen mitzunehmen, oder mich im Auto zu küssen." Cait sah Keelin von der Seite an, während sie Gläser einräumte.

„Weiß jeder von diesem Kuss?" Keelin warf ihre Hände verzweifelt hoch.

„Liam hat es Sarah erzählt und sie mir." Cait lachte sie an.

„Ich kenne diese Leute noch nicht mal. Das ist einfach lächerlich." Sie nahm einen großen Schluck von ihrem Getränk und ließ den Cider ihre Kehle kühlen.

„Oh, Du gewöhnst Dich dran, wenn Du hier lebst. Jeder steckt bei jedem die Nase rein. Warum magst Du Shane nicht?", platzte Cait heraus.

„Oh, ich mag ihn, wirklich. Ich denke, er hat einen schlechten Ruf oder versucht, sich als jemand zu geben, der er nicht ist. Aber wenn ich ehrlich sein soll, glaube ich, dass er einsam ist. Wie auch immer, ich spüre keine Chemie. Jedenfalls nicht mit ihm." Keelin hielt inne. Sie trat sich geistig selber und erinnerte sich daran, wie sehr die Stadt Klatsch mochte.

„Ah, bist Du an einem gewissen dunkelhaarigen Nachbarn mit den breitesten Schultern im Landkreis ein bisschen mehr interessiert?", sagte Cait wissend.

„Nein, natürlich nicht." Keelin schaute auf ihr Getränk.

„Quatsch."

„Verdammt. Ok, aber Du darfst nichts sagen. Schwör es, Cait. Wenn wir Freundinnen werden wollen – richtige Freundinnen – kannst Du kein Wort sagen. Versprich es."

Keelin brauchte jemanden, mit dem sie reden konnte. Ihre Oma war ein Schatz, aber sie konnte sich nicht vorstellen, dass sie mit ihr in Details gehen wollte.

„Nur wenn Du versprichst, Shane nie wieder zu küssen."

„Abgemacht."

„Ok, also erzähl, ist er so gut im Bett, wie er aussieht?" Cait lehnte sich gespannt über die Bar und verschränkte ihre Arme auf dem Thekenrand.

„Was! Nein, wir haben nicht... Ich meine, nicht das." Keelin wurde rot. „Wir haben ein bisschen rumgemacht, aber wir hatten keinen Sex."

„Und warum nicht? Bist Du blind? Ich möchte diesen Mann auflecken wie einen Eimer Sahne." Cait gab schmatzende Geräusche von sich.

„Oh, er ist umwerfend. Und macht mich wütend. Er sieht mich immer in der schlimmsten Situation, und ich fühle mich wie ein Trampel bei ihm." Keelin erzählte Cait von all den Malen, als Flynn sie retten musste. Caits Augen wurden verträumt und sie stieß einen großen Seufzer aus. Ihre Hände flatterten auf ihrer Brust.

„Ah, ein großer starker Mann, der immer zu meiner Rettung kommt? Meld mich an! Vielleicht ist das mein Problem mit Shane. Ich muss um ihn herum hilfloser sein." Cait seufzte.

„Es war nicht mit Absicht. Und es macht mich einfach nur wütend. Weißt Du, in Boston bin ich ein ziemlich fähiger Mensch. Es war einfach nur eine Reihe von Ereignissen, seit ich hergekommen bin, und dieser Mann hat jedes einzelne miterlebt", schnaubte Keelin in ihren Cider.

„Das klingt nicht nach einem schlimmen Problem. Er

ist ein netter Kerl, weißt Du. Er macht viel für die Gemein-schaft und er kümmert sich total gut um Deine Oma."

„Er nimmt mich am Samstag auf seinem Boot mit. Wenn ich mitgehe."

Cait knallte ein Glas auf die Bar und starrte sie an.

„Sein Boot? Sein echtes Boot? Nicht das Fischerboot? Er nimmt nie jemanden auf dem Boot mit."

„Welches Boot? Ich habe keine Ahnung. Er hat gesagt, sein Boot. Ich habe keine Einzelheiten bekommen, weil ich in dem Moment beschäftigt war, ihn anzuschreien."

„Ok, das musst Du mir jetzt erzählen." Cait lehnte sich gespannt auf die Bar und legte ihr Gesicht in ihre Hände.

Keelin erzählte ihr von dem Streit und wie wütend sie auf Flynn war, weil er Ansprüche an sie stellte, sie aber nicht behandelte wie eine Lady oder sie umwarb. Cait pfiff.

„Keelin, er nimmt niemanden mit auf seinem Boot. Es ein Boot zu nennen ist, als würdest Du einen Porsche als Familienauto beschreiben. Es ist der einzige wirkliche Luxus, den er sich selbst gönnt. Er dockt es an der Seite der Bucht und wir sehen es selten. Du musst mir die Details geben. Oh, ich kann es nicht erwarten zu hören, wie es innen aussieht. Du musst ihn unter Deck verführen, damit ich Einzelheiten bekomme."

Keelin sah sie schräg an.

„Oh, klar, ich werde mich an ihn ranschmeißen, damit Du hören kannst, was für Möbel auf seinem Boot sind."

„Ja! Mach es. Ich würde es für Dich machen, aber er behandelt mich wie eine Schwester."

„Em, entschuldige, und was ist mit Shane?"

„Oh, ich weiß, ich weiß. Flynn ist nicht für mich. Aber

ich kann träumen, oder? Was wirst Du anziehen? Lässt Du Dir die Haare machen? Vielleicht nicht. Du willst nicht aussehen, als hättest Du zu viel Aufwand betrieben."

Keelin starrte sie an, während Cait weiter plapperte. Ihr Magen fing an, nervös zu ticken. War dies eine richtige Verabredung? Was sollte sie anziehen? Würde er erwarten, dass sie ihn ranließ? Sie konnte an nichts anderes mehr denken. Sie stöhnte. Sie war erledigt.

„Ich bin geliefert."

„Mädchen, Du bist so geliefert. Ausgeliefert. Im wahrsten Sinne des Wortes. Ich kann es kaum erwarten, die Details zu hören."

Keelin warf ihr einen Eiswürfel zu und lachte. Es war nett, eine Freundin zu haben, mit der man quatschen konnte, selbst wenn das Thema sie in Angst und Schrecken versetzte. Als sie an dem Abend nach Hause fuhr, fragte sie sich, was sie tun würde. Würde sie mit Flynn schlafen? Sie war keine Jungfrau, aber ihre letzte Beziehung war mehr als zwei Jahre her. Gelegenheitssex war nicht ihr Ding, und sie hatte seitdem so gut wie keinen gehabt. Das war wahrscheinlich der Grund, warum sie kurz vorm Explodieren stand, dachte sie. Fehlender regelmäßiger Sex konnte die Gedanken einer Person verwirren. Das musste es sein. Kaum lief ihr der ortsansässige Frauenschwarm über den Weg, brachte er sie in Wallungen. Das war alles, was es war und sonst nichts. Und vielleicht würde ihr ein kleines Techtelmechtel guttun, dachte sie. Es schien, als wäre dieser Sommer voll mit einer ganzen Reihe von ersten Malen; dann könnte sie auch einfach damit Spaß haben.

KAPITEL SECHZEHN

K eelin wachte nach einer weiteren Nacht mit unruhigen Träumen auf. Diesmal war es nicht Flynn, der ihre Träume so sehr vereinnahmt hatte, als vielmehr Visionen von explodierenden Bäumen und ein krankes weinendes Kind. Sie musste sich wirklich an diese Gabe gewöhnen, dachte sie.

Obwohl ihre Verabredung mit Flynn erst am Samstag war, konnte sie Caits Stimme in ihrem Geist hören und vergrub ihren Kopf im Kleiderschrank.

„Ich habe nichts anzuziehen für ein Date auf einem Boot. Nicht ein einziges Stück", erklärte Keelin Ronan, der sie begeistert beobachtete. Sie wusste, dass das nicht stimmte, aber wenn es je eine richtige Zeit gab für Eitelkeit – dann war es jetzt.

Sie beschloss, dass heute der perfekte Tag wäre, um die Geschäfte in der Stadt auszukundschaften und hoffte, bei ihrer Schwester reinzuschauen. Der Gedanke machte sie nervös, aber sie dachte wieder an Fionas Worte über ihre Heilungskraft, und dass sie nicht nur für Krankheiten gut war. Sie musste ihr Selbstvertrauen aufbauen, wenn sie eine Heilerin sein wollte. Und was wäre besser, als sich direkt in eine ungemütliche Familiensituation zu begeben?

Keelin ließ Ronan im Garten mit Fiona spielen und fuhr auf der kurvigen Küstenstraße mit Blick aufs Meer in die Stadt. Sie machte das Radio an und sang lauthals zu schlechter Musik aus den Achtzigern mit. Die Zahl der Unfälle, die sie fast hatte, weil sie auf der falschen Seite fuhr, war geringer geworden, und sie beglückwünschte sich zu einem erfolgreichen Ausflug ins Dorf. *Ich kann das in den Griff kriegen*, dachte sie.

Keelin ging ins kleine Zentrum, in dem niedliche Läden eng aneinander standen. Nachdem sie sich in eine Parkbucht bugsiert hatte, wobei sie sehr viel länger brauchte, links parallel zu parken als in Boston, stieg sie aus und reckte sich. Erst Spaß oder erst das Unbekannte? Sie entschied sich für den harten Teil zuerst und ging zu Aislinns Laden. Es war mitten am Vormittag und er war sicher geöffnet. Keelin näherte sich dem Geschäft und begutachtete es kritisch. Es war klein und außen buttergelb angestrichen. Dunkelbraune Holzbalken kreuzten die Fensterrahmen und umrahmten die schwere Tür. Fröhliche Fensterboxen mit roten Blumen und ein Schaufenster mit feiner Spitze und Aquarellen verführten vorbeigehende Menschen zum Hereinkommen. Das ganz Bild war sehr einladend und Keelin lächelte. Ihre Schwester musste einen guten Sinn fürs Geschäft haben. Sie lungerte ein bisschen draußen herum, aber erinnerte sich an die Vorliebe im Dorf für Tratsch und ihr wurde klar, dass sie wahrscheinlich eine Szene kreierte. Entschlossen öffnete sie die Tür und kleine Glocken läuteten bei ihrem Eintritt.

„Ich habe mich schon gewundert, wie lange Du da draußen stehen würdest. Ich hatte deswegen schon zwei Anrufe." Eine Stimme wie Honig kam aus dem wunderschönen Raum.

Keelin wusste nicht, wo sie zuerst hinsehen sollte. Von der Sammlung von Schwarzweißfotos in Treibholz gerahmt, die die Wände bedeckte, zu der fein gesponnen Spitze, die im Zimmer verteilt von Gestellen hingen, war das ausgestellte Talent offensichtlich. Keelin wand sich durch die Gestelle in Richtung Stimme.

Aislinn stand an der Arbeitsbank mit dem Rücken zu Keelin und hämmerte einen kleinen Holzrahmen. Befriedigt legte sie den Hammer hin, wischte ihre Hände an ihrer Arbeitsschürze ab und wandte sich Keelin zu, um sie zu begrüßen.

„Hallo, Schwester." Aislinns Mund verzog sich. Sie war eine Mischung aus Kontrasten. Kräftig gebaut, aber nicht übergewichtig, zeigten ihre schlanken Hosen und Hemdbluse weiche Kurven. Ihre Augen hatten die gleiche Form wie Keelins, aber reflektierten das Licht des Ozeans. Ihre runden Wangen standen im Gegensatz zu einem breiten Mund und einem spitzen Kinn. Dunkelbraunes Haar fiel in Wellen über ihre Schultern und mindestens zwei Bleistifte waren in der Masse verwickelt.

Aislinn hielt ihre Hand hin, um Keelin zu begrüßen. Da war keine Wärme, aber auch keine Feindseligkeit. Aislinn musterte Keelin stillschweigend.

„Ja, es sieht so aus, als wären wir Schwestern. Das

erste, was ich darüber gehört habe." Keelin streckte ihre Hand aus und ergriff die kräftige, aber weiche Hand und schüttelte sie leicht.

„Ah, Colin hat es erwähnt. Überraschung!" Aislinn hob ihre Augenbrauen und zeigte zur Teekanne. „Tee?"

„Ja, bitte."

Aislinn war damit beschäftigt, den Tee in zwei dicke blaue Tassen zu gießen, die leicht glasiert waren mit einem weißen Muster. Sie waren entzückend und Keelin vermutete, dass sie selbstgemacht waren. Sie fragte nach.

„Ach ja, für einen kurzen Moment dachte ich, ich wäre Töpferin. Seitdem bin ich andere Wege gegangen." Aislinn zeigte mit ihrer Tasse auf die verschiedenen Arten von Kunst, die das Studio bevölkerten. Wenn sie als Person eine Mischung aus Kontrasten war, spiegelte ihre Kunst genau dieses wider. Von weichen Aquarellen zu trendigen Schwarzweißfotos – Keelin war überrascht, dass dieselbe Person das alles erschaffen hatte.

„Das ist alles Deins?"

„Ja, mir fällt es schwer, mich langfristig auf eine Sache zu konzentrieren."

Keelin wanderte durch den Raum und begutachtete die verschiedenen Ausstellungsstücke. Sie wusste sofort, welche Spitzenuntersetzer sie nach Hause zu ihrer Mutter schicken würde, und legte diese beiseite. Sie hielt vor einem Schwarzweißfoto von Grace's Cove an. Es war am Spätnachmittag aufgenommen und Aislinn hatte den aufsteigenden Mond und die untergehende Sonne in einem Foto eingefangen. Es war atemberaubend, und Keelin musste es haben.

„Das ist fantastisch. Das muss ich haben. Wieviel kostet es?"

Aislinn studierte sie für einen Moment. „Weißt Du, lange Zeit habe ich Dich gehasst. Erst seit kurzem bemitleide ich Dich."

„Mitleid mit mir? Warum?" Keelin fuhr mit ihren Händen durch ihr Haar. Sie konnte mit diesen Familienbeziehungen nicht umgehen. Sie atmete tief ein und versuchte, sich auf ihre Kräfte zu besinnen, um hier durchzufinden.

„Natürlich. Die wunderbare Keelin. Der Liebling meines Vaters. Sein kleines Mädchen. Du warst nicht da, um mit mir zu streiten, also war es einfach, Dich zu hassen. Ich habe beschlossen, erwachsen zu sein und Dinge aus einer anderen Perspektive zu sehen. Du hattest überhaupt keinen Vater. Ich vermute, das war auch nicht einfach", sagte Aislinn beiläufig, während sie ein Bild in einen Rahmen steckte und den Rücken fertig versiegelte. „Und Du hast Finnegan geheilt. Also ich bin bereit, Dich allein dafür zu mögen."

Keelin erkannte den zweiten Olivenzweig der Woche. Sie seufzte vor Erleichterung.

„Na ja, ich kann Dir sagen, dass ich immer eine Familie wollte. Ich wollte eine Schwester oder einen Bruder, jemand anders, der die Aufmerksamkeit meiner Mutter auf sich ziehen würde. Ohne einen Ehemann oder andere Kinder war ich der einzige Fokus für meine Mutter. Das ist keine einfache Situation. Ich durfte noch nicht mal einen Hund haben. Jetzt komme ich nach Irland und innerhalb von Wochen habe ich zwei Geschwister und einen Hund. Ich versuche, die Dinge so zu nehmen, wie sie kommen, aber das war alles ein bisschen überwältigend für mich. Ich denke, ich kam in der Hoffnung hierher, Dich einfach etwas besser kennenzulernen. Ich erwarte nicht, dass wir Schwestern sind oder so." Keelin brachte die Worte eilig heraus, bevor sie zu nervös war, überhaupt etwas zu sagen.

Aislinn studierte sie.

„Das macht Sinn. Ich weiß eigentlich auch nicht, was ich mit Dir machen soll."

Sie brachen beide in Gelächter aus. Aislinn ging zu dem Bild von Grace's Cove, nahm es von der Wand und gab es Keelin.

„Hier. So eine Art Willkommensgeschenk."

Keelin war gerührt. Es war ein atemberaubendes Foto und ein schneller Blick auf den Preis zeigte ihr, dass es auch nicht billig war.

„Danke, ich werde es immer schätzen. Also heißt das, wir können Freunde sein?"

Aislinn nickte. „Das fände ich schön. Glaube ich. Solange Du nicht zu zickig bist oder zu anspruchsvoll. Colin ist die ganze Zeit super gestresst und ich kann damit nicht immer umgehen. Ich brauche Zeit für mich und muss meine Kreativität…na ja, fließen lassen."

„Das konnte ich sehen. Colin schien sehr angespannt. Obwohl er auch gerade eine ziemlich stressige Erfahrung hinter sich hat."

Aislinn drehte sich um und sah in Keelins Augen.

„Also, was hat es mit all dem auf sich? Wie machst Du das?" Keelin war überrascht, aber sie konnte mehr als Neugier in Aislinns Augen sehen. Aislinn wollte es wirklich wissen.

„Ich bin immer noch dabei, das herauszufinden, glaube ich. Ich weiß noch nicht mal selbst, worum es überhaupt geht. Das ist Fionas Ding, aber es scheint, als hätte ich eine Gabe dafür oder so. Ich weiß es nicht wirklich."

Beiläufig beobachtete sie Aislinn, wie sie nervös mit der Silberkette an ihrem Hals spielte. Da sie Schwestern waren, entschied sie sich für Direktheit.

„Hast Du das auch? Kannst Du heilen?"

Aislinn ließ die Halskette fallen und stand schnell gerade.

„Nein, nein. Wie kommst Du darauf? Natürlich nicht." Sie vermied Keelins Blick. Keelin sprang sofort darauf an.

„Kannst Du doch! Du hast etwas." Ohne darüber nachzudenken, ergriff sie Aislinns Hand und las sie. Bilder füllten ihren Kopf von einem jungen Mädchen, das Farben um Menschen herum sah und sie zeichnete.

„Kannst Du anderer Leute Gefühle sehen?", fragte Keelin.

Aislinn seufzte. „Ich hätte wissen sollen, dass ich mein Geheimnis nicht vor Dir verbergen kann. Das war mir klar, als Du reinkamst. Deine Energie ist stark, genau wie Dein Licht."

„Erzähl. Erzähl mir alles. Ich bin total gespannt, alles zu wissen." Sie wurden von der Türglocke unterbrochen und Aislinn eilte zu ihrem Kunden. Keelin wanderte durch den Laden und dachte darüber nach, was sie gerade gelernt hatte. Bedeutete das, dass ihr Bruder auch eine Art Kraft hatte, warte, nein, Fiona hatte gesagt, es waren nur die Frauen. Also wer sonst im Dorf hatte diese Kräfte? Wie viele waren Nachfahren von Grace? Keelin hatte eine

Million Fragen. Aber als immer mehr Kunden hereinka-
men, merkte sie, dass sie bis später warten mussten.

Sie zog Aislinns Aufmerksamkeit auf sich und deutete
auf das Bild und den Stapel Spitze. „Ich komme später
zurück dafür. Ich gehe einkaufen." Aislinn winkte sie raus
und Keelin ging die Straße hoch zu Gallagher's Pub. Es
war noch früh genug, dass Cait vielleicht eine Pause
machen konnte, um mit ihr einkaufen zu gehen. Sie
brauchte etwas Normalität in ihrem Leben.

Keelin fand Cait Zeitung lesend an der leeren Bar.

„Psst, kannst Du eine Stunde freimachen? Ich brauche
was zum Anziehen."

Cait sprang hoch und streckte ihre Faust in die Luft.

„Ja! Frauentag! Genau das brauche ich. Ich will Shane
schmachten sehen. Wir sollten uns auch unsere Nägel
machen lassen." Cait warf kurzerhand das „Geschlossen"
Schild ins Fenster, sah aus der Tür und rieb sich in
Vorfreude die Hände. „Wohin zuerst?"

Keelin lachte sie an. „Dich musste ich ja nicht lange
überzeugen. Ich folge Dir. Ich brauche was, das ich auf
dem Boot tragen kann."

„Oh, wir machen Dich sexy. Los geht's." Sie zog
Keelin die Straße herunter zu einer kleinen Boutique mit
Mannequins im Schaufenster.

„Ich denke an kurz und eng. Damit er sabbert, wenn
Du über etwas drübersteigst oder Dich bückst. Du kannst
total sexy Unterwäsche tragen." Die zarte Cait hatte ganz
offensichtlich nicht die gleichen Körperprobleme wie
Keelin.

„Em, Cait. Nein. Ich bin nicht so zierlich wie Du. Ich

kann weder kurz noch eng tragen. Es ist einfach, na ja, es zeigt meinen Bauch, und ich habe breite Hüften."

Cait drehte sich mit offenem Mund zu Keelin um.

„Halt die Klappe! Du hast die perfekte Sanduhrfigur. Ich würde sterben für Deine Kurven. Ich bin total flach oben und unten wie ein kleiner Junge. Ich habe Mädchen wie Dich immer gehasst. Du kannst ein Kleid ausfüllen. An mir hängen sie nur."

„Was? Ich habe Mädchen wie Dich immer gehasst. Du musst nie über Rettungsringe nachdenken, oder ob der Laden Deine Größe hat."

Sie starrten sich an und fingen an zu lachen.

„Ok, wir treffen uns in der Mitte. Ich nehme anliegend, aber vielleicht länger. Ich muss ja nicht den ganzen Abend meine Möse zeigen."

Cait kreischte vor Lachen und fing an, Kleider herauszuziehen.

„Oh, dies ist toll. Probiere es an. Es ist genau die richtige Mischung aus lässig und sexy. Los, probiere es an." Cait gab ihr ein knallrotes Kleid, das bis zum Boden ging.

„Rot? Ich trage nie rot. Es passt nicht zu meinen Haaren."

„Was? Hast Du es ausprobiert? Es wäre perfekt mit Deinen Augen und Deiner Haut. Und Dein Haar ist mehr blond als rot. Versuch es einfach."

Keelin ging in die Umkleidekabine und beäugte das Kleid. Es war definitiv nicht innerhalb ihrer Wohlfühlzone. Gott sei Dank war es nicht trägerlos, dachte sie. Seufzend zog sie das Kleid über ihren Kopf und zog es herunter. Sie fühlte, wie es über ihrer Brust bauschte und sich dann um ihre Taille schmiegte bis über ihren Hintern. Sie drehte sich, sah in den Spiegel und schnappte nach Luft.

„Lass mich sehen!" Cait riss den Vorhang auf.

„Es ist…es ist…"

„Es ist atemberaubend. Oh, er wird umfallen, wenn er Dich sieht."

Das Kleid war eine merkwürdige Mischung aus weit und eng. Es erinnerte Keelin an die Kleider, die die Frauen in „Real Housewives of Miami" trugen. Es war sommerlich, sexy, abendlich und lässig, alles in einem. Breite Träger bedeckten ihr breiten Schultern und liefen vorn in einem tiefen V aus, das im Rücken noch viel weiter unten endete. Es versteckte alles, was versteckt werden musste und zeigte alles, was es sollte. Es war ganz einfach das perfekte Kleid für sie. Keelin lachte und beobachte sich selbst im Spiegel. Das Rot brachte eine Röte auf ihren Wangen hervor und ließ ihre Haarfarbe strahlen. Sie sah lebendig und sexy aus.

„Oh, Flynn wird Dich vernaschen."

Keelin schluckte. „Em, vielleicht ist das Kleid ein bisschen viel. Ich will nicht den falschen Eindruck erwecken."

„Dieses Kleid gibt nur die richtigen Eindrücke, glaub mir. Er wird den ganzen Abend sprachlos sein."

„Genau davor habe ich Angst."

Cait sah plötzlich besorgt aus und nahm ihren Arm. „Ist das zu viel? Bist Du bereit für diese Verabredung? Wir können auch etwas anders finden, etwas dezenter, wenn Du willst."

Keelin dreht sich und schaute auf die Frau im Spiegel. Diese Frau war selbstbewusst. Selbstsicher. Sexy, sinnlich und in Kontrolle. Sie wollte diese Frau sein. Sie könnte diese Frau sein. Sie gab sich selber ein kleines Nicken.

„Wir sehen das als Übung zum Aufbau meines Selbstvertrauens. Flynn ist erledigt."

Bellendes Lachen platzte aus Cait heraus. „Geh und hol ihn Dir, Mädchen. Ich kann es nicht erwarten, alles darüber zu hören."

Später am Tag ging Keelin zurück in Aislinns Laden. Sie war gerade dabei zuzumachen.

„Wie wär's mit einem Bier?", fragte Aislinn, während sie Keelins Spitze und Bild fertig einpackte.

„Klar. In Caits Pub oder woanders?"

„Wie wär's mit hier?" Aislinn lachte sie an, als sie das Schild auf „Geschlossen" umdrehte und zeigte zu einem Kühlschrank im Hinterzimmer. „Auf diese Art gibt es weniger Tratsch."

Erleichtert ging Keelin zum Kühlschrank und zog zwei Flaschen Harp heraus. Aislinn zeigte zur Hintertür, die in einen kleinen geschlossenen Hof führte. Eine alte gelbe Steinmauer umringte den kleinen Garten, der vor Blumen überquoll. Statuen und verschiedene Rasenornamente wanden sich durch die Blumen. Ein großer Holztisch stand in der Mitte, bedeckt mit Zeichenbüchern und Gläsern voller Malutensilien. Aislinn schob sie beiseite und stellte einen Teller mit Keksen hin, den sie mit herausgebracht hatte.

„Ich weiß, wir haben so viel aufzuholen damit, wer wir sind, was wir tun und all das, aber ich platze vor Neugier, mehr über Deine Kraft zu hören. Ich habe Schwierigkeiten, mehr über meine zu lernen", sagte Keelin, ohne einmal Luft zu holen. Sie nahm einen Keks und schob ihn sich schnell in den Mund in der Hoffnung, ihren Wortschwall einzudämmen.

Aislinn lachte und blickte über den Hof. Sie fummelte mit dem Bleistift auf dem Tisch und seufzte. „Ich glaube, dass ich nicht wirklich weiß, wann oder wie ich sie richtig erkannt habe. Ich habe nie jemanden wie mich getroffen, daher rede ich selten darüber. Ich nehme es nicht als selbstverständlich hin, aber ich weiß nicht immer, wie ich beschreiben soll, was ich tue, wenn ich es selber nicht weiß."

Keelin nickte und gestikulierte mit ihr Flasche Harp. „Red weiter."

„Ich glaube nicht, dass ich wirklich weiß, wann es anfing. Ich glaube, mir war nicht klar, dass ich anders war als andere Leute, bis meine Eltern mir beigebracht haben, über bestimmte Dinge nicht zu reden. Ich konnte schon immer Farben um andere Leute herum sehen. Ich bin dann zu ihnen gerannt und habe ihnen gesagt, dass ich ihre lila Farbe mag und sie haben mich angesehen, als wäre ich verrückt." Aislinn lachte und nahm einen Schluck von ihrem Bier.

„Also, Du siehst Auren? Was sonst? Was beinhaltet das sonst noch?"

„Na ja, ich habe irgendwann realisiert, dass einer der Gründe für meine Sensibilität ist, dass ich fühlen kann, was andere Menschen empfinden. Ich kann sie auf eine Entfernung von hundert Schritten lesen. Ich weiß, wenn jemand lügt, glücklich ist, traurig oder verärgert. Deswegen hatte ich beschlossen, mich mit meinem Urteil über Dich zurückzuhalten, bis ich Dich wirklich kennenge-lernt habe. Na ja, ich sollte nicht ‚zurückhalten' sagen,

aber wenigstens war ich bereit, Dir eine Chance zu geben."
Aislinn lachte Keelin an.

„Das ist ok. Ich verstehe es. Hey, ich habe vor dieser
Woche nichts von Euch beiden gewusst, also hatte ich
noch nicht viel Zeit für Urteile. Ich nehme es, wie es ist.
Obwohl ich vielleicht ein paar Worte mit meiner lieben
Mutter wechseln werde über das Zurückhalten dieser
Information."

„Ich kann einfach nicht glauben, dass sie Dir nie etwas
gesagt hat. Das finde ich faszinierend," sagte Aislinn,
während sie nebenbei eine Zeichnung von Keelin auf
ihrem Block anfertigte.

„Meine Mutter neigt dazu, unangenehme Diskussionen
zu vermeiden. Ich denke, das war eine von denen, die sie
gern unter den Teppich gekehrt hat. Eine ziemlich große,
finde ich. Erst als Fiona nach mir geschickt hat, hat sie
überhaupt eingestanden, dass Grace's Cove und diese Art
Kraft dort existieren."

Aislinn nickte. „Das verstehe ich. Sie will das Beste
für ihre Tochter. Die Gesellschaft ist nicht nett zu denen,
die ein bisschen anders sind. Es muss schwierig gewesen
sein, so aufzuwachsen."

„Das war es." Keelin schluckte den Klumpen im Hals
herunter. Es war so gut, endlich offen darüber reden zu
können. „Ich habe geweint, als meine Mutter endlich
zugab, dass sie von meiner Gabe gewusst hat. Ich hatte
immer das Gefühl, da war etwas, das vermieden und
versteckt werden musste. Ich glaube nicht, dass ich mich
jemals so lebendig gefühlt habe wie jetzt, seit ich nach
Irland gekommen bin."

„Es tut mir leid. Ich hatte immer Fiona. Sie war gut zu

mir und hat mir beigebracht, wie ich mich um mich selber kümmere, ohne der ganzen Welt meine Gabe zu zeigen. Sie hat mich gerettet," sagte Aislinn reumütig, während sie weiter auf ihrem Block zeichnete.

„Ich glaube, ich verstehe das. Sie rettet mich jetzt gerade. Es ist, als ob ich noch nie so viele richtige Emotionen gefühlt habe wie in den letzten Wochen. Es fließt einfach so aus mir heraus. Es ist überwältigend. Aber meine Kraft zu entdecken? Mich endlich nicht mehr davor verstecken? Gott, das ist aufregend. Ich fühle mich voll Energie", gab Keelin zu.

„Ja, das hat was, wenn man sich selbst findet und seine Seele zum Singen bringt, oder? Das ist so, wie ich mich mit meinem Laden fühle. Der glücklichste Tag meines Lebens war der, an dem ich mir Geld geliehen habe, um dieses Geschäft zu öffnen. Ich habe es nie bereut. Ein traditioneller Job hätte nie zu mir gepasst. Ich kann mit Büroarbeit nicht umgehen, oder jeden Tag mit so vielen Leuten um mich herum verbringen. Das hier ist perfekt für mich", sagte Aislinn und nahm einen Schluck von ihrer Flasche Harp.

„Und wie beeinflusst es die Partnersuche, dass Du Empfindungen siehst?", fragte Keelin und stibitzte noch einen Keks vom Teller.

Aislinn stöhnte und nahm noch einen Schluck von ihrem Bier. „Das ist nicht schön. Es eliminiert einen Teil des Rätselratens – und nimmt damit den Pep heraus. Ich kann Leute ziemlich leicht klar lesen, das heißt, wenn ein Mann schuldig ist oder versucht, etwas zu verbergen, weiß ich es sofort. Ich weiß auch, ob er an einer anderen Frau interessiert ist, oder mich nicht wirklich liebt. Das macht es kompliziert. Ich zeige diese Seite von mir auch nicht vielen. Es fließt alles in meine Arbeit."

Keelin nickte. „Und die ist übrigens toll. Du solltest sie ins Ausland verkaufen."

Aislinn zuckte mit den Schultern. „Vielleicht. Ich weiß noch nicht. Ich verkaufe sie in ganz Irland und kann davon im Moment einigermaßen leben. Wir werden sehen, wo mich das hinbringt. Jetzt sag mir, wie Du Finn geheilt hast."

Keelin öffnete ihren Mund und hielt inne. Sie dachte darüber nach, wie sie etwas erklären sollte, was sie selber nicht verstand. „Ich weiß es eigentlich nicht. Ich finde noch so viel über diese Fähigkeit heraus. Mir sind komische Sachen passiert, als ich aufgewachsen bin, aber Mama ist nie darauf eingegangen und ich habe es einfach so abgeschrieben. Aber ich spürte auch, dass irgendwas gefehlt hat. Seit ich hier bin, fühle ich mich, als ob meine Seele summt, wenn das Sinn ergibt?"

„Das tut es. Du versteckst Dich nicht mehr vor Dir selber."

Keelin hob ihre Bierflasche. „Genau!"

„Ja, ich versteh Dich. Es ist gut, mit jemandem darüber reden zu können." Aislinn gab Keelin das erste uneingeschränkte Lächeln. „Ich denke, wir werden uns gut verstehen, Schwester." Sie klinkten Flaschen und machten Pläne, sich später in der Woche zu treffen.

„Und Flynn? Wirst Du mit ihm schlafen?" Aislinn schaute ihr in die Augen.

Keelin sah sie schweigend an. „Ich weiß nicht. Ich möchte es."

„Ich kann sehen, wie durcheinander Deine Gefühle sind. Liebe ist oft kompliziert."

„Ich liebe ihn nicht!" Keelin starrte sie mit offenem Mund an.

Aislinn gab ihr ein mysteriöses Lächeln und stand auf, um die Flaschen wegzuräumen. Sie sagte nichts und ging ins Haus.

„Tue ich nicht!", rief Keelin ihr nach. Schweigen antwortete ihr.

KAPITEL SIEBZEHN

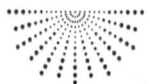

K eelin fuhr die Küstenstraße nach Hause. Die untergehende Sonne warf ein warmes Glühen über die Kliffe und die Romantik von Irland durchdrang ihre Knochen. An Irlands Schönheit war nichts Leichtfertiges. Sie war wehmütig, geheimnisvoll und traf oft genau ins Herz. Keelin träumte vor sich hin über ein Leben hier, eingenistet in den Hügeln, mit einem eigenen Kind. Schockiert fuhr sie aus den Träumen hoch. Ein Kind? Sie hatte sich nie selber als mütterlichen Typ gesehen. Wo kam der Gedanke her? Keelin schüttelte ihren Kopf, als sie in die Einfahrt des Hauses fuhr.

Der warme Geruch eines irischen Eintopfs begrüßte sie, als sie die Tür aufstieß. Fiona rührte in einem großen Topf auf dem Herd und lächelte sie an, während sie das Gericht würzte. Ronan jaulte und rannte über den Boden, um sie zu begrüßen, fiel über sich selber und landete planlos zu ihren Füßen. Keelin lachte ihn an und kratzte seinen Bauch, während sie unsinnige Worte murmelte.

„Also elegant ist er nicht." Fiona lachte am Herd. „Hast Du Hunger?"

„Ja, bitte, ich würde gern was essen." Keelin half, den Tisch zu decken mit warmem braunem Brot und schweren Keramikschalen. Fiona kam und goss die dampfende Suppe in die Schüsseln. Sie atmete ein und nickte kurz.

„Perfekt. Jetzt erzähl mir von Deinem Tag."

Zwischen Bissen vom kräftigen Eintopf erzählte Keelin Fiona viel von ihrem Tag. Als sie jedoch bei Aislinns Kraft anlangte, hörte sie auf. Sie war nicht sicher, ob Aislinn wollte, dass sie ihre Gabe mit Fiona diskutierte. Sie wollte keinen Schwesterncode verletzen.

Fiona beäugte sie. „Ah, ich sehe Aislinn hat Dir von sich erzählt."

Keelin atmetet aus. „Ja, hat sie. Ist es ok, darüber zu reden?"

„Ja, mit mir schon. Ich bin eine der wenigen, mit denen sie frei reden konnte. Ich habe mein bestes getan, sie auf den richtigen Weg zu bringen und ihre Talente auszunutzen, während sie weiter versucht, ein normales Leben zu führen. Glücklicherweise geben ihr die künstlerischen Talente, die sie hat, ein wunderbares Ventil für einen Großteil ihrer Kraft."

„Ok, ich muss einfach fragen. Wer sind all die Nachfahren von Grace? Haben alle von ihnen diese Gaben? Sind es nur wir? Was ist mit Colin?"

Fiona sah sie ruhig an. „Nein. Es wird nur an die Frauen weitergegeben. Colin hat keine Gabe. Deine Freundin Cait hat sie."

„Was! Cait? Was hat sie?"

Fiona klopfte an ihren Kopf.

„Was? Was bedeutet das? Gedanken? Sie kann Gedanken lesen?" Keelins Kinnlade fiel herunter, als sie Fiona anstarrte.

Fiona nickte und räumte die Keramikschüsseln vom Tisch zur Spüle. Als sie das Geschirr wusch, zeigte sie zum Schrank. „Lass uns einen Whiskey trinken."

Sie waren sich wortlos darüber einig, dass sie einen kleinen Schluck brauchten. Keelin zog eine Flasche Clontarf heraus und goss beiden eine großzügige Portion ein. Zusammen setzten sie sich in die Nische beim Feuer und Ronan sprang auf ihren Schoß. Keelin nahm ihr Glas und untersuchte den Inhalt. Das Feuer nahm das warme Gold des Whiskeys auf und es schien von innen zu glühen. Keelin vermied Fionas Blick.

„Ich habe das Gefühl, ich werde ein wenig verrückt. Ich habe Schwierigkeiten zu verstehen, wie ich das tun kann, was ich tue. Ich hatte letzte Nacht einen Albtraum über einen explodierenden Baum. Auf der anderen Seite singt ein Teil meiner Seele, weil ich endlich den richtigen Platz für mich gefunden habe."

Fiona lächelte und nahm einen Schluck von ihrem Whiskey. Sie schaukelte sanft in ihrem Stuhl und lehnte sich vor, um das Feuer zu schüren. „Keelin, Liebling. Das ist alles sehr überwältigend. Es ist normal, dass Du so fühlst. Ich wünschte, ich wäre Dir näher gewesen, so dass ich Dir hätte helfen können, Dich selber besser zu verstehen, als Du aufgewachsen bist. Ich wünschte, ich hätte eine einfache Antwort für Dich, was für eine Gabe Du hast, aber alles, was ich Dir sagen kann, sind meine eigenen Schlüsse, zu denen ich gekommen bin. Ich glaube wirklich, diese Kraft kommt aus einer Universalenergie, die wir alle nutzen können. Einigen von uns wurde die Fähigkeit gegeben, einfach darauf zuzugreifen, und andere müssen aktiv daran arbeiten. Vielleicht kommt es von Gott, oder vielleicht ist es einfach eine Energiequelle. Ich weiß nur, dass ich anderen helfen muss. Das überzeugt mich davon, dass es eine positive Kraft ist."

„Aber was hat das alles damit zu tun, eine Nachfahrin von Grace zu sein? Die Bucht? Wie fügt sich das alles zusammen?"

„Na ja, als Grace ihrem Tod nah war, hat sie sich in Isolation begeben. Ihre älteste Tochter ging mit ihr. Zusammen haben sie den letzten Ruheplatz für Grace ausgesucht. In den Monaten vor ihrem Tod waren Grace und ihre Tochter nachts an der Bucht und sangen unter dem Licht des Mondes. Das ist starker Zauber, von dem ich hier rede – Magie. Ihre Tochter war zu der Zeit schwanger und hat viel dieser Magie aufgesogen. Als Grace kurz vorm Sterben war, teilte sie ihr Blut mit ihrer Tochter in einem heiligen Ritual der Segnung und Über-gabe ihrer Kraft. Kurz nachdem sie ihre Kraft aufgegeben hatte, starb sie, und wurde auf einem Scheiterhaufen in der Bucht verbrannt. Es heißt, dass ihre Tochter zum Scheiter-haufen schwamm und die Asche in einem Kelch sammelte, bevor sie ihn tief in einer kleinen Höhle weit draußen in der Bucht versteckte. Es liegen so viele Zaubersprüche und so viel Schutz auf der Bucht, dass niemand es je geschafft hat, die Höhlen zu erreichen. Alle sterben bei dem Versuch. Es heißt, dass ihre Tochter an dem Abend, als Grace starb, ihr Kind gebar. Man glaubt, dass ihre Seele durch ihre Enkel und Nachkommen weiterlebt."

Keelin ließ den Atem, den sie angehalten hatte, mit

einem großen Stoß heraus. Ihre analytische Seite kämpfte mit dem, was sie selber von der Kraft der Bucht gesehen hatte. „Was meinst Du damit, ihre Kraft aufgeben? Kannst Du das?"

„Natürlich, Keelin." Fiona blickte sie an. „Sieh Dir Deine Mutter an. Sie hat nie formell ihre Kraft aufgegeben, aber sie wählte so zu leben, als ob sie nicht existiert. Dadurch wird sie nie das wahre Glück finden. Es ist ein schwieriger Tausch. Sie lebt in Angst vor dem, was sie wirklich ist, und hat ihrer Kraft den Rücken gekehrt. Wenn sie sie einfach annehmen und lernen würde, sie zu kontrollieren, könnte sie glücklich werden."

„Ist das der Grund, warum ich mich immer so unruhig gefühlt habe? Weil ich nie meine Kraft angenommen hatte?" Keelin nippte an ihrem Whiskey und rieb Ronans Rücken. Sie lächelt ihn an und fühlte, wie ihr Herz ein bisschen schmerzte aus Liebe für den kleinen Hund.

„Ja. Aber meinst Du nicht, dass das in mancher Hinsicht für jeden gilt? Denk an die Leute, die Buchhalter sind oder Geschäftsmänner, die einfach dem folgen, was ihre Eltern oder Frauen für sie wollen. Sie folgen nicht dem, womit sie sich gut fühlen, was ihre wahre Leidenschaft ist, und damit stirbt ein Teil von ihnen. Wenn sie einfach ihre Kraft annehmen würden, wären sie wahrhaftig glücklich."

„Bist Du glücklich?", fragte Keelin Fiona.

Fiona nahm ein Schlückchen von ihrem Whiskey und starrte in die Flammen. „Ja, das bin ich. Aber ich glaube, ich könnte gar nicht sagen, dass ich mir dessen bewusst bin. Es ist kein gedanklicher Prozess. Es ist kein auf und ab. Ich weiß nicht, wie es ist, glücklich zu sein, weil ich glücklich bin. In den Staaten wollen alle ständig zwanghaft das Ziel erreichen, glücklich zu sein, und niemand merkt, dass sie sich selbst im Weg stehen. Glücklichsein ist eine Lebensform, nicht nur eine Laune. Ich habe es immer damit verglichen, dass ich mich einfach umdrehe, wenn mir etwas negative Gefühle verursacht. Wenn etwas schlecht für mich ist, gehe ich davon weg und auf etwas zu, das mir gute Gefühle gibt. Ich mache das, egal, was andere denken. Die meisten wissen nicht, wie man so leben kann."

Keelin nickte. Sie dachte darüber nach, wie sie sich gefühlt hatte, als sie Finn heilte. Es war eine Mischung aus reinem Terror und einem Rausch von Macht. Ein Teil von ihr hatte es gemocht. Fast zu viel. Sie beschloss, ihre Befürchtungen Fiona gegenüber zu äußern. „Ich, na ja, als ich Finn geheilt habe, das war einfach irgendwie fantastisch. Es hat mir Angst gemacht, aber gleichzeitig hat es mich euphorisch gemacht! Ich wollte herumrennen, Blumen zum Blühen bringen und Leute heilen, die auf der Straße husten. Ich weiß aber nicht, ob ich diese Seite von mir mag. Es kommt mir irgendwie, ich weiß nicht, arrogant vor?"

Fiona lächelte sie an und lehnte sich herüber, um Ronans Kopf zu streicheln. „Du bist ein gutes Mädchen, Keelin. Das war eigentlich immer meine größte Sorge, als Margaret allen Kontakt abgebrochen hat. Ich fürchtete, dass Du Deine Kraft entdecken und gierig ausnutzen würdest. Aber, wie Du weißt, Macht bringt Verantwortung. Und die Kunst einer Heilerin kann auch ihr größter Fluch sein. Wenn sie zweckwidrig benutzt wird, kann sie Dich umbringen." Fiona ließ sie nicht aus den Augen. Keelin atmete zitternd ein und nickte.

„Also einiges musste so passieren, wie es das tat."

„Oh ja. Lass uns darauf trinken. Auf alles zur richtigen Zeit." Fiona hob ihr Glas und stieß mit Keelins an. Sie nippten beide an ihrem Whiskey und starrten in die Flammen, während die Schatten am Fenster dunkler wurden.

„Meinst Du, wir sollten versuchen, den Kelch zu finden?", platzte Keelin heraus. Die Bucht spukte durch ihre Träume und sie wusste nicht warum.

„Um Gotteswillen, Mädchen. Nein. Du kennst den Ausdruck ‚man soll schlafende Hunde nicht wecken', oder? Lass diesen Hund schlafen."

„Ich weiß. Ich weiß. Wirklich. Es, es ist nur so faszinierend." Keelin machte schnell einen Rückzieher.

„Wie oft muss die Bucht versuchen, Dich umzubringen, bevor Dir klar wird, dass es nicht auf alles im Leben eine Antwort gibt? Es gibt Dinge, die wichtiger sind als Antworten. Ich weiß, Dein wissenschaftlicher Geist hat Probleme damit, aber Du musst den Kelch in Frieden lassen. Er ist genau da, wo er sein soll. Es wäre eine Katastrophe, das zu stören." Fiona starrte sie mit einem standhaften Blick an.

„Aber warum glüht die Bucht die ganze Zeit blau? Das macht mich wahnsinnig!", platzte Keelin heraus.

Fiona schnappte nach Luft. „Du hast Dich in Flynn verliebt!" Ein Lächeln brach aus auf dem Gesicht der älteren Frau und sie sprang von ihrem Sitz auf, um einen kleinen Tanz aufzuführen.

„Was? Nein. Nein, habe ich nicht. Wie kommst Du

darauf?" Keelin fühlte, wie sich Wärme über ihre Wangen ausbreitete.

„Ach, mein liebes Herz, das hast Du ganz bestimmt. Ich dachte, Du hättest es nur das eine Mal mit mir gesehen. Aber wenn Du es um Flynn herum gesehen hast, ist das etwas ganz anderes. Ein nicht sehr bekannter Fakt über Grace O'Malley ist, dass sie tief im Herzen romantisch war. Eine brutale Frau bis ins innerste, und doch hat sie bis zu ihrem letzten Tag an die Liebe geglaubt. Wenn die Bucht auch oft für ihre Nachfahren glüht, oder wenn jemand vorbeigeht, so glüht sie immer, wenn Liebe vorhanden ist. Sie tat es für mich mit Deinem Großvater." Fiona tanzte durch das Zimmer und Ronan bellte zu ihren Füßen. „Wir werden die schönste Hochzeit auf den Hügeln planen."

„Moment, Moment mal. Stop. Keine Hochzeit. Gar nichts. Ich weiß noch nicht mal, was ich für Flynn fühle. Ich bin erst ein paar Wochen hier. Und ich habe garantiert nicht vor, in absehbarer Zeit zu heiraten."

Fiona lächelte sie an. „Ah, die Sturheit der Jugend. Für Liebe gibt es keinen Zeitrahmen."

„Em, weiß er von den Kräften, die wir haben?"

Fiona ging zu ihrem Sitz zurück und nahm einen großen Schluck von ihrem Whiskey.

„Warum fragst Du ihn nicht?"

„Ich kann ihn nicht fragen! Was – einfach sagen, hey, übrigens, ich kann Leute mit meinen Händen heilen? Hast Du Probleme damit, oder ist das ok für Dich?" Keelin warf ihre Hände in die Luft und schüttelte ihren Kopf mit Blick auf Ronan. Er hechelte sie mit seiner rosa Zunge an, die aus seiner Schnauze hing.

„In der Liebe kann es keine Lügen geben. Entweder der Mann akzeptiert Dich als Ganzes, oder er ist nicht der Mann für Dich."

„Aber ich kenne doch mein Ganzes selbst noch nicht." Keelin war den Tränen gefährlich nahe. Die Person, die sie in Boston gekannt hatte, war weg. Sie war sich noch nicht sicher über diese neue Keelin, aber sie wollte weiter lernen. Aber ihr Herz der Liebe zu öffnen, ohne sich selbst wirklich zu kennen – sie war sicher, das würde nichts bringen außer einem schrecklichen Ende.

„Du schaffst das schon. Und Du wirst vielleicht über-rascht sein, wie ein Mann, der Dich liebt, Dir helfen kann dabei, mehr über Dich selber herauszufinden. Ich gehe jetzt ins Bett. Du bleibst auf und genießt den Rest des Feuers. Nimm Dir Zeit, darüber nachzudenken, was Du willst." Fiona lehnte sich herüber und drückte ihre Lippen auf Keelins weiche Wange. „Du hast ein gutes Herz, Keelin. Lass es Dich führen."

Keelin hatte ernsthaft Angst, dass sie genau wusste, wo ihr großes Herz sie hinführen würde, und es war nicht in ein Flugzeug zurück nach Boston. Sie stöhnte und lehnte ihren Kopf gegen den Stuhl und starrte ins Feuer. Was machte sie mit ihrem Leben? Innerhalb weniger Wochen hatte sie eine ganz neue Familie, ein Haustier und mögli-cherweise ein Liebesleben. Sie hatte Ehrfurcht vor ihrem neuen Heilungstalent und ihre Studien für die Schule inter-essierten sie nicht mehr. Sie wollte lernen, wie sie eine wahre Heilerin werden könnte, nicht eine Meeresbiologin. Und wenn sie es sich selbst eingestand, hatte sie sich nie glücklicher gefühlt. Flynns Gesicht tauchte in ihrem Kopf auf. Es kitzelte in ihrem Magen, wenn sie über ihr Date mit ihm nachdachte. Sie wollte ihn. Das konnte sie nicht leugnen – aber Liebe? Da gab es so viel, was sie nicht von ihm wusste. Und was war mit den wichtigen Dingen, wie ob er Pizza mochte oder nachts schnarchen würde? All diese kleinen Details, die Leute kompatibel machen. Sollte sie nicht einige von diesen Dingen wissen, bevor ihr Herz sagte, sie liebte ihn? Keelin beschloss, dass es am sichersten war, alles zu leugnen. Sie löschte das Feuer, trank ihren Whiskey aus und hoffte, die Wärme würde sie in den Schlaf wiegen.

KAPITEL ACHTZEHN

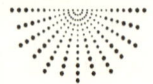

Am nächsten Tag ging Keelin früh in die Stadt. Sie wollte Cait erwischen, bevor sie den Pub öffnete. Entschlossen, mehr über ihre neue Freundin herauszufinden, dachte Keelin sich auf der Fahrt dahin einen Plan aus. Unglücklicherweise flatterten ihre Gedanken immer wieder zu ihrem großen Date später am Abend.

Es ist kein großes Date, sagte Keelin sich selber. Sie hatte Flynn nicht gesehen, seit er durch die Felder weggestürmt war wie ein typischer Gutsherr. Sie nahm an, das war Teil seiner Strategie, weil sie jetzt bei allem, was sie tat, an ihn dachte. Na ja, an ihn und ihre neue Kraft. Beides verzehrte sie und hinterließ Ringe unter ihren Augen durch die schlaflosen Nächte. Sie fühlte sich roh an, als ob sie in eine neue Haut geboren worden war. Seit sie in Irland angekommen war, schien es, als hätte sie nie Zeit, um bei irgendetwas erstmal das Terrain zu sondieren. Energie durchflutete sie genauso wie Leidenschaft. Keelin fühlte sich, als würde sie von innen leuchten.

Sie hatte Glück und fand einen freien Parkplatz direkt

vor dem Pub. Keelin sah auf die Uhr. Um 11 Uhr war der Pub geöffnet, würde aber noch nicht Mittagessen servieren. Perfekt, dachte sie. Sie hoffte, dass ihr Plan funktionieren würde.

Keelin öffnete leise die Tür und ging hinein. Sie blinzelte im schummrigen Licht des Pubs und sah, dass Cait mit dem Rücken zur Tür stand und Gläser auf der Bar aufstellte. Keelin blieb stehen, wo sie war. „Was ist die Tagessuppe?" fragte sie in ihrem Kopf – nicht laut.

„Eine leckere Gemüsesuppe ist für Dich im Topf", sagte Cait, als sie sich umdrehte und lächelte. Sie hielt inne, ließ ein Glas auf die Theke fallen und sah Keelin direkt an. Ihr Mund stand offen.

„Das habe ich nicht laut gesagt, Cait." Keelin ging zur Bar.

„Oh, verpiss Dich. Das hätte ich mir ja denken können, dass Du es herausfindest." Cait seufzte und zog ihre Schultern hoch. „Na dann, los, sag schon. Ich weiß, Du denkst, ich bin ein Freak."

„Was? Nein!" Keelin war schockiert. Sie eilte um die Theke herum und duckte sich unter der Klappe. Sie nahm die kleine Frau in ihre Arme. „Nein, bitte sag so was nicht. Das denke ich überhaupt nicht. Es tut mir leid. Ich hätte Dich einfach fragen und nicht austricksen sollen."

Sie spürte, wie sich Cait in ihren Armen anspannte. Sie ließ einen tiefen Atemstoß heraus, bevor sie kurz nickte. Cait trat einen Schritt zurück und lächelte Keelin an.

„Es ist ok. Ich bin es einfach gewohnt, es zu verbergen. Komm, Du solltest die Suppe wirklich probieren." Cait geleitete sie zu einem Sitz.

Keelin atmete aus und zog einen Hocker an die Bar.

Sie war erleichtert, dass sie ihre Freundin nicht zu sehr verletzt hatte. Sie hätte es besser durchdenken sollen. Was war nur durch ihren Kopf gegangen?

„Ich habe gesagt, dass es ok ist." Cait lachte, als Keelin etwas hochschreckte.

„Ok, daran muss ich erst gewöhnen. Aber, na ja, Du weißt von mir, oder?", fragte Keelin, als sie über ihre Schulter nach anderen Gästen schaute.

„Ja, ich weiß. Ich habe mich gefragt, wann Du soweit wärst, es mit mir zu teilen", sagte Cait, als sie eine Tasse Tee vor Keelin hinstellte.

„Ich denke, ich versuche immer noch, das selber alles zu verstehen. Wie ist es für Dich, diese Gabe zu besitzen? Ich kann keine Gedanken lesen, aber wenn ich die Hand von jemandem nehme, sehe ich Bilder aus ihrer Vergangenheit. Und natürlich kann ich sehen, wenn sie krank sind." Keelin blies auf ihren Tee und rührte gedankenverloren etwas Milch in ihre Tasse.

„Ich weiß es nicht wirklich. Es war nicht einfach, als ich aufgewachsen bin, weil es lange gedauert hat, bis ich verstand, dass Leute nicht immer gesprochen haben, wenn ich etwas von ihnen gehört habe. Ich kann nur dankbar sein für Fiona. Sie hat mir beigebracht, wie ich mich abschirmen kann. Ehrlich, wenn sie nicht gewesen wäre, hätte ich nie in einer vollen Bar arbeiten können. Jetzt höre ich anderer Leute Gedanken selten, es sei denn, ich höre mit Absicht hin oder ich bin allein und ungeschützt." Cait wischte die Theke ab und fuhr fort, die Barstationen fertig zu machen. Keelin nippte an ihrem Tee und deutete mit der Tasse, dass sie weiterreden sollte. „Ehrlich, ich glaube, die meisten Leute haben vergessen, dass ich Gedanken lesen kann, oder sie ignorieren es bewusst. Aber das macht es kompliziert bei Verabredungen."

„Ich wollte gerade fragen. Also mag Shane Dich wirklich?"

Cait warf ihre Hände hoch. „Ach, ich weiß nicht! Ich versuche, ihn zu respektieren und nicht in seinem Kopf herum zu bohren. Interessant ist, dass er einer der schwierigsten Menschen zu lesen ist, den ich je getroffen habe. Ich vermute, das ist Teil seiner Anziehungskraft."

„Er ist ein netter Mann, weißt Du. Ich habe ihn gelesen."

Cait nickte. „Ich weiß, ich kann es sehen. Und Aislinn hat seine Farben für mich gelesen. Er ist rein. Unglücklicherweise sind meine Gedanken über ihn alles andere als." Cait grinste sie schamlos an und Keelin lachte laut heraus.

„Mädchen, hol ihn Dir."

„Hm. Genauso, wie Du Dir Flynn holst?" Cait hob ihre Augenbrauen hoch.

Keelin schluckte ihren Tee herunter. „Gott, ich bin so nervös. Was mache ich nur mit diesem Mann?"

„Ich hoffe, Handschellen sind mit im Spiel." Cait schrie vor Lachen, als Keelins Kinnlade herunterfiel. „Du solltest Dein Gesicht mal sehen."

„Oh, Mann." Keelin pustete und fächerte ihr Gesicht. Die Vorstellung von Flynn mit Handschellen war genug, dass sie sich wand. „Bist Du jemals mit ihm zusammen gewesen?"

„Flynn? Gute Güte, nein. Nicht, dass ich es nicht versucht hätte." Cait lächelte sie an. „Aber ganz ehrlich, Flynn geht nicht mit Frauen aus dem Dorf aus, was zu vielen gebrochenen Herzen geführt hat. Er hält sein Privat-

leben und Liebesleben gern getrennt. Also hast Du Glück,
es gibt keine eifersüchtigen Ex-Freundinnen, die Dir nach-
stellen könnten."

„Na ja, das ist wenigstens etwas. Ich bin nervös", gab
Keelin hastig zu. „Es ist lange her für mich, und ich
verliere mehr oder weniger den Kopf, wenn der Mann in
meiner Nähe ist. Ich weiß nicht, was da auf mich
zukommt."

„Hör auf Dein Herz. Dann weißt Du, ob es richtig ist
für Dich", sagte Cait.

„Genau davor habe ich Angst. Auf mein Herz zu
hören. Ich fühle mich, als würde ich mich selber nicht
kennen, und gleichzeitig kenne ich mich endlich selber."
Keelin rührte mit dem Löffel in ihrer Tasse.

„Na ja, ich kenne da einen Mann, der Dich besser
kennen möchte. Warum redest Du heute Abend nicht mit
ihm und nimmst Dir Zeit, ihn kennenzulernen? Dann hast
Du vielleicht eine bessere Ahnung hinterher. Wenn er Dich
nicht bis dahin schon ausgezogen unter Deck hat." Cait
warf ihr ein Lächeln zu, als Keelin stöhnte.

„Weißt Du, ein Teil davon macht mich wahnsinnig,
und der andere Teil will es einfach."

„Hör auf den Teil, der es will." Cait hob ihr Glas auf
Keelin.

KAPITEL NEUNZEHN

K eelin grübelte über Caits Rat nach auf dem Weg
nach Hause, um sich für ihre Verabredung fertig
zu machen. Sie hatte recht. Keelin musste weniger auf
ihren Kopf hören und mehr auf ihr Herz. Keelin ertappte
sich selbst dabei, wie sie mit dem Radio mit summte,
während sie die Küstenstraße navigierte. Es war ein komisches Gefühl – seine Berufung zu finden. Boston war
Welten entfernt. Nicht mehr unter der Kontrolle ihrer
Mutter zu sein und weg vom Bedürfnis, die Schule zu
beenden, hatte sie befreit in einer Art, die sie sonst nie
gekannt hätte. Unter Fionas Anleitung lernte sie langsam
ein komplett neues Handwerk, das ihre Seele singen ließ.
Allein dafür war sie schon dankbar. Für den attraktiven
Nachbarn, den sie in einem Rutsch vernaschen wollte? Sie
war nicht sicher, ob dankbar das richtige Wort dafür war.
Sie beschloss, den Abend zu genießen und auf ihr Herz zu
hören und nur auf ihr Herz. Es sollte sie führen, wohin es
wollte.

Keelin lachte, als sie in die Einfahrt fuhr. Flynns Hund

stand in Habachtstellung mit einem Korb Blumen in ihrer Schnauze. Dieser Mann ließ keine Gelegenheit aus, dachte sie, als sie aus dem Auto sprang und den Korb in ihre Hände nahm. Eine kleine Karte war zwischen die Wild-blumen gesteckt. Keelin lehnte sich hinüber und rieb Teagans Hals. „Na geh schon, Mädchen. Du kannst ihm sagen, dass ich den Korb bekommen habe." Sie lächelte, als Teagan losrannte über die Hügel. Das kommt mit auf die Liste der skurrilen Dinge hier, dachte sie. Keelin klemmte den Korb unter ihren Arm und riss die Karte auf, als sie die Tür mit der Hüfte aufstieß.

„OBWOHL LIEBLICH UND hold wie die Rose des Sommers
*   war es doch nicht ihre Schönheit allein, die mich*
gewann.
*   Oh nein! Es war die Wahrheit in ihrem Auge,*
immer wach
*   Darum liebe ich Mary, die Rose von Tralee."*

HMM, dachte Keelin. Jetzt rezitierte Flynn schon Poesie für sie? Sie verbarg ein kleines Lächeln, als sie über die Zeile nachdachte und über die Wahrheit in ihrem Auge. Ob Flynn wollte, dass sie ihm von ihrer Gabe erzählte? Sie war nicht sicher, ob sie bereit war, dies mit ihm zu teilen. Verdammt, sie musste das alles noch selbst für sich ergrün-den. Keelin war nicht sicher, ob sie soweit war, es anderen, also normalen Leuten, zu erzählen.

    Keelin suchte in den Schränken, bis sie eine schöne Kristallvase für die Blumen fand. Sie summte weiter vor sich hin, als sie die Blumen für die Vase zuschnitt. Es war ein wunderbarer Sommertag und die Fenster standen weit auf, um die Meeresbrise zu erhaschen. Keelin hörte Ronans Bellen näherkommen, als Fiona den Weg hoch ging und ins Haus kam. Fiona stand still und rief beim Anblick der Blumen bewundernd aus, während Ronan zu Keelin rannte, um ihre Füße zu lecken.

„Sieh mal an. Der Junge ist gut erzogen." Fiona machte Getue um die Blumen und stellte sie auf einen kleinen Tisch am offenen Fenster. „Die sind wunderschön."

„Ich weiß. Ich muss zugeben, das hat er gut gemacht." Keelin sah die Blumen misstrauisch an.

Fiona drehte sich um und umarmte Keelin. „Es ist einschüchternd, wenn man umworben wird. Und auch total aufregend. Akzeptier es, genieß es und lass Dich einfach treiben. Du wirst heute Abend Spaß haben. Ich vermute, dass Flynn weiß, wie er eine Frau behandeln muss, damit es ihr gut geht." Fiona hob ihre Augenbrauen. Keelin lachte und legte ihre Stirn an ihre an.

„Ich liebe Dich. Das meine ich wirklich. Ich bin so froh, dass ich hierhergekommen bin und Dich kennengelernt habe."

„Ich auch, mein Liebes. Jetzt sollten wir Dich fertig machen für Dein Date." Fiona eilte in Keelins Zimmer und zog das Kleid heraus, das sie für sie gebügelt hatte. „Du solltest Dein Haar offen und etwas wild tragen. Dezenten Schmuck, denke ich. Nur Haut, das wunderbare Haar und dieses Kleid. Das ist viel aussagekräftiger und sexy. Hast Du flache Sandalen?"

„Hab ich; ich wollte diese mit dem Goldfaden anziehen." Keelin zog ein Paar flache goldene Flechtsandalen heraus. Damit würde sie auf dem Boot gehen können, ohne über etwas zu stolpern oder ihr Gleichgewicht zu verlieren.

„Perfekt. Jetzt ab in die Dusche. Und vergiss nicht, Dich zu rasieren!" Fiona blinzelte ihr zu und Keelin lachte und schüttelte ihren Kopf. Es schien, als ob das ganze Dorf wollte, dass sie heute Nacht Sex hatte.

Keelin nahm sich Zeit in der Dusche und genoss den Dampf und die Wärme. Hinterher rieb sie eine natürliche Lotion in ihre Haut. Sie roch leicht nach Vanille und sie hatte sie mit Fionas Hilfe selber kreiert. Sie war stolz auf ihre Arbeit und freute sich über den kleinen Tiegel. In Boston könnte sie sowas vermutlich für einen Haufen Geld verkaufen. Sie würde es als komplett natürliches irisches Produkt aus Kräutern bezeichnen. Die Iren in Boston würden es ihr aus den Händen reißen, dachte sie. Keelin fand, dass das eine ziemlich geniale Idee war und griff ihren iPad vom Bett, um ein paar Notizen zu machen. Mit einer schönen Webseite und ein paar gekonnt ausgewählten Produkten könnte sie vermutlich einen netten kleinen Nebenverdienst haben. Darüber nachzudenken, Unternehmerin zu werden, lenkte sie von der Nervosität über ihre Verabredung ab, während sie ihre Haare trocknete und sie lose in Wellen über ihre Schultern taumeln ließ. Keelin rümpfte ihre Nase, als sie ihr Gesicht im Spiegel sah. Sie beschloss, Eyeliner zu benutzen, der ihre Augen blitzen ließ, einen Hauch von Rouge für ihre Wangen, aber ihre Lippen natürlich zu lassen. Das Kleid würde heute Abend der Hit sein.

Keelin zog gerade das Kleid über ihre Schultern, als sie das Klopfen an der Tür hörte und Fionas Stimme, als sie öffnete. Sie hätte schwören können, sie konnte Fiona wie ein kleines Mädchen kichern hören und rollte mit den Augen. Flynn könnte einen tollwütigen Hund bezirzen, dachte sie. Keelin fühlte ihre Nervosität, als sie den Spiegel geraderückte und sich noch einmal selbst begutachtete, bevor sie ins Wohnzimmer ging. Das rote Kleid erfüllte das Versprechen, das es im Laden gemacht hatte und betonte alle ihre Kurven. Fiona hatte recht gehabt damit, dass Keelin ihr Haar offen und wild tragen sollte. Mit nur einem Hauch von Make-up, wildem Haar und hübschen goldenen Sandalen sah Keelin sexy, unbeschwert und selbstsicher aus. Sie atmete tief ein und ging, um Flynn zu treffen.

KAPITEL ZWANZIG

Flynns Augen weiteten sich, als Keelin den Raum betrat. Sie lächelte ihn scheu an, als er seine Unterhaltung mit Fiona abbrach und seinen Blick über sie schweifen ließ. Zum ersten Mal hatte der Mann nichts zu sagen.

„Hallo, Flynn", sagte Keelin schüchtern, während sie ihren Schal und eine kleine Tasche einsammelte. Flynn nickte ihr zu und Fiona stellte sich auf die Zehenspitzen, um ihr ein Küsschen auf die Wange zu geben. Sie nahm ein Buch und wünschte ihnen einen guten Abend, bevor sie sich in ihr Schlafzimmer zurückzog. Flynn ging rasch um den Tisch herum und stellte sich vor Keelin. Sie ging einen Schritt zurück und fühlte sich etwas unsicher. Er hatte noch kein Wort gesagt, und das gab ihr ein komisches Gefühl im Magen.

Langsam hob Keelin ihren Blick und sah in Flynns Augen. Ihr tiefes Blau leuchtete sie an, als er sich hinunter lehnte und an ihrem Mund knabberte. Sanft und unglaublich zärtlich drückte er seine Lippen auf ihre.

Als er sich wieder zurückbeugte, lächelte er sie an. „Du siehst atemberaubend aus. Wenn Du mich bestrafen willst, ist dieses Kleid genau richtig dafür. Ich werde kaum in der Lage sein, heute Abend eine Unterhaltung zu führen, ohne darüber nachzudenken, was Du darunter anhast." Flynn zog eine Augenbraue hoch.

Keelins Mund wurde trocken. Sie schluckte. „Unter dieses Kleid passt nicht viel." Sie quietschte, als er sie an sich zog und sich über sie beugte, um sie wieder zu küssen. „Stop, stop. Komm schon, ich will dieses Boot von Dir sehen." Keelin lugte zu Fionas Tür. Sie war sicher, die alte Frau stand an der Tür und hörte zu.

Flynn stöhnte. Er ergriff ihre Hand und zog sie aus dem Zimmer und zu einem neueren Truck, der in der Einfahrt stand. Er hielt an der Tür an und half ihr hinein. Seine Hand glitt an ihrem Bein herunter, bevor er die Tür zumachte. Keelin atmete zitternd ein. Bei dieser Spannung zwischen ihnen zweifelte sie, dass sie es bis zum Abendessen schaffen würden.

„Und, wo dockst Du Dein Boot?", fragte Keelin, als Flynn rückwärtsfuhr und seinen Truck in die andere Richtung über die Hügel lenkte. Die Sonne fing gerade an, zum Horizont zu wandern, und eine sanfte Brise wehte die Gerüche des Meeres durch das Fenster.

„Auf der anderen Seite der Bucht. Ich habe da mehrere Docks für verschiedene Boote. Es hängt immer davon ab, was ich an dem Tag fischen will."

„Oh, und was willst Du heute Abend angeln?", sagte Keelin frech.

Flynn richtete seinen durchdringenden Blick auf sie. „Den großen Preis natürlich."

Keelin schluckte und antwortete ihm nicht. Er gluckste, während er seinen Truck den Hügel herunter lenkte zum glänzenden Ufer unter ihnen. Mehrere Docks beherbergten eine große Auswahl von Booten, von kleinen Zweisitzern bis hin zu einer großen, strahlend weißen Yacht.

„Der Zweisitzer, nehme ich an?" Keelin stocherte an seiner Brust, als er ihr beim Aussteigen half. Flynn lachte und hielt ihre Hand, als sie zu den Docks gingen. Es war überraschend angenehm – die Art, wie ihre kleine Hand sich in seiner rauen Hand fühlte. Kleine Hitzefühler schienen ihren Arm da hochzukriechen, wo sie sich berührten.

Flynn führte sie zum Dock, an dem die Yacht lag. Obwohl das Boot viel größer war als alle anderen in seiner Flotte, brauchte es nur einen Kapitän. Keelin sah niemanden sonst an Bord, als er sie über den glatten Landungssteg zur ersten Ebene des Boots führte. Die Wandvertäfelung und der Boden waren auf der ganzen Länge des Bootes aus warmem Teakholz. Weiße Leder-kissen waren überall auf dem Boot verteilt, und verschie-dene Plätze luden den Besucher ein, es sich bequem zu machen. Vorn am Boot war ein kleiner Tisch gedeckt mit Blumen und kleinen Kerzen in Weckgläsern, und eine Flasche Champagner stand in einem Eiskübel. Flynn zeigte auf den Tisch.

„Würdest Du den Champagner öffnen, während ich uns auf den Weg bringe?", fragte er, als er die Leinen losmachte, die das Boot am Dock hielten. Er ging zum Steuer und eine Reihe von Piepstönen war zu hören, bevor das kräftige Geräusch des Motors unter dem Boot dröhnte.

Keelin beobachtet ihn, wie er das Boot kompetent vom Dock wegmanövrierte und es in Richtung Meer lenkte. Es schien, als ob er alles gekonnt machte. Dies war ein Mann, der seine eigenen Kräfte kannte. Er musste ihre Gedanken gelesen haben, weil er ihr einen Blick zuwarf, der sie veranlasste, einen schnellen Schluck von ihrem Champagner zu nehmen, um die Hitze in ihrem Magen zu kühlen.

„Hättest Du gern ein Glas?" fragte sie ihn rasch.

„Klar, ein kleines. Ich trinke selten, wenn ich auf dem Boot bin." Keelin kam vom Tisch herüber, um neben ihm am Steuer zu stehen. Er nahm das Glas und sie blieb an seiner Seite und blickte über den Ozean, als die Sonne kurz davor war, hinter dem Meer einzutauchen.

„Es ist so schön. Es macht Spaß, auf dem Wasser zu sein. Ich habe noch nicht viel mitbekommen von der Wasserperspektive, seit ich hier bin. Ich fühle mich vom Land eingeschlossen", sagte Keelin, als sie sich umdrehte und die grünen Hügel ansah, die hinter ihnen immer kleiner wurden.

„Möchtest Du mal fahren?", fragte Flynn.

„Ich? Ja! Total gern." Keelin kicherte, als er mit ihr die Plätze tauschte und ihr die Instrumente zeigte. Sie liebte das Gefühl des bebenden Steuerrads in ihren Händen. „Können wir schneller fahren?" Keelin schrie auf, als Flynn hinter sie trat und Vollgas gab. Die plötzliche Bewegung warf sie nach hinten gegen seinen harten Körper, und er legte seine Arme um ihre Taille, um sie zu stützen. Sie lachte, als der Wind ihr die Haare um die Ohren wehte und die Wellen unter dem Boot aufschlugen. Es war befreiend, so über das Wasser zu rasen. Sie seufzte, als Flynn den Motor wieder drosselte und das Röhren langsamer wurde.

„Ich habe Essen geplant und möchte nicht, dass es schlecht wird. Möchtest Du in der Bucht essen?" Flynn hob seine Augenbrauen herausfordernd hoch.

„Was? Nein. Ernsthaft? Meinst Du, das wäre ok?" Keelin zitterte etwas bei dem Gedanken an das blaue Leuchten der Bucht.

„Es ist ok. Du und ich haben kein Problem, dahin zu gehen, solange unsere Absichten rein sind." Seine Augen durchbohrten ihre. Sie starrte auf sein verwehtes Haar, das seine kantigen Gesichtszüge umrahmte. Er lehnte sich lässig gegen die Seite des Boots und sah sexy aus in seinem Hemd, das über seinen lockeren Shorts hing. Sie wollte es mit ihren Zähnen aufknöpfen.

„Oh, sie sind rein", sagte Keelin rasch, obwohl ihre Gedanken alles andere als das waren.

Flynn warf ihr ein kurzes Grinsen zu, bevor er das Boot in die Bucht fuhr. Er hielt im tieferen Teil des Wassers an und warf einen Anker auf den Grund. Flynn schaltete den Motor aus und das Boot wiegte sich lässig, während kleine Wellen gegen die Seiten schlugen. Keelin atmete die Meeresluft tief ein und sah die Bucht aus einem neuen Blickwinkel. Das letzte Sonnenlicht strahlte über der Öffnung der Bucht und schoss Strahlen durch ihre Mitte, während die umliegenden Hügel in der Dunkelheit verborgen blieben. Keelin dreht sich um, als Flynn an ihren Haaren zog. Er zeigte nach oben in den Himmel, wo ein Vollmond begann aufzugehen, während die Sonne unterging. Es war wie ein Schlag in die Magengrube, als Keelin dieses Panorama als exakte Kopie des Bildes erkannte, das Aislinn ihr gegeben hatte. Wenn es je so was gab wie ein klares Signal, dachte sie. Ein leichtes Summen begann ihr Blut zu füllen und Keelin beschloss, ihre eigene Gabe zu nutzen.

„Was gibt's denn zum Essen?", fragte Keelin, als sie sich Flynn näherte.

„Ich habe Käse, Obst, Salat, braunes Brot, und wollte in der kleinen Küche unten ein paar Jakobsmuscheln braten." Flynn beäugte sie argwöhnisch, als sie ihm näherkam. „Warum?"

„Kann das warten?" Keelin schlang ihre Hände um seinen Hals und lehnte sich hoch, um an seinem Mund zu knabbern. Sie wollte nur ein bisschen probieren.

„Oh, ja. Es kann warten." Flynn legte seinen Mund auf ihren und sie stöhnte auf, als er sie hochhob und ihre Beine um seine Taille legte. Seine Lippen griffen ihre weiter an, als er seine Zunge tief in ihren Mund tauchte. Keelin fühlte, wie Erregung in ihrem Innersten aufwallte, während er sie rückwärts führte. Sie stieß ein kleines Lachen aus, als er mit ihr an einen Stuhl stieß.

„Komm, wir gehen nach unten." Flynn setze sie ab und fing an, sie zur Treppe zu ziehen. Keelin sah ihn an und schüttelte ihren Kopf verneinend. Das blasse Mondlicht wusch über sie, als sie den Saum ihres Kleides ergriff. Flynns Augen wurden schmaler und feurig, als sie das Kleid über ihren Kopf zog und es auf den Stuhl warf.

„Hier." Keelin fühlte sich wie unter Drogen. Das weiche Mondlicht umspielte ihre Kurven und Senkungen. Unter ihrem Kleid trug sie keinen BH und nur einen winzigen Tanga. Ihre Schuhe glitzerten an ihren Füßen. Lachend warf sie ihre Haare zurück und hob ihre Arme in den Himmel. „Definitiv hier."

„Oh, Gott. Du bist fantastisch." Flynn sprang zu ihr

und zog sie zur Vorderseite des Boots, wo er ein paar Handtücher auf ein langes, niedriges Loungebett legte, das den größten Teil des vorderen Bereichs der Yacht einnahm. Er drehte sich um, zog sie zu ihm und ließ seine Hände über ihre Kurven gleiten. „Ich kann nicht anders." Ohne ein weiteres Wort senkte er seinen Kopf und nahm ihre rechte Brust in seinen Mund, während seine Hände beide umfassten. Keelin stöhnte, als sie von Lustgefühlen überschwemmt wurde und sie keuchte, als er ihre Brustwaren mit seiner Zunge umkreiste.

„Oh, ja. Bitte, ich liebe das." Der sanfte Druck seines Munds erhöhte sich, als er heftiger an ihr saugte. Keelin rannte ihre Hände durch sein dickes Haar und versuchte, nicht zu einer Pfütze auf dem Boden zu werden. Sie keuchte, als eine rau gearbeitete Hand an ihrer Taille herunter glitt und ihren großzügigen Hintern umspannte. Flynn schob sie langsam zurück, um auf dem Bett zu sitzen. Er stand über ihr und stöhnte, als er begann, sein Hemd aufzuknöpfen.

„Warte, lass mich." Keelin kniete auf dem Bett und lächelte ihn scheu an. Sie hatte Schwierigkeiten, nicht ihren Kopf zu verlieren, aber Leidenschaft floss durch ihren Körper genauso wie Gefühle. Sie biss sich nervös auf die Lippe, als sie den ersten Knopf seines Hemds aufmachte und seine gebräunte Brust freilegte. Als Test lehnte sie sich nach vorn und küsste sanft seine Brust. Er hielt die Luft an und sie lächelte. Seine Haut roch nach Sonne. Keelin machte schnell die anderen Knöpfe auf und folgte dem Pfad, den sie mit ihrem Mund begonnen hatte. Flynn stöhnte, als sie seine Gürtelschnalle erreichte. Eine eindeutige Schwellung drückte gegen seine Hose. Keelin lehnte sich näher und küsste die Muskellinie, die in seine Hose tauchte. Sie lachte, als er ein leises Knurren von sich gab und zog ihre Zunge über seinen Bauch, um die andere Seite zu küssen. Sie wand sich, als Lust sie durchflutete. Sie schob ihre Hände an seiner harten Brust hoch und sie sahen einander an. „Ich will Dich. Alles von Dir."

„Gott, Keelin. Ich wollte Dich seit dem Moment, als ich Dich gesehen habe. Sogar davor. Ich schwöre, ich habe von Dir geträumt."

Das war das enthüllendste, was Flynn ihr je gesagt hatte, und Keelin lächelte über die Wärme, die sie durchzog. Sie hielt seinen Blick fest, öffnete seine Gürtelschnalle und befreite ihn. Sie bückte sich und nahm ihn in einer gleitenden Bewegung tief in ihren Mund. Flynn keuchte, als sie ihn mit ihrem Mund reizte. Sie war sich ganz ihrer Macht bewusst, als sie bei ihrem Liebesspiel die Zügel in die Hand nahm. Betrunken von ihrer Kontrolle erhöhte Keelin die Geschwindigkeit, bis Flynn sie plötzlich hochhob und wieder auf das Bett warf.

„Wenn Du so weitermachst, ist alles vorbei, bevor wir richtig angefangen haben, und ich habe eine Menge Pläne für Dich, meine Liebe", sagte Flynn, als er sich auf dem Bett über sie setzte und ihren Tanga über ihre Beine herunterzog.

Keelins Herz zog sich zusammen bei der Erwähnung von Liebe. Sie fragte sich, ob er es meinte oder ob es einfach nur ein Kosename war. Sie lehnte ihren Kopf zurück und starrte in den Nachthimmel. Die Sterne fingen an zu funkeln in der Dunkelheit und der blasse Vollmond stieg langsam auf. Keelin zuckte, als Flynns raue Hände an ihren Beinen hoch glitten. Sein Mund folgte ihnen und er leckte an ihrem weichen inneren Schenkel. Ihre Beine zuckten dabei und sie versuchte, sich nicht zu winden. Keelin blickte nach unten und sah Flynns Kopf zwischen ihren Beinen. Sein Blick war raubtierhaft und er zeigte ein wölfisches Grinsen.

„Ich will, dass Du zusiehst." Keelins Körper verkrampfte sich, als er seinen Mund zu ihrem empfindlichsten Punkt brachte und sie mit seiner Zunge liebkoste. Sie beobachtete seinen dunklen Kopf, wie er sich zwischen ihren Beinen auf und ab bewegte und seine muskulösen Arme kamen hoch, legten sich um ihre Beine und umfassten ihren Hintern. Er hob sie und zog sie näher an sich heran. Keelins Kopf fiel zurück gegen das Bett und sie krümmte sich gegen seinen Mund, als Hitze sie durchschoss. Keelin schrie, als er sie hielt, während sie gegen sein Gesicht bockte. Ihr empfindlicher Kern kribbelte bei seiner Berührung. Während das Beben ihren Körper durchschüttelte, kamen Keelin fast die Tränen, so dankbar war sie. Als sie verausgabt war, legte er sie sanft auf die Lounge und positionierte sich so, dass er zwischen ihren Beinen lag und sich auf seinen Armen abstützte. Eine gewaltige Lust pulsierte durch Keelin und sie legte ihre Arme um seine starken Schultern und zog Flynns Gewicht voll auf sich. Hungrig küsste sie seinen Mund und schmeckte ihre eigene Süße auf seinen Lippen.

„Ich brauche – ich will –", stöhnte Keelin, als sie ihre Beine um ihn legte und seine harte Länge näher an ihren Kern zog. „Ich will Dich."

„Ah, Keelin, Liebling. Ich will Dich auch." Flynn sog an ihrer Unterlippe, als er lang und tief in sie eindrang.

Keelin keuchte und stöhnte in seinen Mund, als er sie

bis zu ihrem tiefsten Innersten ausfüllte. Ihre Muskeln spannten sich instinktiv um ihn herum und kleine Blitze der Begierde begannen, durch sie zu schießen, als Flynn langsam in sie hinein rockte. Fieberhaft kratzte Keelin an seinem Rücken, als Flynn schneller wurde. Wieder und wieder streichelte er sie tief innen, während sie sich an seinen Schultern festhielt. Mit einem letzten Aufschrei explodierten sie gleichzeitig. Sie hielt ihre Arme eng um Flynn geschlungen, öffnete ihre Augen und sah über seine Schulter. Ein merkwürdiges Licht schien um sie herum und Keelin zuckte zusammen. Sie machte einen langen Hals und sah, wie das Wasser in der Bucht tiefblau glühte.

Flynn flüsterte in ihr Ohr: „Geht es Dir gut?"

„Was? Ja, es geht mir gut. Besser als gut." Keelin sah zu, wie das Licht schwächer wurde und so schnell verschwand, wie es gekommen war. Sie erinnerte sich an Fionas Worte, dass die Bucht in der Gegenwart von Liebe glühte. Zitternd und unsicher vergrub sie ihr Gesicht an Flynns Hals.

„Hmm, ich hätte vorher fragen sollen. Nimmst Du die Pille?" Keelin warf einen schnellen Blick auf Flynns Gesicht, das eine Mischung aus Sorge und Bedauern zeigte.

„Ja, tue ich. Mach Dir keine Sorgen deswegen." Keelin hätte sich selber treten können. Sie war noch nie vorher so unbedacht gewesen. Was war über sie gekommen? Flynn gab ihr einen kleinen Kuss und rollte herum, so dass sie auf ihm lag. Sie sah hinunter in sein schönes Gesicht und lächelte. Flynn war, was über sie gekommen war, das war es, dachte sie.

„Ich habe Hunger. Bereit fürs Essen?", fragte Keelin.

„Oh, bin ich. Da ist nur noch eine Kleinigkeit", sagte Flynn.

„Und das wäre?" fragte Keelin und schrie, als er sie zu sich zog, schon wieder bereit für sie. „Nein, wirklich?"

„Wirklich."

KAPITEL EINUNDZWANZIG

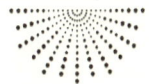

Später ging Keelin in das kleine Badezimmer unter Deck. Sie hatte ihr Kleid wieder angezogen und untersuchte ihr Gesicht im Spiegel. Ihre Haut sah taufrisch aus nach einer, nein zwei, gesunden Runden Sex, dachte sie. Ein kleiner Hauch von Röte betonte ihre Wangen und ihre cognacfarbenen Augen leuchteten hell. Sie lächelte sich selbst an. Sie sah das erste Mal seit langer Zeit glücklich aus. Sie war glücklich, dachte sie.

Nachdem sie sich etwas erfrischt hatte, ging Keelin nach oben, wo sie das Aroma von Jakobsmuscheln erwartete. Flynn hatte sie anscheinend gebraten, während sie im Badezimmer war. Der Tisch war gedeckt mit einem kleinen Käsebrett, Obst und braunem Brot. Da waren kleine Schalen mit Salat und er hatte die Jakobsmuscheln auf hübschen Keramiktellern angerichtet. Eine Flasche Weißwein stand im Kühler.

„Wein?"

„Ja, gern." Plötzlich errötete Keelin schüchtern, als er

auf sie zuging und ihr das Glas gab. Flynn lachte sie an und gab ihr einen kleinen Kuss.

„Du musst jetzt nicht rot werden, meine Liebe. Ich habe alles an Dir gesehen." Keelin stöhnte, als er sie anlachte. Da war es wieder, das Wort Liebe. Sie musste aufpassen, wie oft er es bei anderen Leuten benutzte, oder nur bei ihr.

Sie setzten sich an den Tisch und bald begann Flynn, sie mit Geschichten aus seiner Kindheit zu unterhalten und darüber, wie er in den Hügeln aufgewachsen war. Er erzählte ihr von seiner Liebe für Hunde und wie sie sich für ihn in ein leidenschaftliches Hobby entwickelt hatte. Keelin erzählte ihm, wie es war, in Boston aufzuwachsen – als Einzelkind mit einer alleinstehenden Mutter. Seine Kindheit erschien viel reicher als ihre. Was sie ihm sagte, während sie die Butter und Jakobsmuscheln auf ihrer Zunge zergehen ließ.

„Es scheint wie die perfekte Kindheit."

„Ich kann mich nicht beklagen. Ich bin nicht sicher, wie es mir in einer Großstadt ergangen wäre. Ein Junge braucht die Hügel, um zu streunen und zu lernen. Glücklicherweise waren meine Eltern sehr nachsichtig und erlaubten mir, eine Reihe von verschiedenen Interessen zu entwickeln. Daher das Fischen, die Restaurants, die Hunde. Ich habe Schwierigkeiten, mich auf nur eine Sache zu konzentrieren."

„Na ja. Das ist doch bewundernswert. Erzähl mir von Deinen Restaurants." Keelin nippte an ihrem Wein und sah, wie seine Augen leuchteten, wenn er darüber redete, Jobs zu schaffen in kleinen Dörfern, die Touristenattraktionen brauchen. Sie bewunderte, wie involviert er war, nicht nur in seinen Geschäften, sondern auch in der schwierigen irischen Wirtschaft. „Wie jonglierst Du so viele Geschäfte?"

„Ich habe überall Manager, denen ich vertraue. Sie alle besitzen einen Anteil am Restaurant, so dass sie genauso viel Interesse daran haben wie ich." Flynn gestikulierte mit seiner Gabel, als er noch eine Jakobsmuschel aufspießte.

„Das ist clever. Ich muss sagen, Du bist wirklich ein netter Mann. Ich sehe, wie Du mit Deinem Hund umgehst, und mit Deinen Angestellten. Fiona liebt Dich."

„Und ich sie." Flynn nickte Keelin zu, als er ein Stück Brot abbrach.

„Ist das Heilungsding komisch für Dich?", fragte Keelin beiläufig, während sie sich ein Stück Käse in den Mund schob.

„Warum sollte es? Menschen benutzen seit Jahrhunderten Kräuter für natürliche Heilmittel. Es ist nicht so ungewöhnlich."

Flynn wies ihre Kräfte ziemlich leicht von sich, dachte Keelin.

„Nein, ich meine, na ja, das schon. Aber weißt Du, das ganze andere Zeug." Keelin war nicht sicher, wie sie es sagen sollte.

„Was, die Gerüchte, dass sie eine Hexe ist? Die Frau ist genauso eine Hexe wie mein Hund." Flynn lachte, als er aufstand, um abzuräumen und ging unter Deck.

Keelin war fassungslos. Sie saß und starrte in die Dunkelheit der Bucht. Er wusste es nicht. Fiona hatte ihm nie von ihrer Fähigkeit erzählt, mit ihren Händen heilen zu können. Hitze floss durch sie. Sie wusste nicht, ob sie es ihm sagen sollte. Sie hatte Angst davor. Was, wenn er sie hassen würde?

„Du weißt, dass dieses Zeug alles Blödsinn ist. Und Leute, die das wirklich glauben, sind einfach verrückt", sagte Flynn, als er mit kleinen Stücken Käsetorte auf Tellern zurückkam. „Mach Dir keine Sorgen, ich würde niemals so etwas furchtbares über Fiona glauben."

Keelin nickte und nahm still einen Schluck Wein. Sie zitterte. Sie konnte es ihm nicht sagen. Er würde denken, sie wäre ein Freak. Könnte sie eine Beziehung mit Flynn haben und dies vor ihm verbergen? Sie sah ihn an, wie er lächelte und ihr stolz den Käsekuchen präsentierte. Oh ja. Sie wollte dies. Sie wollte eine Chance mit ihm. Sie beschloss, ihren Mund zu halten und probierte den Käsekuchen. Sie stöhnte, als die Süße auf ihrer Zunge explodierte.

„Das ist fantastisch."

„Ich weiß, oder? Diese alte Frau in der Stadt, die aussieht wie ein Troll, macht die leckersten Nachspeisen. Ich beauftrage sie, alle meine Restaurants mit Kuchen zu versorgen. Es schmeckt himmlisch."

Keelin schlang ihr Stück herunter, zusammen mit ihrem Glas Wein. Sie fragte sich, ob der heutige Abend alles sein würde, was sie mit Flynn haben konnte, bevor er ihre wahre Identität entdeckte. Es würde irgendwann herauskommen. Voller Verzweiflung sprang sie unvermittelt auf.

„Du hast mir unten noch gar nicht alles gezeigt, Flynn." Keelin hob eine Augenbraue und schob ihre Hüfte vor. Flynns Teller klapperte auf den Tisch und er sprang auf, um seine Arme um ihre Taille zu legen. Seine Lippen schmeckten nach Käsekuchen und sie lächelte ihn an, als er sie nach unten führte.

Dieses Mal wollte sie nicht auf die Bucht schauen.

KAPITEL ZWEIUNDZWANZIG

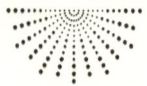

Später am Abend parkte Flynn in ihrer Einfahrt. Er lehnte sich herüber und drückte einen sanften Kuss auf ihre Lippen, bevor er ausstieg und um die Motorhaube herumging. Flynn öffnete die Tür und half ihr herunter. Er hielt sacht ihre Hand, als er sie zur Tür brachte.

„Ich würde Dich ja fragen, ob ich die Nacht bei Dir verbringen kann, aber ich möchte Fiona nicht schockieren", sagte Flynn und lehnte seine Stirn an ihre. Keelin fühlte, wie Wärme sie durchströmte und ihr Herz sich etwas zusammenzog und bebte.

„Eines Tages vielleicht."

„Ich würde gern nochmal mit Dir ausgehen." Flynn hauchte einen Kuss auf ihre Lippen.

„Ja, es hat mir Spaß gemacht." Flynn lachte sie an, als sie errötete bei dem Gedanken an den Spaß, den sie gehabt hatten.

„Ich komme übermorgen vorbei. Wir können vielleicht auf dem Hügel spazieren gehen?"

Keelin nickte. Sie musste ihn wiedersehen. Sie wollte

nicht, dass er ging. Hitze pulsierte an jeder Stelle, an der sein Köper mit ihrem Kontakt gehabt hatte.

„Ja, Montag. Ich stelle mich darauf ein." Sie drehte sich um und schlich durch die Tür. Sie hörte nur noch seine leisen Worte.

„Gute Nacht, mein Liebling."

KAPITEL DREIUNDZWANZIG

Am nächsten Tag ließ Keelin laufend den Abend in ihrem Kopf Revue passieren. Sie war irgendwie nervös. Den ganzen Morgen wiederholte sie seine Worte. War „meine Liebe" das gleiche wie „jemanden lieben"? War es nur ein Kosewort? Ihr Herz zog sich zusammen bei dem Gedanken, ihn zu lieben. Die Erinnerung an das leuchtende Wasser der Bucht verfolgte sie.

Fiona kam von draußen herein und brachte Sonnenschein und einen ungestümen Welpen mit. Keelin lächelte, als Ronan zu ihr rannte und um ihre Füße wuselte, während er darum bettelte, gekrault zu werden.

„Keelin! Wie war Dein Abend gestern?", fragte Fiona außer Atem. Sie hängte ihren Mantel an den Haken bei der Tür und ging zum Tisch mit den Beuteln voller Kräutern, die sie an dem Morgen gesammelt hatte. Keelin wurde rot, als sie darüber nachdachte, wie sie antworten sollte. „Aha, er ist also ein guter Liebhaber", sagte Fiona, als sie die Röte in Keelins Gesicht sah.

Keelin seufzte. „Er ist wunderbar. Alles an ihm. Er ist

ein guter Arbeitgeber, sorgt sich um die Wirtschaft, liebt Hunde, ist ehrlich und arbeitet hart. Mal ganz abgesehen von gutaussehend." Keelin trat das Tischbein.

„Und warum bist Du nicht glücklich?" Fiona hielt inne beim Sortieren ihrer Kräuter und schenkte Keelin ihre volle Aufmerksamkeit.

„Ich bin einfach...ich weiß nicht. Ich konnte ihm nicht von unserer Kraft erzählen." Sie sah Fiona nervös an. „Wie hast Du es Opa erzählt?"

„Na ja, Schatz, ich war einfach ehrlich mit ihm. Wenn Du der Person, die Du liebst, nicht alle Seiten Deiner Seele zeigen kannst, liebt sie dann wirklich Dich oder nur die Vorstellung von Dir? Warum würdest Du so leben wollen? Auf immer ein Geheimnis hüten?"

„Ich weiß nicht. Wirklich nicht. Ich denke, ich bin es nicht gewöhnt, darüber zu diskutieren, und ich weiß, wie es in der Vergangenheit meine Beziehungen zerstört hat. Ich habe Angst. Ich glaube wirklich, dass es ernst ist mit Flynn. Die Bucht hat letzte Nacht geleuchtet."

„Ahhh." Fiona eilte um den Tisch herum und umarmte Keelin. „Also ist es Liebe. Auf beiden Seiten. Du musst es ihm sagen, Keelin."

„Ich weiß. Ich weiß. Das werde ich. Wir gehen morgen wandern. Vielleicht erzähle ich es ihm dann."

KAPITEL VIERUNDZWANZIG

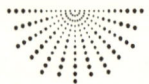

K eelin war unruhig und beschloss ins Dorf zu fahren, um Cait von Flynns Boot zu erzählen. Und, na ja, einfach mit jemandem zu reden, der ähnliche Probleme hatte wie sie. Keelin parkte am Pub und streckte sich. Sie konnte Muskeln spüren, die sie lange nicht benutzt hatte. Obwohl sie nervös war, war es ihr fast unmöglich, nicht zu lächeln. Ein Abend, an dem sie vernascht wurde, als wäre sie das beste Dessert auf dem Tisch, verursacht das, dachte Keelin, und schwang durch die Tür des Pubs.

„Na, ich bin halt keine von diesen schicken Frauen, mit denen Du es sonst zu tun hast, oder?", schrie Cait Shane an. Ihr erhitzter Ton ließ Keelin stillstehen.

Cait und Shane standen sich nur einige Zentimeter entfernt gegenüber und ihre Brustkörbe hoben und senkten sich.

„Oh Mann", flüsterte Keelin und bewegte sich nicht.

„Wer hat gesagt, dass ich eine von diesen schicken Frauen will?", entgegnete Shane.

„Das können doch alle sehen, oder etwa nicht? Nichts als die reichsten für Shane", sagte Cait.

„Ich weiß nicht, wo das herkommt, Cait. Du bist verrückt", sagte Shane und strich sich frustriert die Hände durchs Haar.

„Oh, verrückt, ja? Na ja, dann kannst Du Dich gleich aus meinem Pub hinausbewegen. Du solltest Dich besser nicht mit einer verrückten Frau abgeben, oder?", spuckte Cait.

Keelins Kinnlade fiel herunter, als Shane Cait an seine Brust zerrte und ihre Lippen mit einem heißen Kuss bedeckte, bevor er sie von sich wegschob.

„Du bist verrückt. Du machst mich verrückt. Das hier ist alles verrückt", murmelte Shane vor sich hin. Als er Keelin sah, warf er seine Hände in die Luft und fegte an ihr vorbei aus der Tür. Keelin dreht sich um, sah ihn gehen und blickte dann mit hochgezogenen Augenbrauen zurück zu Cait.

Cait stand mit ihrer Hand an ihren Lippen. Ihr Gesicht war erschlafft in einer Mischung aus Schock und Lust. Keelin ging hinüber und wedelte ihre Hand vor Caits Gesicht.

„Hallo…Erde an Cait", sagte Keelin.

Caits Augen blitzten sie an. „Tut mir leid."

„Oh, das muss es nicht. Wirklich, es war höchst amüsant", sagte Keelin und lachte. Cait ging hinter die Bar und goss ihnen beiden ein Cider ein, ohne zu fragen. Keelin setzte sich auf einen Hocker und musterte die geröteten Wangen ihrer Freundin.

„Also, willst Du darüber reden?", fragte Keelin.

„Nee, eigentlich im Moment nicht. Ich kann Dir ansehen, dass Du viel aufregendere Nachrichten hast. Also, spuck sie aus." Cait wedelte mit ihrem Cider.

Keelin beäugte sie für einen Moment. „Ok, ich gebe Dir eine Freikarte. Erstmal. Und nur weil, ja, ich habe die beste Geschichte für Dich."

Keelin glühte fast, als sie Cait von ihrer Nacht erzählte.

„Dreimal? Drei!" Cait quietschte am Ende und Keelin lachte.

„Drei", sagte sie.

„Also, wann siehst Du ihn das nächste Mal?", fragte Cait.

„Morgen: wir gehen wandern. Ich bin nervös", gab Keelin zu.

„Weil Du ihm nicht über Dich erzählt hast, oder?", fragte Cait, als sie Keelins Gedanken las.

„Habe ich nicht. Ich…er scheint sich dem Konzept so zu widersetzen. Wo fange ich da überhaupt an?", fragte Keelin, während sie eine Serviette zerfetzte.

„Ich weiß es nicht. Wirklich nicht. Aber alles, was ich sagen kann, ist…je eher desto besser. Du willst nicht zu weit gehen mit ihm, und dann findet er es selbst heraus. Das würde er Dir nie verzeihen", sagte Cait ominös.

Keelin trank ihren Cider aus und grübelte darüber nach. Cait hatte recht. Sie würde es morgen auf der Wanderung machen müssen. Im schlimmsten Fall würde er sich über alle Berge machen, um von ihr wegzukommen. Keelin konnte nur hoffen, dass es nicht so dramatisch werden würde.

KAPITEL FÜNFUNDZWANZIG

Am nächsten Tag half Fiona Keelin, ihren Rucksack zu packen. Die alte Frau betuddelte sie nervös.

„Mir geht es gut", sagte Keelin.

„Ich weiß, ich weiß. Ich will nur...na egal", sagte Fiona, als ein Klopfen an der Tür sie unterbrach.

„Ich komme!", rief Keelin und griff ihren kleinen Beutel für die Tageswanderung. „Es wird nicht spät, denke ich."

„Viel Glück, meine Liebe. Denk dran, dass wahre Liebe alles sieht."

Keelin nickte und trat in den Sonnenschein und die Wärme von Flynns Lächeln. Er hob sie sofort schwungvoll hoch und liebkoste ihre Lippen mit seinen. Überrascht lachte Keelin, bevor sie sich seinem Mund hingab. Er schmeckte urgewaltig – ein Mann der Natur. Mit einem kleinen Stöhnen stoppte sie sich selber und lehnte sich zurück, um in seine tiefblauen Augen zu sehen.

„Guten Morgen, Sexy." Keelin lächelte ihn an und versuchte, nicht in seinen Augen zu versinken. Oh, sie war ganz sicher verloren, dachte sie, als ihr Herz einen Schlag aussetzte und von einer Kante in ihren Magen zu fallen schien.

„Hey, meine Schöne. Ich habe die ganze Nacht an Dich gedacht. Ich konnte es nicht erwarten, Dich heute wieder- zusehen." Flynn lächelte offen und leicht, als er ihre Hand nahm und sie den Weg entlangführte. Keelins Herz zog sich etwas zusammen. Sie wollte in diesen einfachen leichten Rhythmus mit ihm fallen. Sie wollte keine Geheimnisse haben. Wie könnte sie das Thema anschneiden?

Sie folgten dem Pfad über die Hügel und wanden sich um die andere Seite der Bucht. Die Sonne zog sich in einen von Irlands berühmten Nebeln zurück, aber es war trotzdem warm genug für eine Wanderung. Keelin merkte, dass sie dank Fionas Unterricht viele der Pflanzen und Blumen identifizieren konnte. Sie kamen zum Fuß eines Weges, der hoch auf eine steile Klippe ging. Obwohl die Steigung nicht aussah, als wäre sie sehr lang, war der Pfad nicht einfach.

Flynn hielt unten an. „Hast Du Lust zu klettern? Es ist schwer, aber nur für ein kleines Stück. Die Aussicht ist es wert."

„Absolut. Ich würde sie gern sehen."

„Warum gehst Du nicht voran? Dann kann ich Dich auffangen, wenn Du rutschst", witzelte Flynn.

„Klar, Du willst Dir doch nur meinen Hintern anse- hen", stichelte Keelin und stocherte mit ihrem Finger in die harten Muskeln seines Bauchs. Er griff ihre Hand und zog sie heran, ließ seine Hände an ihr heruntergleiten und umfasste ihren Hintern.

„Mmm, ich liebe ihn jedenfalls. Vielleicht sollten wir hier anhalten und ein bisschen ausruhen." Flynn wackelte mit seinen Augenbrauen und zog sie heran, bis sie eng an seine harte Länge gepresst war. Hitze schoss bis in ihr Innerstes.

„Oh nein, das ist für den Gipfel. Wer als letzter oben ist, schuldet dem anderen eine Massage!" Keelin lachte und drehte sich, um den Pfad hoch zu rennen. Sie hörte ihn in sich hineinlachen, aber sah sich nicht um. Ihr Atem kam in schweren Stößen, als sie den steinigen Boden navigierte. Steine rutschten ihr unter den Füßen weg, als sie sich über scharfe Felsen hochhievte und sie erschrak, als ihr Fuß abrutschte und die harte Kante eines Zweigs erwischte. Dies war ein gefährlicher Weg und sie sollte vorsichtig sein.

„Keelin!" Flynns Schrei unterbrach ihre Gedanken. Sie drehte sich um und sah ihn von dem Vorsprung unter ihr fallen.

Panik ergriff Keelin, als sie nach Flynn schrie. Ihr Herz schlug wild, sie drehte sich, um den Felsen herunter zu rennen, aber merkte schnell, dass er dafür zu steil war. Sie würde runtergehen müssen wie ein Felsenkletterer. Sie versuchte, sich zu beeilen und rief immer wieder Flynns Namen. Keelin bewegte sich mühsam den Pfad herunter.

„Flynn. Bitte, Flynn, antworte doch. Flynn!" Sie hatte den Boden erreicht und rannte zu Flynn, der über seinem Bein verkrümmt auf dem Boden lag. Das Herz schlug ihr bis zum Hals und sie zwang sich, tief zu atmen, als sie eine sich schnell vergrößernde Blutlache sah, die von ihm kam. Flynn stöhnte und lehnte sich zurück. Sein Gesicht war aschfahl und wechselte rapide zu weiß.

„Hilfe. Lauf schnell. Es ist schlimm. Wirklich schlimm. Bitte. Hol Hilfe", ächzte Flynn.

„Hier, lass mich sehen." Keelin kniete neben ihm und versuchte, beim Anblick des schnell fließenden Bluts nicht zurückzuschrecken. Flynns Hände bedeckten eine große Wunde an seinem Bein. Er übte Druck aus und versuchte den Blutfluss zu stoppen, aber es spritzte unter seinen Händen hervor. Keelin riss seine Hose auf und entdeckte die Ursache des Bluts. Aufgrund eines offenen Bruchs ragte ein Knochen aus dem Schenkel. Und dem Blutfluss nach zu urteilen, hatte er die Oberschenkelschlagader verletzt. Keelin wusste, dass er ohne einen Druckverband und sofortige medizinische Hilfe nicht mehr lange leben würde.

„Ok, Flynn, schau nicht hin. Drück weiter drauf. Ich muss es abbinden." Keelin zog ihr Hemd aus und riss es in Streifen, bevor sie es unter sein Bein legte und ihm sagte, er sollte all seine Kraft zusammennehmen. Sie sah sich nach Stöcken um. Sie fand ein paar in der Nähe, steckte einen in seinen Mund und den anderen ins Hemd, um es enger zu schnüren.

„Das wird wehtun. Halt durch." Flynn nickte und machte seine Augen zu. Er wurde immer blasser. Keelin verknotete das Hemd zu einem Druckverband und zog es so eng, wie sie konnte. Sie konnte die Anspannung in Flynn fühlen, als er in den Stock biss. Panik begann sie zu überwältigen und Keelin versuchte zu atmen. Was jetzt? Keelin zog Flynns Hände von der Wunde weg und sah, dass der Verband wenig dazu getan hatte, den Blutfluss zu dämmen. Wenn sie ihn jetzt nicht retten würde, würde er sterben.

Keelin griff nach ihrem Beutel, in dem ihr Halsband war. Grace O'Malleys Halsband, erinnerte sie sich selbst. Sie hatte es am Morgen aus irgendeinem Grund eingepackt und jetzt wusste sie, warum. Sie hängte es sich um und der Stein erwärmte sich zwischen ihren Brüsten. Ein leises Summen pulsierte durch ihre Haut. Flynns Augen verfolgten sie durch seine engen Lider.

Keelin entfuhr ein Schluchzen, als sie ihre Hände auf Flynns Bein legte. Sie sah zu, wie das Blut durch ihre Finger floss, und ihre Gedanken wirbelten. Sie konnte nicht atmen – konnte nicht denken. Konnte sie das? Konnte sie jemanden heilen – nicht nur irgendjemand – aber den Mann, den sie liebte? Sie wollte schreien. Sie war nicht vorbereitet. Fiona hatte ihr nicht beigebracht, wie man mit Notfällen umgeht. Was, wenn sie es schlimmer machte? Mit einem kurzen Blick auf Flynns blasses Gesicht wurde Keelin klar, dass die Chance gering war, dass es schlimmer werden könnte. Er war dem Tod nahe.

Keelin nahm ihre Hand, die glitschig vor Blut war, und legte sie um ihr Amulett. Sofort wurde ihr Kopf klar und der Stein wurde heiß in ihrer Hand. Keelin schloss die Augen und legte ihre Hände auf Flynns Bein. Sie flüsterte ein kurzes Liebesgebet. Ein weicher weißer Lichtball bildete sich vor ihrem geistigen Auge. Sie stellte sich vor, der Lichtball würde durch ihren Geist reisen und hinunter in ihr Herz. Aus ihrem Herz goss sie all ihre Liebe in den Lichtball und er begann, mit einem dumpfen rosa Licht zu pulsieren. Mit ihrer ganzen Liebe, ihrem Herz, ließ sie den Lichtball durch ihre Arme zu ihren Händen laufen. In ihrem Geist konnte sie sehen, wie die stumpfe Schneide

des Todes zum wunderschönen blauen Licht seiner Seele
kroch.

Voller Wut zwang Keelin ihr Licht in Flynns Bein und
knallte es vor das dunkle Licht, das zu seinem Herz krie-
chen wollte. Sie stöhnte, als Schmerz sie durchschoss.
Entschlossen durchzuhalten, bekämpfte sie die dumpfe
Schwärze und begann, mit ihrem weißen Licht eine Mauer
zu bauen. Wieder und wieder schob sie den klebrigen
schwarzen Fleck weiter weg von seinem Bein und errich-
tete Blockaden auf dem Weg. Ihr ganzer Körper zitterte
vor Anstrengung und Schweiß rann in Strömen ihren
Rücken hinunter. Tränen flossen über ihr Gesicht, ohne
dass sie es merkte, und in seine Wunde. Immer wieder
betete Keelin ihr Licht an, damit es seine Arterie und die
Knochen in seinem Bein reparierte. Ihre Stärke fing an zu
verblassen und sie bebte unter der Anstrengung durchzuhalten, bis sie sicher war, dass das dunkle Licht
verschwunden war. Mit einem letzten Stoß brannte das
Amulett auf ihrer Brust und mit einem lauten Knall löschte
ihr Licht die Dunkelheit in seinem Bein aus.

Flynn sprang auf seine Füße. „Was zum Teufel war
das?" Seine Wut warf sie um.

Schockiert starrte Keelin in sein wütendes Gesicht und
glitt in die Dunkelheit.

KAPITEL SECHSUNDZWANZIG

Grauer Nebel verschleierte ihren Blick. Keelin konnte kaum Formen oder Farben ausmachen. Sie war so verwirrt. Wo war sie? Flynn? War Flynn ok? Verzweifelt versuchte sie, ihren Kopf zu drehen, um ihn zu suchen.

Keelin merkte, dass sie nicht mehr auf dem Wanderweg war. Sie konnte vage die familiäre Umgebung ihres Schlafzimmers ausmachen. Sie blinzelte, als die Formen klarer wurden. Flynn stand über ihrem Bett. Seine starken Schultern waren hochgezogen und sein Gesicht angespannt. Er wischte sich Schweiß von der Stirn und legte seine Hand auf das Bett. Fiona stand neben ihm und hielt einen kleinen Tiegel in ihren Händen. Keelin bewegte sich.

„Flynn. Dir geht es gut. Ich bin so froh." Keelin streckte ihre Hand nach Flynn aus und sah, wie sie durch ihn hindurch ging. Keelin schrak auf, als sie herunterblickte und sich selbst auf dem Bett liegen sah. Ihre Augen waren geschlossen und ihr Gesicht war schneeweiß und ohne jegliche Regung. Panik befiel sie und sie ließ einen kehligen Schrei heraus, der ihre Seele erschütterte. „Nein. Flynn. Fiona. Helft mir!"

„Sie können Dich nicht hören."

Keelin drehte blitzschnell ihren Kopf und sah eine Frau, die in der Ecke stand. Sie war merkwürdig angezogen, als wäre sie in einem Theaterstück aus dem 17. Jahrhundert.

„Bitte, bitte hilf mir. Was geht hier vor?" Keelin rannte zu ihr und ergriff ihren Arm. Die Frau lächelte sie sanft an und streckte ihre Hand hoch, um ihr Gesicht zu streicheln.

„Mein Blut. Die Tochter meiner Töchter. Meine Liebe." Ihre warmen cognacfarbenen Augen nahmen Keelins Gesicht in sich auf.

„Grace? Grace O'Malley? Oh Gott. Bin ich tot? Träume ich?"

„Weder noch. Du bist in dem Schleier dazwischen, darum kann ich Dich erreichen."

„Was ist passiert?" Keelin sah sich selbst auf dem Bett. Es war ziemlich verwirrend, sich selbst regungslos daliegen zu sehen. Fiona hatte das Laken heruntergezogen und rieb etwas von der Salbe in ihren Mund und auf ihre Brust. Keelin sah zu, wie sie ihre Hände über ihr Herz legte. Sie fühlte einen kleinen Stich von Wärme in ihrer Brust, und Graces Figur wurde wässrig.

„Du hast Flynn gerettet. Aber Du hast vergessen, den Schmerz von Dir weg zu leiten. Stattdessen hast Du ihn in Dein Herz genommen."

Keelin erschrak bei Graces Worten. Fiona hatte sie davor gewarnt. Sie würde dies nicht überleben. Keelin ließ ihren Kopf hängen und begann zu weinen. Ihre Zeit auf der Erde war vorbei und ihre Liebe für Flynn unerfüllt. Ihr Körper begann zu beben, als Wellen der Traurigkeit sie durchrollten. Sie hatte mehr Zeit gewollt, nein, gebraucht.

„Mein liebes Mädchen. Liebst Du ihn?"

Keelin nickte. Sie hatte keine Worte.

„Liebe ist das stärkste aller Heilmittel. Sieh, wie Fiona an Dir arbeitet. Du kannst sehen, wie ihre Liebe in Dich hineinfließt. Du wirst eine neue Chance bekommen. Aber nur, wenn Du Deine Liebe für Flynn ehrst. Nimm ihn zur Bucht mit und zeig ihm alles. Leg Deine Seele offen oder verlier Deine Chance zu leben."

Keelin fühlte, wie Wärme begann, sich in ihr auszubreiten. Hoffnung sprang in ihr auf. Licht begann sie zu füllen, als ihre Augen die von Grace suchten – ein Abbild ihrer eigenen. „Und wenn ich es ihm nicht sagen kann?"

„Du wirst leben. Aber als Hülle Deiner selbst, und das wahre Glück wird Dir für immer versagt bleiben. Leugne, wer Du bist, und das Leben ist nicht lebenswert." Grace lehnte sich zu ihr und küsste sie sanft auf die Stirn. Sie glättete ihr Haar und begann zu verblassen. Keelin blickte von ihr zu Fiona und Flynn, die verzweifelt an ihrem Bett kauerten. „Auf Wiedersehen, mein Kind. Ich werde auf Dich warten."

Keelin blickte zurück. Die Erscheinung schien sich aufzulösen, als Hitze durch sie schoss. Sie schrie auf und merkte, dass Flynn und Fiona jetzt über ihr standen. Keelin blinkte mehrmals und versuchte zu sprechen. Ihr Mund war trocken und sie hustete.

„Oh, oh, Keelin. Da bist Du ja. Ich habe mir solche Sorgen gemacht. Sch. Nicht sprechen. Sag nichts. Ich hole Dir ein paar Eisstückchen." Fiona zitterte und wischte sich

Tränen aus den Augen. Sie rannte, um ein Glas mit Eisstücken zu holen.

Unfähig zu reden, blickte Keelin zu Flynn. Freude durchzog sie, als sie merkte, dass sie ihm das Leben gerettet hatte. Sein Gesicht war angespannt und seine Augen waren verschlossen. Seine Hände klammerten sich wieder und wieder um einen kleinen Stock, den er in der Hand hielt. Langsam sah er ihr in die Augen. Sie schaute ihn an und bot ihm ein kleines Lächeln. Flynn sah sie an und schüttelte seinen Kopf. Er drehte sich um und stürmte aus dem Zimmer, dann knallte die Haustür.

Keelins Herz zerbrach. Sie begann zu weinen. Ihr ganzer Körper wollte schreien und heulen, aber sie hatte einfach keine Energie. Fiona eilte herein und wich nicht von ihrer Seite.

„Sch, sch, meine Liebe. Wir kriegen das hin. Ganz bestimmt." Fiona löffelte Eisstückchen in Keelins Mund. Der kühle Eiswürfel tat wenig, um die Hitze der Panik zu beruhigen, die sie im Griff hatte.

„Ich hatte keine Chance, ihm von mir zu erzählen. Er hat es direkt gesehen", stöhnte Keelin. Sie bebte, als ihr die Tränen übers Gesicht liefen.

„Sch. Ich weiß. Er hat es mir gesagt. Alles wird gut werden. Sei still. Du musst Dich erstmal wieder erholen. Wir bekommen das hin. Wenn Flynn der Mann ist, der ich denke, dann wird er Dich so akzeptieren, wie Du bist. Ich hole etwas von meiner Brühe. Ich muss sichergehen, dass Du wieder zu Kräften kommst." Fiona eilte aus dem Zimmer und schnalzte mit der Zunge.

Keelin rollte sich auf ihre Seite und starrte ausdruckslos ins Zimmer. Zwei Pfoten und ein kleiner

Kopf erschienen an der Seite des Betts. Ronan legte seinen Kopf schief und sah sie fragend an. Dann leckte er ihr die Tränen ab. Sie lächelte ihn an und klopfte auf das Bett. Er sprang sofort hoch und kuschelte sich leicht winselnd an sie heran. Seine Nähe ließ ihre Tränen schneller kommen und er winselte leise, während er weiter ihr Gesicht leckte.

„Guter Junge, Ronan. Guter Junge." Sie strich mit der Hand an seinem weichen Fell entlang und war dankbar für seinen Trost. Fiona eilte zurück ins Zimmer mit einer dampfenden Teekanne und goss Wasser in eine Schale voller Kräuter.

„Das ist meine spezielle Mischung. Du musst alles austrinken." Sie lehnte sich hinüber, um Keelin zu helfen, sich aufzusetzen und stopfte Kissen hinter ihren Rücken. Keelin konnte kaum ihre Arme heben, also hielt Fiona die Schale an ihre Lippen. Keelin blies auf die heiße Mischung und merkte, sie war plötzlich hungrig. Sie nahm große Schlucke von der Brühe, auch wenn sie sich damit die Zunge verbrannte. Sie war so glücklich, überhaupt etwas zu fühlen – selbst Schmerz. Sie wollte nicht zurück zu dem grauen Ort, wo alles taub war.

„Ich habe Grace gesehen", sagte Keelin, als sie fühlte, wie die Heilkraft der Brühe sich langsam durch ihren Körper arbeitete. Energie begann in ihren Armen und Beinen zu zucken, und sie fing an, langsam ihre Finger und Zehen zu bewegen.

„Du…Du hast Grace gesehen? Wann?" Fiona hörte auf, ihr die Brühe einzuflößen und starrte sie an. Keelin sah Besorgnis über ihre faltigen Wangen huschen.

„Ich war im Schleier. Ich war nicht hier, aber dort war ich auch nicht. Ich konnte Dich und Flynn sehen und…

und…mich selbst. Auf dem Bett. Sie war in der Ecke und hat mit mir gesprochen."

„Meine Güte. Oh, Keelin. Wie beängstigend. Und was für ein unglaubliches Geschenk." Fiona strich das Haar aus Keelins Stirn und lächelte sie an. „Sie hat Dich mir wieder-gegeben, oder?"

„Ja. Unter der Bedingung, dass ich Flynn meine ganz Seele offenlege oder ein unglückliches Leben habe." Keelin zuckte, als Fiona ein kleines Lachen hervorstieß.

„Oh, ich liebe das Feuer dieser Frau. Ich hatte gehört, dass sie immer hart verhandelte."

„Flynn hasst mich. Er war angewidert von mir."

Tränen drohten wieder in Keelins Augen zu steigen und sie nahm schnell noch einen Schluck von der Brühe.

„Das tut er mit absoluter Sicherheit nicht. Du hättest den Mann sehen sollen. Ich habe noch nie jemanden gese-hen, der die Hügel so schnell runter gerannt ist wie er. Er hatte Dich über seiner Schulter und hat den ganzen Weg gerufen, während er gerannt ist wie der Wind." Fiona strich die Laken um Keelin glatt.

„Na ja, ich weiß, er wollte nicht, dass ich sterbe, aber das bedeutet nicht, dass er nicht angewidert ist von dem, was ich bin."

Fiona öffnete ihren Mund, um etwas zu sagen, und dann schloss sie ihn wieder. Sie nahm die leere Schale aus Keelins Händen.

„Ich denke, das solltest Du selber herausfinden, oder?", sagte Fiona sanft.

Ärger schoss durch Keelin. Sie wollte, dass Fiona ihr sagte, dass Flynn sie liebte, und dass er alles für sie tun würde. Sie gab einen großen Seufzer von sich, weil ihr klar wurde, dass dies Fragen waren, die sie nur für sich selbst beantworten könnte.

„Ok. Das werde ich."

„Du bist ein gutes Mädchen. Ich liebe Dich über alles. Später kannst Du mir vom heutigen Tag erzählen. Erstmal musst Du schlafen. Ärztliche Anordnung. Ich lasse Dir Ronan da."

Keelin lächelte sie an und nahm die Hand der alten Frau in ihre. „Danke, dass Du mich gerettet hast. Ich liebe Dich auch." Fiona lächelte und räumte das Geschirr weg, bevor sie die Vorhänge zuzog und die Tür zum Zimmer leise schloss. Sie kringelte sich um Ronans warmen Körper und fiel sofort erschöpft in einen Tiefschlaf.

KAPITEL SIEBENUNDZWANZIG

K eelin wurde von nagendem Hunger aufgeweckt. Sie ächzte und rollte sich auf die Seite. Sie hatte von Pfannkuchen geträumt. Sie setzte sich schnell auf, als Erinnerungen an den Vortag sie einholten. Es fühlte sich alles an wie ein merkwürdiger Traum. Keelin streckte vorsichtig ihre Arme aus, dann schwang sie ihre Beine aus dem Bett. Obwohl sie etwas wacklig stand, fühlte sie sich gut. Sie fühlte sich lebendig, erinnerte sie sich. Keelin ließ einen Stoßseufzer heraus, als ihr klar wurde, wie nah sie daran gewesen war zu sterben.

Sie stolperte ins Badezimmer und machte das Licht an. Sie sah ihre Augen im Spiegel. Ihr Gesicht sah anders aus. Es sah irgendwie älter aus. Nicht durch Altersfalten, sondern durch Weisheit. Sie stellte sich vor, dass so das Gesicht eines Soldaten nach einer Schlacht aussah. Da schien eine neue Kraft in ihr zu sein – ein Wissen – weil sie so nah am Abgrund gestanden hatte. Alles in ihrem Leben hatte sich gestern geändert. Keelin musste entscheiden, was das für sie bedeuten würde. Würde der Schmerz dieser Erfahrung mit der Zeit verblassen, oder würden die gelernten Lektionen ihr tiefstes Innere verändern? Sie vermutete, es war das letztere. Sie fühlte sich schon jetzt wie eine andere Person.

Keelin zog einen einteiligen Badeanzug an und warf ein lockeres Kleid über ihren Kopf. Aus Gewohnheit flocht sie ihre Haare, als sie in die Küche ging und Fiona geschäftig am Herd fand. Sie schreckte auf, als Keelin sich leise an sie heranschlich und ihr einen Kuss auf die Wange gab.

„Oh! Du bist auf. Lass mich Dich ansehen." Fiona drehte sich um, nahm Keelins Gesicht in ihre Hände und sah ihr tief in die Augen. Keelin lächelte die alte Frau an und nahm alle ihre Altersfalten und die Weisheit in ihrem Gesicht auf. „Du siehst besser aus. Du hast Dich verändert, oder?" Fiona zeigte zum Tisch. Keelin setzte sich dankbar vor einen Teller mit warmen Blaubeerscones und frischer Sahne.

„Mm, das sieht lecker aus." Keelin nickte Fiona mit vollem Mund zu, während sie ein Stück Speck auf ihren Teller legte. „Ja, ich fühle mich, als hätte ich mich verändert. Ich weiß noch nicht genau wie. Aber es sieht aus, als hätte ich eine Entscheidung zu treffen. Entweder ich nehme alles an, was ich bin, oder ich verliere alles, was ich habe."

Fiona setzte sich Keelin gegenüber auf einen Hocker und trank ihren Tee. Sie hielt einen Moment inne, bevor sie sprach. „Ich weiß nicht, ob das so alles oder nichts ist, wie Du denkst. Aber ich weiß, wenn Du jemanden so heilst und das in Dir aufnimmst, wirst Du auf immer und ewig Deine wahre Kraft als Heilerin kennen. Du bist bis an Deine Grenzen gegangen. Deswegen sind Deine Einschränkungen jetzt definiert. In mancher Hinsicht macht Dich das eine viel bessere und wirkungsvollere Heilerin."

„Das klingt einleuchtend. Ich habe gar nicht darüber nachgedacht, was ich gemacht habe. Ich war so verzweifelt, dass ich einfach auf Autopiloten geschaltet habe. Das war blöd."

„Warum hast Du diese ganze Energie in Deinen Körper gelassen? Warum hast Du sie nicht weggeschickt? Erzähl mir, was passiert ist."

Keelin erklärte Fiona das ganze Szenario bis zu dem Moment, als Flynns Bein geheilt war und er sie wütend angestarrt hatte. Ein Schluchzen stieg in ihrer Kehle hoch und ihre Hand zitterte, als sie einen Schluck Tee nahm. „Er...er hasste mich, Fiona. Sein Gesicht war so voller Wut. Es war noch nicht mal Dankbarkeit. Ich war so außer mir, dass ich die Heilungsbehandlung nicht beendet habe. Ich schwöre, mein Herz brach, als ich sein Gesicht sah." Keelin zerkrümelte nervös den Rest des Scones auf ihrem Teller.

„Also Du hattest keine Chance, mit ihm zu reden, bevor er sich verletzte?", fragte Fiona und legte einen neuen Scone auf Keelins Teller.

„Ich wollte ja. Wir hatten nur gerade Spaß, und ich wollte es ihm oben am Gipfel sagen. Es ist etwas komisch, darüber beim Wandern zu reden, wenn man sich nicht ins Gesicht sehen kann."

„Er hasst Dich nicht. Aber Du musst das mit ihm wieder geradebiegen", sagte Fiona.

„Warum muss ich das zurechtrücken? Warum muss ich mich für das schämen, was ich bin?", fragte Keelin wütend. „Ich habe sein verdammtes Leben gerettet und er ist abgehauen. Du hast mich geheilt und er hat nur kurz geguckt, um sicher zu sein, dass ich lebe und ist dann aus der Tür gestürmt. Ich habe eine solche Wut auf ihn, dass ich gar nicht weiß, ob ich ihn überhaupt sehen will!" Sie knallte ihren Becher auf den Tisch und Ronan winselte leise unter ihrem Stuhl. Keelin streckte ihre Hand herunter und rieb seine seidigen Ohren zwischen ihren Fingern.

„Ich verstehe, dass du Dich verletzt fühlst. Natürlich bist Du verletzt. Aber Du musst es auch von seiner Warte aus sehen. Er betrachtet es als Betrug. Du hast dieses ganze andere Leben, von dem Du ihm nichts erzählt hast. Und nein, Du solltest Dich niemals schämen für das, was Du bist. Ich sage ja nicht, dass Du Dich dafür bei ihm entschuldigen sollst. Ich meine, Du entschuldigst Dich dafür, dass Du nicht alles von Dir mit ihm geteilt hast."

„Hmpf. Als ob ich ihn überhaupt so bald wiedersehen würde", sagte Keelin verdrossen.

„Gib ihm keine Wahl. Geh zur Bucht. Vergiss nicht, dass Du Grace gesehen hast. Was übrigens etwas ist, worüber ich später alle Einzelheiten wissen möchte. Geh zur Bucht, Keelin. Du musst das auf die eine oder andere Art beenden." Fiona stand auf und gab ihr Stift und Papier. „Bind einen Zettel an Ronans Halsband. Er weiß, was er machen muss."

Keelin starrte einen Moment auf den kleinen Notizblock. Sie war sich nicht wirklich sicher, was sie sagen sollte. Was wäre überzeugend genug, dass er sie dort treffen würde?

„MAN SAGT, wenn eine Person das Leben einer anderen rettet – steht sie für immer in der Schuld dieser Person. Ich bitte Dich um einen Gefallen. Triff mich an der Bucht. Ich warte bis Sonnenuntergang. "

KEELIN FALTETE den Zettel zusammen und wickelte ihn um Ronans Halsband. Fiona packte eine Tasche für sie mit Essen und Wein und hielt sie lange im Arm. Keelin lehnte sich an sie und schnupperte an ihrem Hals, der leicht nach Lavendel und Moos roch. Wärme umgab sie beide, als sie sich umarmten.

„Danke für mein Leben. Ich werde Dich immer lieben", sagte Keelin im Flüsterton.

Fiona nickte und drückte sie fest an sich.

„Du bist mein Blut." Fiona reichte hoch und hängte Graces Amulett um Keelins Hals. „Du hast was vergessen."

„Danke, ich dachte schon, es war weg!" Keelin schaute auf den Stein, der auf ihrer Brust lag.

„Nein, Du hattest es noch an, als Flynn Dich hierherge-tragen hat. Es war mit seinem Blut bedeckt," sagte Fiona bedeutungsvoll und schob sie aus der Tür.

Keelins Magen fühlte sich an, als wäre er verknotet. Sie blickte runter auf Ronan und dann hoch zu den Hügeln. Flynns Hund saß oben auf dem Kamm.

„Ronan, geh zu Flynn." Sie pfiff und Teagan kam

heruntergerannt, um Ronan zu holen. „Geht nach Haus, na geht schon." Sie wartete und beobachtete, wie die beiden Hunde den Hügel hoch rasten, bis sie außer Sicht waren. Keelin atmete tief ein und drehte sich zur Bucht, die ihre Zukunft an ihren Ufern hielt.

KAPITEL ACHTUNDZWANZIG

Am Fuß des Pfades zur Bucht hielt Keelin an. Hier würde sie normalerweise ein kleines Gebet sagen und eine Gabe ablegen. Sie beugte sich vor, zog ihre Sandalen aus und schob sie beiseite. Keelin ging brüsk zum Rand des Wassers und ließ die Wellen über ihre Füße schwappen. Sie reichte in ihr Bündel und zog ein kleines Messer heraus. Ohne zu zögern nahm sie die scharfe Klinge und machte einen kleinen Schnitt in ihre Handfläche. Sie ballte ihre Faust und hielt ihre Hand über das Wasser. Ein kleines Rinnsal Blut tropfte aus dem Schnitt in ihrer Hand. Sie beobachtet wie hypnotisiert, wie das Blut in kleinen Tropfen ins Wasser fiel und sich auflöste.

„Gestern habe ich fast mein Leben hergegeben, weil ich mich geweigert hatte, mich selbst komplett zu akzeptieren. Ich komme heute hierher, um mein Geburtsrecht anzutreten. Ich gebe der Bucht mein Blut als Opfer und als Nachfahrin von Grace O'Malley gebe ich mir und ihr ein Versprechen. Ich verspreche, die Bucht zu beschützen und ich verspreche, mich niemals zu schämen für das, was ich bin." Keelin drückte noch fester und ein langes Rinnsal Blut tropfte in die Bucht. Ein Knall wie ein Blitz traf das Wasser und für einen Moment leuchtete es weiß und strahlend. Keelin spürte, wie ihr die Haare im Nacken hochstanden. Sie wusste, dass Flynn hinter ihr war.

Sie drehte sich langsam um. Ihre Hand blutete noch.

Flynn stand am Ende des Pfads. Seine Hände steckten lässig in seinen Hosentaschen. Ein Baumwollhemd hing locker an ihm herunter, und dunkle Ränder trübten seine Augen. Seine Schultern waren hochgezogen. Er war offensichtlich auf der Hut vor ihr.

Keelin fühlte, wie sich ihr Herz zusammenzog. Sie ging langsam zu ihm und hielt ihre blutende Hand vor sich.

„Um Gotteswillen, Keelin. Was hast Du gemacht?" Flynn machte automatisch einen Schritt nach vorn, um ihre Hand zu nehmen. Sie trat rückwärts aus seiner Reichweite heraus.

„Nein. Schau." Flynn sah ihr misstrauisch zu, als sie ihre Hand öffnete, um den langen Schnitt auf ihrer Haut zu zeigen. Sie hörte ihn einatmen, als er realisierte, dass sie sich das selbst angetan hatte. Keelin sah ihm in die Augen. Sie sah auf ihre blutige Hand und bedeckte sie mit der anderen. Sie schloss für einen Moment ihre Augen, konzentrierte sich auf den Schmerz und schickte ihr Licht hinunter, um es zu heilen. Das Amulett wurde warm an ihrer Brust. Sie fühlte, wie sich das Licht sammelte, und sie schickte den Ball des Schmerzes in einen kleinen Busch in der Nähe. Langsam öffnete Keelin ihre Augen, um Flynn anzusehen. Sie öffnete ihre Hände und zeigte ihre schöne Haut ohne Schnitte. Mit

Wut auf seinem Gesicht machte Flynn einen Schritt rückwärts.

„Ich will nichts mit Hexen zu tun haben, Keelin. Tut mir leid, aber das kann ich einfach nicht", sagte Flynn verärgert. Er kreuzte die Arme vor seiner Brust. In seinen Augen war ein Sturm von Gefühlen.

„Das bin ich, Flynn. Das bin alles ich. Ich kann Menschen mit meinen Händen heilen. Ich bin keine Hexe. Ich bin eine Nachfahrin von Grace O'Malley." Keelin sprach leise, aber stolz. Das Amulett an ihrem Hals wurde wieder wärmer.

„Ich versteh nicht. Ich meine, ich weiß, dass Fiona Leute mit Kräutern und so heilt, aber das? Dieses Zeug mit den Händen? Das ist verrückt." Flynn fuhr sich mit der Hand durchs Haar.

„Es ist verrückt. Ich wünschte, ich könnte es Dir besser erklären, aber ich verstehe es selbst kaum. Ich weiß nicht, wie es funktioniert, ich weiß einfach, dass ich es kann. Ich bin mein ganzes Leben lang vor dieser Gabe weggelaufen, und erst als ich hierherkam, wurde mir klar, dass weglaufen nutzlos ist. Das bin ich. Alles von mir." Keelin starrte ihn an, während sich ihr Magen drehte. „Es…es tut mir so leid, dass ich es Dir nicht eher gesagt habe. Ich hatte mich gerade erst selbst daran gewöhnt. Und ich hatte Angst, dass Du mich hassen würdest. Was Du sowieso tust", sagte sie verdrossen und ließ ihre Arme an den Seiten hängen.

„Ich…ich hasse Dich nicht. Aber, um Gotteswillen, Keelin. Ich war kurz vorm Sterben. Ich konnte es fühlen! Überall war Blut! Und dann saß ich da und sah zu, wie Du meine Knochen wieder geflickt hast. Du hast meine

Arterie zusammengeschweißt! Ich konnte gehen. Es war Terror! Ich wusste noch nicht mal, wer Du in diesem Moment bist oder was passierte. Und dann liegst Du plötzlich vor mir im Sterben!" Flynn war jetzt laut geworden und schritt am Strand auf und ab. Seine Schreie hallen von den Steinwänden der Bucht wider.

Wut packte Keelin. Vage registrierte Keelin ein kleines Rumpeln und sah, wie die Wellen größer wurden.

„Oh, das tut mir ja so leid. Sollte ich Dich da einfach liegen und sterben lassen? Es tut mir leid, dass Du damit nicht umgehen kannst, aber vielleicht könntest Du, oh ich weiß nicht, Dich bei mir bedanken dafür, dass ich Dein blödes Leben gerettet habe? Wenn Du nicht so verdammt wütend auf mich gewesen wärst, hätte ich den Heilungsprozess beenden können und die Energie woanders hingeschickt. Stattdessen habe ich sie aufgesaugt, weil Du...Du hast mir das Herz gebrochen." Mit einem Schluchzer drehte Keelin sich um und rannte von Flynn weg. Es war dumm gewesen, mit ihm hierher zu kommen. Er würde sie nie als das akzeptieren, was sie war.

Keelin schnappte nach Luft, als sie plötzlich von hinten gepackt und umgedreht wurde. „Uff!", schrie sie, als sie auf Flynn landete. Er hatte ihren Fall abgefangen. Er rollte sich herum und hielt sie unter ihm fest.

„Was meinst Du damit, ich habe Dein Herz gebrochen?", verlangte Flynn zu wissen.

„Nichts. Ich meinte nichts. Du bist einfach ein riesiger Idiot und so jemanden brauche ich nicht in meinem Leben." Keelin wich seinem Blick aus und streckte ihr Kinn vor. Kleine Hitzestöße gingen durch sie hindurch, da, wo ihre Körper sich berührten, und sie versuchte, sich nicht unter ihm zu krümmen. Keelin erschrak, als eine riesige Welle über ihnen hereinbrach und auf ihre Körper krachte. Flynn spuckte Salzwasser aus und starrte fassungslos auf den Strand. Das Ufer war viel zu weit vom Wasser entfernt, als dass eine Welle sie hätte erreichen können.

„Was zum Teufel war das?", verlangte Flynn. „Hast Du das gemacht?"

„Natürlich war ich das nicht, Du Punk. Ich habe Dir gesagt, dass ich keine Hexe bin. Die Bucht ist verärgert über mich, das ist alles. Über Dich wahrscheinlich auch. Du solltest gehen", sagte Keelin boshaft. Eine weitere Welle knallte in sie beide und durch den Aufprall rollten sie herum. „Verdammt. Ok!", schrie Keelin, als sie sich wieder unter Flynn fand, klatschnass und hellwach.

„Du hast mein Herz gebrochen, weil ich Dich liebe. Ich habe keine Ahnung, wie oder wann es passiert ist, aber ich tue es. Und als Du mich so angestarrt hast, als ob…als ob ich eine Art Monster wäre, bin ich eingefroren und habe vergessen, so vorzugehen, wie Fiona es mir beige-bracht hat. Kein Drama. Alles ist gut. Ich komme darüber hinweg. Aber ich weigere mich, mich für das zu entschul-digen, was ich bin. Wenn es etwas gibt, was ich von all dem gelernt habe, dann dass Du mich so liebst, wie ich bin, oder gar nicht", spuckte Keelin aus und dann hob sie ihr Kinn in die Luft. Ihr Herz hämmerte in ihrer Brust und sie zitterte von der Hitze, die sich an ihren empfindlichsten Plätzen aufbaute.

„Verdammt, Keelin. Du bist gestorben. Ich habe zuge-sehen, wie Du gestorben bist. Es war einfach zu viel. Ich konnte nicht in meinen Kopf kriegen, was passiert ist, und

dann bist Du...bist Du gestorben. Ich hatte Todesangst."
Flynn lehnte seine Stirn gegen ihre. Keelins Herz zuckte.

Hoffnung verbreitete sich in ihrem Bauch.

„Du hast mich verlassen. Ich bin zu mir gekommen und Du bist einfach gegangen", flüsterte Keelin. Sie fühlte, wie ihr die Tränen in die Augen stiegen. „Du hast mich verletzt", flüsterte sie.

„Es tut mir leid. Es tut mir so leid. Ich hätte nicht gehen sollen. Ich habe die ganze letzte Nacht nicht geschlafen. Ich wollte heute vorbeikommen, um mich zu entschuldigen. Es ist egal, was Du bist, Keelin. Dein Herz ist aus reinem Gold. Genau wie Fionas. Ich könnte nie an Euch denken, und was Ihr beide seid, und Euch hassen. Ich liebe Dich. Alles an Dir. Jedes kleine bisschen Sturheit." Flynn blickte in ihre Augen und Keelin spürte, wie ihr ganzer Körper entflammte.

„Wirklich? Das tust Du wirklich?" Keelin fühlte, wie die Hitze sie in einer Welle übermannte und sie begann, dicke Tränen zu weinen. Sie legte ihre Arme um seine breiten Schultern.

„Ja, Du komplizierte, starke, schöne Frau. Ich bin Dir in dem Moment verfallen, als ich Dich sah. Ich wollte Dich so sehr wie meinen nächsten Atemzug." Flynn eroberte ihren Mund mit seinem und schluckte Keelins Schluchzen.

Ihr Körper zitterte vor Emotion, während ihr Herz sang. Sie hörte einen lauten Knall und lehnte sich zurück, um auf die Bucht zu starren. Sie leuchtete in einem brillanten Blau und ein kleiner Blitz aus weißem Licht erschien aus einer Höhle in der weit entfernten steinigen Wand der Bucht. Sie unterschied sich kaum von den anderen Steinen, und Keelin hätte den kleinen Tunnel sonst nie gesehen.

„Flynn! Schau!" Er drehte sich um und sie spürte, wie sich sein Körper beim Anblick des sanft pulsierenden Lichts in der Bucht und der Höhle versteifte.

„Was…was ist das?", sagte Flynn argwöhnisch. Er drehte sich, um sie zu schützen.

„Nein, das ist ok. Man sagt, dass die Bucht leuchtet, wenn wahre Liebe präsent ist. Und der Kelch muss in dem Tunnel sein. Die Bucht zeigt uns ihre Geheimnisse. Sie vertraut uns." Keelin lächelte die Bucht an und dankte Grace stumm für das Geschenk. Sie würde es immer ehren.

Flynn schüttelte seinen Kopf reumütig, als das Leuchten im Wasser erlosch. Er lächelte sie schief an und Keelins Augen wurden feucht. Sie war so nah dran gewesen, diesen Mann zu verlieren.

„Also, werden unsere Kinder auch Hexen werden?"

Keelin lachte ihn an und schlug ihm auf den Arm, bevor sie seinen Mund mit einem Kuss bedeckte. Langsam verloren sie sich ineinander. Aufgeregtes Bellen drang durch den Nebel um sie herum und sie wurden von einem leckenden Welpen bombardiert. Keelin kicherte und Flynn half ihr auf die Füße. Zusammen streichelten sie ihre Hunde und schlangen die Arme umeinander, als sie den Weg aus der Bucht heraus antraten. Keelin blickte zurück und sah, wie die Sonne am Horizont eintauchte und die blasse Sichel des Mondes am Himmel erschien. Sie nickte der Bucht stumm zu und ergriff ihr Amulett, das sanft an ihrem Herz pulsierte.

Es schien, dass sie am Ende doch leben würde.

EPILOG

K eelin nahm das Telefon fest in ihre Hand und starrte über die Felder zur Bucht.

„Keelin, bist Du das?" Margarets Stimme klang blechern über die Entfernung.

„Bin ich, ich bin hier, Mama", sagte Keelin und reichte nach unten, um Ronans Kopf zu kraulen.

„Ich habe seit fast zwei Wochen nichts von Dir gehört. Ich war drauf und dran, eine Suchmannschaft loszuschicken", sagte Margaret steif.

„Ich weiß, es tut mir so leid, dass ich Dir Sorgen gemacht habe, Mama. Hier ist viel passiert." Keelin fragte sich, wo sie anfangen sollte. Es wäre nicht richtig, ihre Mutter wegen Colin und Aislinn anzugreifen und sie war nicht sicher, wie sehr sie auf ihre neu gefunden Heilungskräfte eingehen sollte. Sie wusste schon, was Margaret darüber dachte. Mit einem Seufzer konzentrierte sie sich auf das blaue Wasser der Bucht.

„Du bleibst, oder?" sagte Margaret. Keelin hielt das Telefon von ihrem Gesicht weg und starrte es staunend an.

„Ja, tue ich. Ich…ich muss hier sein, Mama."

Stille entgegnete ihr für einen Moment. Keelin hörte ihre Mutter seufzen.

„Wie geht es Fiona?"

„Ihr geht es gut, aber sie braucht mich. Sie ist ganz allein hier", sagte Keelin.

„Und was ist mit mir? Ich werde ganz allein hier sein", sagte Margaret weinerlich.

„Nein, wirst Du nicht. Du hast mehr Freunde als ich. Du kannst immer hierher zurückkommen, weißt Du", sagte Keelin.

„Nein, das glaube ich nicht", sagte Margaret entschieden.

„Na ja, ich hoffe, Du kommst bald", sagte Keelin grinsend und schaute auf den funkelnden Ring an ihrem Finger. Sie blickte auf und sah ihr neues Leben über die Felder gehen mit den bellenden Hunden zu seinen Füßen. „Ich habe jemanden kennengelernt."

„Na, so ein Sommerflirt ist es bestimmt nicht wert, dass ich über den großen Teich nach Irland fliege, Keelin Grainne", sagte Margaret.

„Mama. Er ist es. Er ist alles", flüsterte Keelin.

Stille entgegnete ihr wieder und Keelin fühlte, wie ihr Herz in ihrer Brust sank. Vielleicht verlangte sie zu viel von ihrer Mutter.

„Na ja, dann komme ich natürlich. Kein Mann wird je gut genug sein für meine Tochter, aber ich muss diesen Mann zumindest kennenlernen, bevor Du ihn heiratest. Jetzt erzähl mir alles", sagte Margret lebhaft und Keelin merkte, wie sich ein Lächeln auf ihrem Gesicht ausbreitete.

Flynn kam bei ihr an und brachte ihre Hand mit dem Ring an seine Lippen. Ihre Augen strahlten. Keelin sagte: „Du wirst ihn lieben, Mama. Er besitzt fünfzehn Restaurants an der Küste entlang." Lachend lehnte sie sich an Flynn, um ihn zu küssen, und blickte glücklich ihrer Zukunft entgegen.

WILDE IRISCHE AUGEN

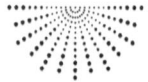

Cait Gallagher summte mit zur traditionellen irischen Musik, die leise durch die tief in den Ecken versteckten Lautsprecher ihres Pubs in Grace's Cove, einem kleinen Dorf an der Südküste Irlands, kam. Cait bewunderte den Glanz des dunklen Holzes, das all ihr skurriles irisches Dekor betonte, während sie einen Tisch abwischte. Zufrieden und glücklich, dass der Polterabend für Keelin und Flynn so wunderbar verlaufen war, ließ Cait ihr Schutzschild herunter und ihren Geist wandern.

„Ich wette, dass sie gut im Bett ist. Sie ist so klein, dass ich sie über meine Schulter werfen und hier heraustragen könnte."

Cait richtete sich auf, als Patricks Stimme durch ihren Kopf schoss. Sie zwang sich, ihren Gesichtsausdruck emotionslos zu halten und bückte sich, um den Tisch noch einmal abzuwischen, bevor sie sich zur Bar drehte wo Patrick, ihr neuer Bartender, Gläser in dem neuen Glasreiniger spülte, den sie gerade angeschafft hatte. Selbst wenn sie nicht Gedanken lesen könnte, war der Hunger, den sie in den Augen des jungen Patrick sah, unmissverständlich. Er errötete, als Cait in seine Richtung sah und konzentrierte sich mit gesenktem Kopf auf seine Arbeit. Cait ließ einen kleinen Atemstoß heraus und schob ihre Hand durch ihren kurzen Wuschelkopf. Mit gerade mal etwas mehr als 1,50 Metern war Cait tatsächlich winzig. Eine schlanke Figur, kurzes Haar und grüngoldene Augen vervollständigten das Paket und sorgten dafür, dass sie oft für ein kleines Mädchen gehalten wurde. Niemand, der sie kannte, machte diesen Fehler. Als Besitzerin eines Pubs hatte Cait ein selbstsicheres Auftreten, ein steifes Rückgrat, und eine gesunde Dosis Risikobereitschaft. Sie war bekannt dafür, dass sie eine nicht unbeachtliche Anzahl von Raufereien beendet hatte. Es genügte normalerweise, ihre Stimme etwas zu erheben, um einen Streit im Keim zu ersticken.

Cait beobachtete Patrick, während sie sich durch den Pub bewegte. Der neue Mitarbeiter war erst 18 Jahre alt und voll von Testosteron und Angst. Mit seinen dunklen Haaren und grauen Augen stellte Cait sich vor, dass er schon mehr als ein Mädchen in sein Bett gelockt hatte. Lächelnd schüttelte sie ihren Kopf über die Ungeduld der Jugend und erinnerte sich daran, ihre geistigen Schutzschilder hochzuhalten, da sie wahrscheinlich mehr von Patrick hören würde, als sie brauchte, wenn sie nicht vorsichtig war. Cait lächelte ihn freundlich an, während sie sich unter der Klappe hindurch hinter die lange hölzerne Theke begab, die von Reihen von Gläsern umrahmt wurde, die vor einem vergoldeten Spiegel hangen. Flaschen mit Spirituosen in allen Formen und Größen standen dichtgedrängt auf den Regalen. Cait war stolz darauf, mehr zu haben als nur das Durchschnittsangebot und genoss es, eine vielfältige Auswahl an Getränken anzubieten. Sie bückte sich, um ihre Putzmittel unter dem Tresen zu verstauen. Als sie sich umdrehte, knallte sie gegen Patricks Brust und machte unwillkürlich einen Schritt zurück, als er sie mit seinen Armen einschloss.

Cait atmete tief ein, während ihr Puls schneller wurde. Tief ausatmend blickte sie Patrick an.

„Ich denke an Dich. Ganz viel." Patricks Worte schickten ein unwillkürliches Zittern durch Cait und sie merkte, dass sie vielleicht doch Patricks Gedanken mehr hätte zuhören sollen. Cait ließ ihr Schild fallen und scannte kurz Patricks Gehirn. Sie atmete erleichtert aus, als sie eine gesunde Dosis Lust fand, aber keine Absicht, sie zu verletzen. Cait reichte nach oben und tätschelte Patricks Arm.

„Patrick, ich bin fast 10 Jahre älter als Du. Ich fühle mich geschmeichelt, aber Du solltest eine Frau in Deinem Alter finden." Cait lächelte ihn an. Sie schnappte nach Luft, als er seine Arme um sie legte und einen leidenschaftlichen Kuss auf ihre Lippen drückte. Cait entfuhr ein leises Quietschen bevor sie überlegte, wie sie den Kuss beenden könnte, ohne sein zerbrechliches Ego zu verletzen.

„Was ist denn hier los?"

Eine Stimme schnitt durch den Pub und Cait versuchte, nicht zu stöhnen, als Patrick schnell von ihr wegtrat. Cait kannte die Stimme. Ihr Besitzer hatte in mehr als einer ihrer extrem dekadenten Fantasien eine Hauptrolle gespielt.

„Habe ich etwas unterbrochen?" Shane MacAuliffe kam zur Bar und lehnte sich lässig an das Geländer, während seine braunen Augen die Situation kühl abschätzten. Seine schlaksige Figur verbarg eine peitschenartige Stärke, die Cait schon mehrmals gesehen hatte.

„Nein, hast Du nicht. Richtig, Patrick?" Cait drehte sich um, kreuzte ihre Arme und starrte den jungen Mann an. Patricks Wangen wurden rot und er nickte mit gesenktem Kopf.

„Warum trägst Du nicht den Mülleimer aus der Küche heraus und machst da fertig sauber?", schlug Cait vor und Patrick nickte, ohne sie anzusehen. Er duckte sich schnell unter der Klappe und rannte fast in die Küche, die Tür wild hinter ihm schwingend. Cait ließ einen Seufzer heraus und drehte sich zu Shane um. Sie wollte unbedingt seine Gedanken lesen, aber ihr eigener Ehrenkodex hinderte sie daran. Sie müsste damit fertig werden wie eine normale Person.

Cait ließ ihre Augen über Shane schweifen. Sie wusste, dass er sich Zeit nahm für seine lässige Kleidung, genau wie sie wusste, dass er für seine Haarschnitte nach Dublin fuhr. Sein blondes Haar und kantiges Kinn machten ihn attraktiv, wenn nicht sogar interessant zum Ansehen. Shane war der inoffizielle Bürgermeister von Grace's Cove und ihm gehörten mehr als die Hälfte der gewerblichen Immobilien, darin eingeschlossen das Gebäude, in dem der Pub war. Trotzdem bedeutete das nicht, dass es für ihn ok war, nach der Sperrstunde hier zu sein, dachte Cait. Sie entschied sich für die Offensive und starrte ihn wütend an.

„Und was machst Du hier, schleichst Dich nach Sperrstunde rein?"

Shane hob seine Augenbrauen und Cait war schockiert, dass sie unter der kühlen Oberfläche seiner ruhigen Fassade Wut sah.

„Mir gehört dieses Haus, falls Du Dich erinnerst?"

Cait atmete aus und drehte sich um, um die Gläser fertig zu putzen. Es gab ihr etwas, auf das sie sich konzentrieren musste, und zwang sie, ihren Mund zu halten, bevor sie etwas idiotisches sagte wie: „Nimm mich". Cait rollte geistig mit den Augen. Sie versprach sich selbst, dass sie irgendwann über diese unersättliche Schwärmerei hinwegkommen würde, die sie für ihren Vermieter hatte.

„Ja, Sir, ich erinnere mich." Cait tränkte ihre Worte mit bitterem Sarkasmus. Er hasste es immer, wenn sie ihn *Sir* nannte.

„Hör auf damit. Warum bringst Du den Jungen durcheinander? Er ist viel zu jung für Dich", sagte Shane bitter, als er sich hinter die Theke duckte und sich selbst ein Harp einschenkte.

„Fühl Dich wie zu Hause", sagte Cait.

„Schreib es auf meine Rechnung. Jetzt beantworte meine Frage."

Cait wusch sich ihre Hände und trocknete sie sorgfältig an einem Barhandtuch, das vor ihr hing. Ein Teil von ihr fühlte Schadenfreude, dass es Shane etwas ausmachte, und ein Teil von ihr war wütend, dass er dachte, sie sei zu alt für Patrick.

„Mein Liebesleben geht Dich nichts an. Aber danke der Nachfrage."

Cait schnappte nach Luft, als Shane auf sie zukam und ihren kleinen Körper gegen die Theke drückte. Sie ließ ihre Augen hochschweifen zu seiner Brust, an seinen zusammengebissenen Zähnen vorbei bis zu seinen braunen Augen, die mörderisch aussahen. Es war so selten für Shane, Gefühle so zu zeigen, dass Cait fühlte, wie sie zitterte.

„Dein Liebesleben? Du schläfst mit ihm? Was für eine Art Chefin bist Du?"

Seine Worte schockierten Cait und eine warme Welle von Wut und Scham durchzog sie.

Ihre Stimme zitterte und sie spießte Shane mit einem Blick auf.

„Ich bin die beste Art von Chefin. Eine die weiß, was sie will und es bekommt. Egal was. Und in diesem Moment wäre es, dass Du...meinen Pub verlässt. Sofort."

Shane atmete tief ein und trat von ihr zurück. Cait fühlte sich merkwürdigerweise seiner Wärme beraubt. Sie blickte in seine Augen, als er ihr zunickte und sich unter der Klappe duckte.

„Dann entschuldige mich. Ich lasse Dich mit Deiner Arbeit allein. Ich bin sicher, Patrick kann Dich nach Hause begleiten." Shane stürmte durch die Tür und Cait legte ihren zitternden Kopf auf die Bar, damit das weiche Holz die Hitze ihrer Stirn kühlen konnte. Was war hier gerade passiert? Cait brauchte einen Moment zum Durchatmen.

„Em, ich würde Dich gern nach Haus bringen."

Cait blieb, wo sie war, als Patricks Stimme vom anderen Ende des Raums zu ihr drang. So wie sie ihre Stadt kannte, wäre dies morgen beim Frühstück in aller Munde.

„Nein, danke, Patrick. Komm, wir müssen uns unterhalten."

Patrick ging zur anderen Seite der Bar und der nackte Hunger in seinen Augen erweichte sie. Obwohl Cait das Gefühl genoss, begehrt zu werden, wusste sie auch, dass Shane recht hatte. Patrick war nicht nur zu jung für sie, er war auch ihr Angestellter.

Sie nahm zwei Schnapsgläser und füllte sie mit einem Schluck Tullamore Dew. Sie schob eins rüber zu Patrick.

„Die Sache ist die, Patrick. Ich fühle mich geschmeichelt, dass Du Dich von mir angezogen fühlst. Aber in Deinem Alter findest Du in weniger als einer Woche jemanden anders. Und Du solltest...Du solltest Dich umschauen und herausfinden, was Du magst und was Du nicht magst. Nicht nur bin ich nicht die Richtige für Dich, es geht außerdem gegen meine Regeln und meine Ethik, mit einem Angestellten zu schlafen. Du machst gute Arbeit hier und ich möchte Dich behalten. Aber ich möchte Dich bitten, mich nie wieder anzumachen. Kannst Du damit umgehen?", sagte Cait entschlossen und nahm ihre Augen nicht vom Gesicht des jungen Mannes. Patrick holte tief Luft und nickte einmal, bevor er anfing zu lächeln.

„Also, ist zwischen uns alles ok?"

Cait lächelte ihn an und hielt ihr Glas hoch. „Slàinte."

Sie stießen an und sie erlaubte das warme Brennen des Whiskeys ihre Kehle herunterzugleiten. Die Hitze schien ihre Wut auf Shane zu schüren, aber sie blieb gelassen, als sie und Patrick über den Polterabend redeten, den sie an dem Abend im Pub ausgerichtet hatten. Cait ging herum, schaltete die Lichter aus und versuchte, nicht darüber nachzudenken, warum Shane heute Abend in den Pub gekommen war. Stattdessen dachte sie an Keelin und Flynns Hochzeit morgen. Cait würde allein gehen, da sie eine der Brautjungfern war, aber das hieß nicht, dass sie sich nicht unter die anderen Gäste mischen konnte. Cait wusste, dass Flynn in ganz Irland Restaurants besaß und hoffte, dass sie vielleicht einen neuen Mann kennenlernen würde, der nicht in Grace's Cove niedergelassen war. Einen...der nicht Shane war. Mit einem Seufzer schob sie Patrick aus dem Pub, schloss die Tür hinter sich zu und steckte die Schlüssel in die Tasche.

Ihre kleine Wohnung war nur ein paar hundert Meter entfernt und machte den Arbeitsweg günstig, obwohl sie oft wünschte, dass sie nicht so erreichbar wäre für alle ihre Angestellten. Cait vermutete, dass das einer der Nachteile war, wenn man sein eigenes Geschäft hatte. Sie lachte über sich selbst, als sie die ruhige Straße zu ihrem Haus entlangging. Sie liebte es, in Grace's Cove einen Pub zu besitzen. Grace's Cove hatte den Ruf, eine mystische Stadt zu sein, die Bucht zog Neugierige aus der ganzen Welt an. Tourismus war großes Geschäft in Grace's Cove und Gallagher's Pub war im Herzen davon. Und wenn schon, wenn Leute dachten, die Bucht wäre verzaubert? Sie lagen gar nicht so falsch, dachte Cait. Es gab Gerüchte, dass Grace O'Malley sie als ihren letzten Ruheplatz geschützt hatte, und dass es sehr wenigen erlaubt war, die Bucht zu betreten, ohne Schaden zu nehmen. Es wurde über Kräfte geflüstert, die durch Graces Blutlinie gingen, und das erhöhte den Ruf der Stadt. Es war gut für das Geschäft und das Geschäft florierte.

Sie würde es für nichts in der Welt ändern, dachte Cait, und lächelte über die schlafende Stadt.

Buch 2 - Wilde irische Augen

NACHWORT

Irland hat einen besonderen Platz in meinem Herzen – es ist ein Land der Träumer und für Träumer. Es gibt nichts Schöneres, als es sich in einer Kneipe am Kaminfeuer gemütlich zu machen und einer Musiksession zuzuhören oder eine Tasse Tee zu trinken, während der Regen vor dem Fenster die Sicht vernebelt. Ich werde für immer von diesen felsigen Ufern verzaubert sein und hoffe, dass Ihnen das Lesen dieser Serie genauso viel Spaß macht, wie ich es genossen habe, sie zu schreiben. Danke, dass Sie an meiner Welt teilnehmen.

Ich bin überglücklich, dass meine Geschichten ins Deutsche übersetzt werden. Die Übersetzungen meiner Romane nehmen ein bisschen Zeit in Anspruch. Melden Sie sich also für meinen Newsletter an, um zu erfahren, wann das nächste Buch erscheint.

http://eepurl.com/hLxHBz

Ich hoffe, meine Bücher haben in Ihrem Leben ein wenig Zauber hinterlassen. Wenn Sie einen Moment Zeit haben, um mir davon etwas zurückzugeben, würde ich mich freuen, wenn Sie Ihren Freunden davon erzählen und eine Bewertung hinterlassen. Mundpropaganda ist die wirkungsvollste Methode, um meine Geschichten zu teilen. Danke schön.

GEHEIMNISVOLLE BUCHT

---

*Jetzt verfügbar

DIE INSEL DES SCHICKSALS

Buch 1 - Das Lied des Steins

Buch 2 - Das Lied des Schwerts

Buch 3 - Das Lied des Speers

Buch 4 - Das Lied des Schatzkessels

Jetzt verfügbar

Eine komplette Serie mit vier Romanen von

Tricia O'Malley

"Ein tolles Buch, es greift irische Mythen auf und verbindet diese mit einem spannenden undgefühlvollen Roman. Ich freue mich schon auf das nächste Buch dieser Serie" - Amazon Review

BÜCHER VON TRICIA O'MALLEY

ENGLISH EDITIONS

Tricia O'Malley has over 30 english speaking titles available in paperback, audio, e-book and Kindle Unlimited.

The Siren Island Series*

The Althea Rose Series*

The Isle of Destiny Series*

The Mystic Cove Series*

The Wildsong Series

The Enchanted Highlands Series

*Complete Series

Love books? What about fun giveaways? Nope? Okay, can I entice you with underwater photos and cute dogs? Let's stay friends, receive my emails and contact me by signing up at my website

www.triciaomalley.com

Or find me on Facebook and Instagram.

@triciaomalleyauthor

BÜCHER VON TRICIA O'MALLEY

STAND ALONE NOVELS

Ms. Bitch

"Ms. Bitch is sunshine in a book! An uplifting story of fighting your way through heartbreak and making your own version of happily-ever-after."

~Ann Charles, USA Today Bestselling Author

Starting Over Scottish

Grumpy. Meet Sunshine.

She's American. He's Scottish. She's looking for a fresh start. He's returning to rediscover his roots.

One Way Ticket

A funny and captivating beach read where booking a one-way ticket to paradise means starting over, letting go, and taking a chance on love…one more time

10 out of 10 - The BookLife Prize

Pencraft Book of the year 2021

DANKSAGUNG

Ein tief empfundenes und herzliches Dankeschön geht an diejenigen in meinem Leben, die mich kontinuierlich auf diesem wunderbaren Weg als Autorin unterstützt haben. Manchmal kann dieser Job sehr stressig sein, daher ich bin dankbar für meine Freunde, die immer ein offenes Ohr haben und mir durch die kniffligeren Momente der Selbstzweifel helfen. Ein ganz besonderer Dank geht an The Scotsman, der an erster Stelle mein großartigster Unterstützer ist und es immer schafft, mich zum Lächeln zu bringen. Ein weiterer besonderer Dank geht an Ulrike Bartz und Annette Glahn für die Hilfe bei der Übersetzung dieses Buches. Ihre Liebe zum Detail und ihre sorgfältige Arbeit haben mein Buch zum Leben erweckt - danke!

Jedes Buch, das ich schreibe, ist ein Teil von mir und ich hoffe, dass Sie die Liebe spüren, die ich in meine Geschichten stecke. Ohne meine Leser bedeutet meine Arbeit nichts, und ich bin dankbar, dass Sie bereit sind, Ihre wertvolle Zeit mit den Welten zu teilen, die ich erschaffe. Ich hoffe, jedes Buch zaubert Ihnen ein Lächeln ins Gesicht und lässt Sie für einen Moment dem Alltag entfliehen.

Slainté, Tricia O'Malley